Manuela Lewentz

Naschen erlaubt

Zuckerstücke
braucht die Liebe

Manuela Lewentz

Naschen erlaubt — Zuckerstücke braucht die Liebe

Manuela Lewentz

Naschen erlaubt!

Verlag:	Mittelrhein-Verlag GmbH, August-Horch-Straße 28, 56070 Koblenz
Umschlaggestaltung:	Davina Kuhn
Umschlagmotiv:	Shutterstock
Herstellung und Satz:	sapro GmbH – Gesellschaft für Satzproduktion, Triebstraße 16, 56370 Gutenacker
Druck und Bindung:	BoD – Books on Demand, Norderstedt

ISBN 978-3-925180-38-5

„Wer geht schon auf das Kinderkarussell,
wenn die Achterbahn in Aussicht steht?", Lydias Worte
hängen über den Köpfen der Freundinnen.

Lotte

„Wie lange hattest du keinen richtigen Sex mehr?" Karins
Frage bringt mich kurz zum Schweigen. „Habe ich nicht gerade mit dir über mein Outfit für die Vernissage gesprochen?"
Meine Frage klingt hohl, was mich ärgert. „Natürlich haben
wir gerade darüber gesprochen, du zumindest, Lotte. Deine
Zweifel bezüglich deiner Kleiderwahl, die ich sonst nicht von
dir kenne, lassen mich diesen Rückschluss schließen."

„Quatsch! Ich habe dich oder Petra schon öfter um Rat gebeten, wenn ich eine schöne Einladung hatte und im Vorfeld
unschlüssig war, was ich anziehen soll."

„Ja, das stimmt, Lotte. Es ist nur so, deine Stimme klingt
aufgekratzt. Ich kenne dich schon seit Jahren. Dieser Unterton
ist nicht zu überhören bei dir."

Puh, denke ich. „Wenn ich einen Psychologen anrufen
möchte, dann wähle ich bestimmt nicht deine Nummer."

„Wie du meinst, Lotte. Ich bleibe trotzdem bei meiner Ver-
mutung, dir fehlt Sex." So selbstverständlich, wie Karin sagt,
was sie gerade denkt, das verblüfft mich doch, obgleich wir
Freundinnen immer offen miteinander umgehen. Nur in diesem Punkt bin ich aktuell empfindsam.

„Ich habe gerade viel zu arbeiten und an den Wochenenden
hat Theo oft seine kleine Tochter und die schläft mit Vorliebe
zwischen uns im Bett."

„Puh, das klingt nicht prickelnd."

„Nein, ist es wirklich nicht. Nur, das ist ja nicht alles."

„Ich bin ganz Ohr."

„Irgendwie habe ich das Gefühl, Theo sieht mich nicht als feste Partnerin. Ich darf immer wieder auf die Kleine aufpassen, er schmust gerne mit mir, soweit ist alles gut und doch spüre ich, für ihn nur eine Kurzzeitliebe zu sein."

„Mir tut leid zu hören, dir geht es nicht gut, Lotte! Wie sehr freue ich mich auf unser gemeinsames Wochenende und die Gelegenheit, mit meinen Freundinnen zu reden." Karin atmet tief ein und aus, was ich hören kann.

„Mir liegt auch viel an dem Wochenende und ich bin für mich voller Hoffnung auf eine positive Wendung. Keine Ahnung, wieso ich so fest davon überzeugt bin, Karin, ich spüre es einfach. Das Treffen und die Gespräche mit euch, es wird für mich eine Veränderung bringen." Meine Worte erheitern Karin, ich höre die Freundin laut lachen.

„Ich muss allerdings noch meine Kleiderauswahl treffen und darum bitte ich dich jetzt erneut um einen Rat. Soll ich mein kurzes, enges rotes Kleid anziehen?" Meine Frage bringt Karin erneut zum Lachen. „Mit dem Ausschnitt ziehst du alle Blicke auf dich, da muss ich mich ja mächtig anstrengen, um nicht übersehen zu werden", darf ich anschließend aus ihrem Mund hören. Wie fröhlich doch Karins Stimme klingt und wie gut mir die Aussicht tut, bald in Dresden zu sein. „Pack in jedem Fall das sexy Kleid ein, Lotte!", muntert Karin mich erneut auf. „Vergiss nicht die hohen schwarzen Pumps! Das ist ein Muss unter diesem scharfen Fummel."

Meine Frage, was Karin an dem Abend der Vernissage anzieht, ist rasch beantwortet. „Als Mitorganisatorin der Vernissage und in Anlehnung an den Künstler schlüpfe ich in einen Farbtopf, bildlich gesehen", erneut ist ihre Stimme mit Lachen unterlegt. „Ich muss jetzt weiterarbeiten", beendet Karin viel zu rasch unser Telefonat. Kurz sinniere ich über ihre Bemerkung zu dem eigenen Outfit nach. Eine Lösung für Karins Andeutung will mir nicht in den Sinn kommen.

Als wichtig stufe ich ihre Worte gerade nicht ein, immerhin weile ich an dem Abend der Vernissage an Karins Seite und somit ist das Rätsel um Karins Outfit bald gelüftet. Mein rotes Kleid betrachte ich noch einmal und muss lächeln. Ja, in diesem Kleid werde ich nicht übersehen. Ein Gedanke, der mir gerade anfängt zu gefallen. Warum soll mein Leben nicht wieder einmal verrückt sein, wenigstens für ein Wochenende! Lydia Lowere, so denke ich, meiner Tante hätte diese Entscheidung auch gefallen. Bei diesem Gedanken erhellt sich meine Stimmung und ich werde mir einmal mehr gewiss, mir geht es vom Grunde her doch gut.

Für mich ist das Leben jetzt gerade nicht bunt und schillernd, was ich als Wehmutstropfen empfinde. Doch gesundheitlich fühle ich mich grandios. Lediglich mein Ego als Frau ist angekratzt, ich fühle mich nicht wirklich begehrt. Theo kann mir nicht das Gefühl vermitteln, eine Traumfrau für ihn zu sein. Er muss jetzt nicht lügen, wenn es um die Cellulite an den Oberschenkeln geht, nur möchte ich gerne einmal wieder hören: Lotte, du siehst wunderschön aus. Ich liebe dich, so wie du bist. Meine Herzensfrau bist du … Mir fallen noch mehr Komplimente ein, die ich leider nicht gesagt bekomme. Das muss auch der Grund sein, weshalb mir im Alltag die Energie fehlt. Das kurze Telefonat, Karins aufmunternde Worte, sie haben mir gutgetan. Kein Wunder, in der letzten Woche habe ich kaum ein Kompliment von meinem Freund erhalten, das mein Ego beflügeln konnte. Obgleich ich mich bemüht habe, sein Lieblingsessen zu kochen, mit seiner Tochter zu malen und einen Kuchen mit dem Kind zu backen. Theo hat das alles wie selbstverständlich hingenommen, was mir wehtut. Für ihn habe ich mich bemüht, mich zu verändern, habe an mir gearbeitet. Karins Worte schleichen sich plötzlich wieder in mein Unterbewusstsein. Ihre Aussage, mir fehle Sex, klingt in meinen Ohren nach. Ja, sie hat recht mit ihrer Bemerkung. Trotzdem liegt meine Traurigkeit nicht nur an dem fehlenden Sex. Ich fühle mich als Frau nicht mehr wahrgenommen.

Um meine Gedanken zu ordnen, komme ich auf die Idee, ein paar Zeilen an Frau Krautwinkel zu senden:

Liebe Frau Krautwinkel,
ich stehe schon in den Startlöchern für meine Kolumne, die in den Ausgaben Oktober und November erscheinen soll. Bitte teilen Sie mir noch das Thema mit, über das ich schreiben darf.
Mit besten Grüßen
Lotte

Hoffentlich bekomme ich schon bald die neue Aufgabe und habe somit die gewünschte Ablenkung in meinem Leben. Das Schreiben, Eintauchen in meine Gedanken und Worte, meine Fantasie sind für mich Erholung pur!

Erneut wandern meine Gedanken zu Theo und meiner Freundschaft zu ihm. Seine kühle und distanzierte Art im Umgang mit mir ist mir zu Beginn nicht als störend aufgefallen. Nur, jetzt spüre ich immer deutlicher, ich werde vernachlässigt.

Ob dies auch der Grund dafür ist, dass ich so glücklich bin, sobald ich nur das kleinste Kompliment von außen erhasche? Vom Grunde her sollte ich vor Glück Luftsprünge machen. Jetzt steht mir doch die kleine Reise nach Dresden bevor. Der Gedanke an diese Auszeit, die Aussicht, Karin wiederzusehen, sie beflügelt mich regelrecht. In den letzten Tagen habe ich mir so viele Gedanken um mein Outfit gemacht, wie lange nicht mehr. Meinem väterlichen Freund Vincenz ist es zu verdanken, dass diese kleine Reise in der Gesellschaft meiner Freunde stattfinden kann. Petra, Ina und ich sind eine feste Gemeinschaft, natürlich gehört noch Karin in unsere Runde.

Lustig finde ich, Anton Wall, der begnadete Künstler, wird uns begleiten, ebenso Vincenz, der die Reise organisiert hat. Zunächst war ich verwundert über den Wunsch von Vincenz, dass wir alle ohne unsere Partner zu der Vernissage reisen. „Es wird nicht nur mit guttun. Eine kleine Abwechslung dürfte auch in eurem Sinne sein." Wirklich verstanden habe ich seine Andeutung nicht. Nun gut, Vincenz ist Anfang achtzig und für mich wie ein Vater. Warum soll ich ihm nicht ein Wochenende lang meine ganze Aufmerksamkeit schenken, ihm und meinen Freundinnen, wohl gemerkt. Mir fällt die gemeinsame Zeit auf dem Kreuzfahrtschiff ein. Damals war viel passiert, besonders in meinem Leben. Auch diese Reise war von Vincenz organisiert worden. Ich hole tief Luft und lasse mich auf mein Bett fallen, neben meinen Koffer, auf dem obenauf das rote Kleid liegt.

Eigentlich wollte ich mit Ina und Petra im Zug anreisen. Nach der aktuellen Planung muss ich vorher zunächst im Café arbeiten. Meine Aushilfe muss zum Arzt und daher muss ich die ersten beiden Stunden im Café einspringen. Deshalb schaffe ich es nicht pünktlich zum Bahnhof zu kommen und reise daher mit meinem Auto an. Vincenz und Anton reisen ebenfalls mit dem Auto, leider fahren beide schon so früh los, dass ich nicht mitfahren kann.

Während mein Blick auf dem Koffer ruht, muss ich erneut an Theo denken.

Mit meinem Freund Theo läuft es gut, aber ist das nicht zu wenig, zu sagen, es läuft gut? Ich bin mit dem Mann noch keine zehn Jahre zusammen, was wird danach kommen? Antworte ich dann auf die Frage, wie es in meiner Beziehung läuft, „mit es geht?" Traurige Aussichten sind das für mich. Ja, es ist die Wahrheit, nicht jedes Treffen lässt mich voller Glückseligkeit zurück. Jedoch empfinde ich auch positive Momente

9

bei diesem Mann, was ich auch bei dem Telefonat mit Karin erwähnt habe.

„Lotte? Für mich hört sich das nach dem Leben an, welches Rentner nicht einmal führen." Karin war geschockt über mein Resümee zu meiner aktuellen Beziehung. „Wo ist die Lotte, die mir von ihrem Freund vorschwärmt? Wann haben deine Augen zuletzt vor Freude geleuchtet beim Warten auf Theo? Spürst du sie noch, die Gier in seinen Armen zu liegen, dich fallenzulassen und diesen Mann regelrecht aufsaugen zu wollen?" Das Telefonat hat einen Teil meiner Beziehung und die Wahrheit darüber zu Tage gebracht. Im Verdrängen bin ich Weltmeister, wie mir gerade wieder einmal bewusst wird.

Wieso nur muss die Liebe so kompliziert sein?

Auf meinem Weg vom Badezimmer zum Flur bleibe ich kurz am Spiegel stehen. Skeptisch wandern meine Blicke über das bunte, kurze Kleidchen, für das ich mich heute entschieden habe zu tragen. „Ich sehe doch gut aus", muntere ich mich selbst auf und gehe vergnügt in meine Küche. Im Stehen gönne ich mir einen Espresso, dann eile ich aus meinem Haus.

„Hoppla, Fräulein Lotte", höre ich meinen alten Briefboten rufen. Über den Gartenzaun seines Grundstücks, in dem er inzwischen lebt, ragt sein hagerer Kopf hervor. „Guten Morgen", werfe ich euphorisch zurück. „Was für ein wunderschöner Tag!"

„In Ihrem Alter sollten Sie sich anständig kleiden", darf ich hören, während ich gerade meine Autotür öffne. „Das darf doch nicht wahr sein!", drehe ich mich noch einmal um. Auf meinen Lippen liegen bereits Worte, die ich glücklicherweise hinunterschlucken kann. Mit einem aufgesetzten Lächeln eile ich in mein Auto und brause davon.

Was, so meine Überlegungen, läuft aktuell schief? Mein Leben, so, wie ich es gerade führe, ist schon als spießig zu bewerten. Jetzt muss ich mir auch noch von meinem alten Briefträger sagen lassen, wie ich mich ordentlich, wohl gemerkt in seinen Augen, zu kleiden habe. Wie ich es hasse, so kritisiert zu werden. Leben und leben lassen! Ja, die Worte von Lydia Lowere sollte ich dem Briefträger ins Gesicht rufen. Zweifel keimen unvermittelt in mir auf und ich bin mir bewusst, ihm würden diese Worte nicht zu Herzen gehen. Manche Menschen kann man nicht mehr verändern, auch das habe ich in den letzten Jahren gelernt. Erwachsen zu werden bringt die Gewissheit mit sich, einen geschulteren Blick und mehr Erfahrung in vielen Lebenslagen zu haben, jedoch schleicht sich auch die Gewohnheit darunter. Langeweile kann ich nicht gebrauchen und sobald ich an diesem Punkt in einer Beziehung angekommen bin, muss ich gehen. Schleichend kommt der Gedanke in meinen Kopf, dass meine aktuelle Verbindung immer mehr zur Routine wird. Bin ich beziehungsunfähig? So oft schon habe ich mir diese Frage gestellt, an mir gezweifelt.

Liegt es an mir? Ich funktioniere und arbeite mehr Stunden in meinem Café als ich es je zuvor getan habe.

Die Wochenenden verbringe ich meist mit Theo und seiner kleinen Tochter Anna, die ich sehr mag. Das kleine Mädchen bringt eine Seite in mir zum Vorschein, die bis zu dieser Begegnung im Verborgenen lag. Fast komme ich zu dem Resultat, diese Gefühle lagen in einem Dornröschenschlaf. Ein Kind in seiner Nähe zu haben, bringt Abwechslung. Jedes Wochenende, an dem Anna bei uns schläft, müssen wir überlegen, was können wir mit dem Kind unternehmen. Die Spielplätze der Umgebung kenne ich inzwischen und den Sand, der mir beim Spielen in die Schuhe rutscht, ebenfalls. Mein Leben hat mit dem Kennenlernen von Theo eine Kehrtwende von 180 Grad genommen. Eventuell ist diese Veränderung zu heftig für mich?

Immer wieder kommen mir die Worte von Karin in den Kopf. Beim Einparken vor meinem Café muss ich daran denken und beim anschließenden Arbeiten ebenso. Ihre Worte haben mich aus dem Lot gebracht und irgendwo in meinem Kopf einen Schalter umgestellt, der mich nicht mehr zur Ruhe kommen lassen will. Bin ich glücklich in meiner Beziehung? Will ich so weiterleben, bis ich eine alte Frau bin und keine Kraft und Energie mehr habe, um verrückte Dinge zu tun?

„Ich wollte keinen Kakao! Oder sehe ich noch wie ein kleines Kind aus?" Die Stimme der Frau, die vor mir sitzt, klingt nicht nach einem Spaß. Meine Konzentration wird nicht nur von den Gästen angezweifelt, auch meine Aushilfe spricht mich an. „Haben Sie Kummer?", will sie wissen, nachdem ich einen Käsekuchen an den Tisch gebracht habe, wo meine Marzipantorte sehnlichst erwartet wurde.

„Ist heute nicht so ganz mein Tag", gebe ich offen Auskunft.

Um 19 Uhr schließe ich erleichtert die Tür zum Café zu und lasse mich erschöpft auf einen Stuhl fallen. Meine Aushilfe wischt noch den Fußboden, ein Angebot, das ich heute sehr gerne angenommen habe. „Wenn ich private Probleme habe, bin ich auch immer durcheinander. Ganz besonders, wenn ich einen Streit mit meinem Freund habe", höre ich meine Aushilfe kundtun, während sie unter dem Tisch wischt, an dem ich noch sitze. Meine Füße hochhaltend denke ich über ihre Worte nach. „Männer sind nicht so leicht in den eigenen Rhythmus zu integrieren", hole ich Luft. „In wenigen Tagen reise ich nach Dresden, die Aussicht tut mir gut!"

„Sie können die Füße wieder auf den Boden stellen", kommt ein Lachen als Antwort. „Ihr Kopf ist schon rot."

„Ja, mir ist die Anstrengung der kleinen Übung bestimmt anzusehen. Ich muss mir einmal wieder die Zeit nehmen, um sportlich aktiv zu werden", greife ich wenig später nach meiner Tasche.

Noch auf der Fahrt nach Bremberg denke ich über den heutigen Tag und meine Verfassung, die als sehr durcheinander zu bezeichnen ist, nach. Unkonzentriert fahre ich beinahe einem anderen Auto, das an einer Ampel hält, auf den Kofferraum. In letzter Sekunde kann ich einen Aufprall verhindern. Erschöpft wähle ich über meine Freisprechanlage Ina an.

„Komm doch zu uns zum Abendessen", höre ich die vertraute Stimme meiner Freundin und fühle mich unvermittelt schon wieder besser. „Was sagt Johann, wenn ich plötzlich in der Küche auftauche?" Ina lacht meine Bedenken weg. „Johann hat noch Arbeit mit nach Hause gebracht, was bedeutet, nach dem gemeinsamen Essen verzieht er sich in sein Arbeitszimmer und ich habe Zeit für dich. Wolfi schläft heute Nacht bei Rosalinde und Vincenz. Einem gemeinsamen Glas Prosecco steht nichts im Wege." So, wie Ina es sagt, kann ich nicht umhin zuzusagen. Jedoch lehne ich die liebe Einladung zum gemeinsamen Essen ab. „Ich muss erst einmal unter die Dusche, Ina. Der Tag im Café war stressig und ich bin verschwitzt." So ganz will Ina mir nicht abnehmen, dass dies der wahre Grund ist. Mir gelingt es aber sie zu überzeugen. „Dann komme ich um halb neun zu dir. Ich freue mich sehr auf dich!", beende ich zufrieden das Telefonat.

Ina

Kurz vor halb neun steht Lotte vor meiner Tür und ich sehe meiner Freundin an, sie hat Redebedarf. Johann hat sich nach dem Abendessen, wie von mir vermutet, in sein Arbeitszimmer zurückgezogen. Für Lotte habe ich noch eine Portion Gulasch mit Nudeln aufgehoben. Den Teller stelle ich vor Lotte auf den Tisch, obwohl sie zunächst ablehnen möchte. „Und ein Glas Prosecco gibt es auch dazu", eile ich zu meinem Kühlschrank. „Du bist ein Schatz", greift Lotte zu dem Essen und ich kann beobachten, sie ist mit leerem Magen zu mir gekommen. Ganz so, wie ich es vermutet habe. Während Lotte kaut, fange ich an, unsere Gläser zu füllen, dann lehne ich mich einen Moment zurück und warte, bis Lotte aufgegessen hat. „Du bist eine der besten Köchinnen, die ich kenne", schiebt Lotte den Teller von sich weg. „Wie sehr freue ich mich auf Dresden", wirft sie schon etwas gelöster nach.

„Dann stoßen wir jetzt auf Dresden an", hebe ich mein Glas und Sekunden später klirrt Lottes Glas an meines. „Ich muss einfach einmal raus und benötige einen Tapetenwechsel", seufzt Lotte nach einem kräftigen Schluck. Ihr Glas stellt sie vor sich auf den Tisch und ich darf zusehen, wie sie das Glas im Anschluss anstarrt und in den Händen dreht. „Möchtest du reden?" Meine Frage bringt Lotte dazu, ihren Blick zu heben und mich anzusehen. Ihre Hände liegen noch immer um das Glas, jedoch hat sie ihre Drehbewegungen unterbrochen. „Bist du glücklich, Ina?" Über Lottes Frage kann ich zunächst nur lachen. „Ja, ich bin sehr glücklich, Lotte. Hast du schon vergessen, ich werde bald heiraten. Diese Tatsache sowie meine Liebe zu Johann und zu Wolfi, sie machen mich zu einer sehr glücklichen Frau." Lotte nickt, ihren Blick lässt sie wieder auf das Glas fallen. „So möchte ich auch einmal auf die Frage antworten können, ob ich glücklich bin."

Oh, so mein spontaner Gedanke, neue Probleme zeigen sich am Horizont. „Gibt es Gewitterwolken in deiner Partnerschaft, Lotte? Habe ich einen Streit nicht mitbekommen oder wo liegt dein Problem?" Lotte nimmt noch einen kräftigen Schluck Prosecco und ich muss mich in Geduld üben. „Mir geht es ja gut", darf ich im Anschluss erfahren. Auf weitere Auskünfte muss ich erneut warten. Auch gefühlte fünf Minuten später, in denen ich die Spülmaschine in Gang setze, gibt Lotte mir keine weiteren Einblicke in ihr Leben. „Nächsten Freitag geht es ja schon auf Reisen", steht Lotte unvermittelt neben mir. „Du willst schon wieder gehen?" Mein Blick fällt auf ihre Tasche, die Lotte zuvor auf dem Boden abgelegt hatte und jetzt über ihre Schulter hängen hat. „Ja, ich muss nachdenken und noch telefonieren", wirft sie mir einen Kuss zu und dreht sich unverhofft um. „Wir reden in Dresden, dort werden wir mehr als genügend Zeit dafür finden", dreht Lotte sich in der Tür noch einmal um, dann eilt sie aus meiner Küche und ich höre, wie im Anschluss meine Haustüre geöffnet wird und wieder ins Schloss fällt. Unschlüssig bleibe ich an meiner Spüle stehen. Ob Lotte mit Theo schon wieder in der Endphase der Beziehung angekommen ist? Kurz schiele ich zu der Tür, hinter der sich Johann befindet. Es ist ruhig und sicherlich wird er noch eine Weile in seinem Refugium bleiben. Zeit genug für mich habe ich, daher greife ich zu meinem Handy und rufe Karin an.

„Die Vorbereitungen laufen auf Hochtouren, Ina. Ich bin so freudig aufgeregt, auf die Vernissage, auf ein Wiedersehen mit euch Freundinnen und auf Vincenz und Anton." Karin redet und redet und scheint nicht zu ahnen, dass ich auch gerne etwas sagen möchte. „Für Vincenz und Anton habe ich ein Hotelzimmer gemietet, so, wie Vincenz es auch liebt. Ruhig und edel. Etwas gespannt bin ich auf die Reaktion der anderen Hotelgäste beim Anblick von Anton Wall. Unser Künstler, wie ich weiß, wird sicherlich in einem sehr ausgefallenen Look erscheinen. Das Bild, das Vincenz und er abgeben werden, es wird für Aufsehen und Gerede sorgen", Karin wirkt belustigt auf mich. Ihre Stimme verrät, der Freundin geht es gut. Im Anschluss werde ich von Karin noch über die weiteren Vorbereitungen im Kunstmuseum unterrichtet. „Stell dir nur vor, der ausstellende Künstler hat uns alle Gemälde nochmals neu aufhängen lassen. Die zuvor gewählte Anordnung der Gemälde habe ihn nervös gemacht und Bauchgrummeln verursacht." Karin holt tief Luft und ich glaube schon, jetzt finde ich die Gelegenheit, um von Lottes Besuch zu erzählen, da ist Karin schon wieder in ihrem Element. Die nächsten zehn Minuten bekomme ich einen Einblick in das Leben des Künstlers, das in der Tat sehr facettenreich ist. Karin gelingt es, mich abzulenken. Plötzlich sind die Sorgen um Lotte aus dem Kopf und wir sprechen angeregt von der bevorstehenden Vernissage. „Dass der Künstler auch in dem Hotel übernachtet, in dem ich Vincenz und Anton untergebracht habe, ich finde es hat schon mit Fügung zu tun", betont Karin mit einer Stimmlage, die mich hellhörig macht. „Was führst du im Schilde?", werfe ich in dem Moment ein, als Karin eine Pause einlegt. Im Hintergrund höre ich einen Mann nach Karin rufen. „Es tut mir leid, Ina, ich bin noch im Kunstmuseum und mein Direktor ruft nach mir. Der Art nach, wie er nach mir schreit, lässt vermuten, der Künstler hat erneut Wünsche, die wir noch rasch ausführen müssen." Ohne noch auf mein Tschüss zu warten, beendet Karin das Gespräch. Traurig stelle ich Lottes Glas auf die Spüle und gönne mir noch ein frisches Glas Prosecco, mit dem ich mich auf mein Sofa setze. Johann kommt in dem Augenblick zu mir, als ich gerade durch die Programme zappe. „Lotte hat mir gegenüber so komische Andeutungen zu ihrer Freundschaft mit Theo gemacht", schiele ich Johann von der Seite an.

„Oh, Ina!", er nimmt mich in seinen Arm und küsst mich. Es tut so gut, ihm nahe zu sein. „Lotte wird sich in diesem Leben nicht mehr ändern. Gut, jetzt war sie tatsächlich für kurze Zeit in einer Beziehung, die uns allen gefiel. Theo finde ich sympathisch und dass er eine Tochter hat, ich dachte, Lotte macht es glücklich. Ich hätte meine ursprüngliche Meinung über Lotte nicht ablegen sollen", höre ich Johann sagen. Unvermittelt sehe ich ihn erbost an. „Du redest sehr schlecht über Lotte", muss ich sagen, was ich zuvor gedacht habe. Johann nickt. „Ich möchte sagen können, was ich denke, besonders in deiner Gegenwart und wenn es um Menschen geht, die einem von uns wichtig sind." Ja, so denke ich, Johann hat mit seinen Worten die Wahrheit getroffen. Auch mir liegt sehr am Herzen, mit Johann offen sprechen zu können, besonders über Menschen in unserem näheren Umfeld. „Deine Freundin Lotte wird ihr Leben nicht ändern, nicht jetzt und nicht in zehn Jahren", fügt Johann nach. So, wie er es sagt, lässt er keine Zweifel aufkommen, gesagt zu haben, was er auch denkt. Sorgen sind in meinem Kopf und ich spüre, mein Kopf fängt an zu schmerzen. „Nimm dir doch bitte nicht alles so zu Herzen, Ina! Lotte kennst du doch schon über Jahrzehnte und das sollte dich inzwischen etwas abgehärtet haben." Johann hält mich fest in seinem Arm und streichelt über meinen Rücken, ab und an küsst er mich auf die Stirn. „Mach dir nicht so viele Sorgen, Ina! Deine Freundin wird sich schon wieder fangen und glaube mir, Lottes Welt dreht sich schneller wieder als du dir vorstellen kannst."

Meine Erfahrungen mit Lotte und den Männern in ihrem Leben sind tatsächlich facettenreich. Kaum war ein Liebeskummer überwunden, kam der nächste Mann in ihr Leben. „Nur mit Franz war das Verhalten von Lotte anders. Erinnerst du dich, Johann? Sie hatte richtig Herzschmerzen wegen ihm." Johann lässt mich aus seiner Umarmung und geht zum Kühlschrank. „Ja, es mag sein, in diesem Punkt liegst du nah an der Wahrheit. Lotte scheint einen Hang zu Männern zu haben, denen sie nachlaufen muss." Nachdenklich beobachte ich Johann, wie er sich einen Joghurt aus dem Kühlschrank nimmt. „Wie nur unser Wochenende in Dresden verlaufen wird? Ich bekomme Angst vor dem Chaos, das Lotte an den Tag bringt." Jetzt muss ich in ein Taschentuch schniefen. Johann stellt seinen Joghurt auf den Küchentisch und nimmt mich erneut in seine Arme. „Keine Sorge, meine Liebe", küsst er meine Stirn. Ich umfasse seinen Körper und drücke mich ganz fest an den Mann, den ich liebe. „Du riechst so gut", höre ich Johann sagen. Mir gefallen seine Worte, seine Streicheleinheiten und Küsse ebenso. „Wieso kann das Leben nicht leichter sein?" Johann schmunzelt. „Du hast es doch in den eigenen Händen. Lass dich fallen und fange an selbst zu bestimmen, wie dein Leben verlaufen soll und finde heraus, wer und was dir guttut."

Mit einem innigen Zungenkuss beende ich unsere Unterhaltung und ziehe Johann mit in unser Schlafzimmer. „Ich möchte jetzt das haben, was mir wirklich guttut. Dich!" Mehr Worte bedarf es nicht. Johann fängt an, meine Kleidung aufzuknöpfen, mich erneut zu küssen und zu streicheln. Jede seiner Berührungen ist wie Balsam für meine Seele. Die Kopfschmerzen sind wie weggeblasen. Ich lasse mich nackt und zufrieden auf unser Bett fallen, öffne meine Arme für Johann und genieße den Moment.

Karin

Die Nachricht von Ina, gleich am frühen Morgen auf meinem Handy, sie hat mich umgehauen, bildlich gesprochen. Einem ersten Impuls, die Freundin anzurufen und ihre Worte in Frage zu stellen, kann ich nicht nachgehen. Hermann Josef zieht mit seinen Worten meine ganze Aufmerksamkeit auf sich. „Du musst dringend abnehmen, Karin!" Wie ich diese Bemerkung hasse. Immer wieder gibt es zwischen uns Streit, wegen meiner Figur. „Dann such dir doch eine dünne Freundin!"

Zu meiner Verwunderung geht Hermann Josef nicht auf meine Worte ein, sondern ist bemüht den Streit zu schlichten. „Wir gehen heute einkaufen. Wie findest du meine Idee?" Ich strahle ihn an. „Für die Vernissage?" Meine Stimme überschlägt sich vor Freude. „Streiten kostet unnötige Energie", betone ich und angele sogleich meine Handtasche. Mit Hermann Josef einkaufen, bedeutete früher für mich puren Stress, heute ist es richtig schön. Ich musste lernen ihm zu sagen, was ich möchte und dass ich mich nicht verbiegen werde, auch nicht für den Mann meines Herzens. Die Boutiquen für die schlanken Frauen hatten Hermann Josef magisch angezogen und in mir eine Panik hervorgerufen. Kaum eines der Kleider in den Auslagen passte mir, wenn doch, dann waren es Reststücke, die längst aus der Mode waren. Inzwischen habe ich meine Geschäfte entdeckt, dort werde ich fachmännisch beraten und finde immer ein kleines Highlight für meine Garderobe. Es gibt auch die Shopping Touren, bei denen ich mich entscheiden muss, um meinen Geldbeutel zu schonen. Herrlich ist die Gewissheit, in Ruhe auswählen zu dürfen, nicht den Bauch einziehen zu müssen, wenn ich die Kabine verlasse, und keine Angst haben zu müssen, in ein Kleid zu schlüpfen, bei dem der Reißverschluss unter meinen Kilos aus der Naht reißt.

„Mein Onkel Vincenz hat sich gemeldet und er möchte mich in der nahen Zukunft mehr in seine Geschäfte involvieren. Das, liebe Karin, habe ich dir zu verdanken. Vincenz schätzt dich und ich liebe dich." Hermann Josef erwähnt dies auf der Fahrt in die Stadt.

Kurz denke ich, deshalb ist er plötzlich so freundlich zu mir. Dann aber beschließe ich einfach einmal loszulassen und den heutigen Tag zu genießen.

„Wo werden deine Freundinnen schlafen?" Ups, auf diese Frage habe ich schon gewartet. Jedoch passt sie nicht in den heutigen Tag und in die wunderschöne Stimmung. Daher lenke ich das Thema in eine andere Richtung, was mir sehr leichtfällt. Hermann Josef und ich stehen gerade vor einem Dessous-Geschäft und ich habe mein Traum-Outfit entdeckt. Spontan kommt ein: „Wahnsinn!" über meine Lippen. Mit einem Mann in einen Dessous-Laden zu gehen, früher habe ich mich das nicht getraut. Heute, an der Seite von Hermann Josef, ist es anders. Gut, er greift noch immer spontan nach Stücken, worin maximal ein Oberschenkel von mir seinen Platz finden würde, an meinen Po gar nicht erst zu denken, jedoch kann ich ihm seine Fehlgriffe inzwischen besser verzeihen.

„Ich habe gerade ein kleines Vermögen ausgegeben", verlasse ich wenig später mit zwei Tüten voller verführerischer Teile den Dessous-Laden. Mein Gesicht glüht vor Aufregung. „Ich nehme die Tüten", befreit mich Hermann Josef von den neuesten Errungenschaften. „Mir ist nach einem Glas Sekt", gebe ich unumwunden zu.

Auf dem Weg zu einem kleinen Restaurant kommen wir an einer Boutique vorbei, deren Auslagen die Aufmerksamkeit von Hermann Josef auf sich ziehen. „Schau nur", zieht er mich ein Stück näher an das Schaufenster. „Solch ein Kleid würde ich gerne bei der Vernissage an meiner Freundin sehen!"

Oh, weh! Mein gerade erst aufkeimendes Selbstvertrauen sinkt spontan in den Erdboden. Das traumhafte Stück im Schaufenster ist allenfalls für eine Größe 36 geschneidert, nicht aber für meine weiblichen Rundungen gemacht. Unvermittelt kaue ich auf meiner Unterlippe und überlege mir, wie komme ich ohne Zoff aus der Situation heraus? „Lass uns in die Boutique gehen und du probierst das Kleid an." Hermann Josef zieht schon an meinem Arm und ich komme nicht dazu mich zu sträuben, lasse mich von ihm mit in das Paradies der Frau entführen, wie an der Tür zu lesen ist.

Mir kommt es entgegen, dass Hermann Josef im Inneren der Boutique auf einen Kollegen trifft, der geduldig vor der Umkleide auf seine Frau zu warten scheint. Schweiß läuft mir über die Stirn und ich befürchte schon, aus der Kabine kommt gleich eine Gazelle heraus.

Unsicher blicke ich mich in dem schicken Laden um und versuche, die Preise und vor allem die Größen zu erhaschen.

„Darf ich Ihnen behilflich sein?"

Nicht auch noch das, blicke ich die hübsche, junge und wirklich sehr schlanke Verkäuferin an. Warum hat das Universum mir nichts Angenehmeres zu bieten als diesen Moment? Mein Blick geht über meine Schultern und ich sehe zu Hermann Josef, der sich noch immer angeregt unterhält. „Ich, ja, also", stammelnd und unsicher sehe ich die hübsche Verkäuferin an. Mich ärgert meine Unsicherheit, die ich durch mein Gestammel noch untermale.

„Wenn ich Ihnen etwas wirklich Hübsches zeigen darf?"
Die strahlend weißen Zähne der Verkäuferin, die ich jetzt erst bemerke, lassen mich noch hässlicher, dicker und älter wirken als ich es bin.

Auf dem Absatz möchte ich kehrt machen und diese Boutique verlassen, doch Hermann Josef kann ich nicht so stehen lassen, damit wäre ein Eklat vorhersehbar. Während meiner Überlegung eilt die junge Verkäuferin zu einem Regal und fingert ganz selbstverständlich einige Teile hervor, begutachtet diese kurz und lächelt mich zufrieden an. „Sie werden den Kleidern die besondere Note schenken. Ihr Körper ist wie gemacht für diese edlen Stücke", höre ich sie sagen. Nein, so denke ich mir, das ist pures Gesäusel. Das junge Geschöpf will mir etwas aufschwätzen, säuselt mir die Ohren voll und amüsiert sich derweil über meine üppige Figur. Was nur wird Hermann Josef denken, wenn ich wie eine Wurst in der Pelle aus der Kabine komme und ihm die neuen Kleider vorführen soll? Ohne aufdringlich zu werden, schafft es die junge Verkäuferin, mich mit den von ihr ausgewählten Kleidungsstücken in eine der freien Kabinen zu schicken.

„Wie schön! Karin, du hast ein hübsches Kleid zum Anprobieren gefunden?" Ein fröhlicher Ruf von Hermann Josef erreicht mich vor der Umkleidekabine, die ich gerade erst aufgesucht habe.

„Darf ich kurz einen Blick in die Kabine wagen, meine Süße?" Ein lautes: „Nein!" kommt harsch über meine Lippen. „Die Überraschung möchte ich dir doch nicht nehmen", füge ich sanft nach. Mir wird warm, ich fange an zu schwitzen. „Gib mir bitte etwas Zeit, Hermann Josef. Ich habe eine kleine Auswahl an Kleidern in meiner Kabine." „Dann darf ich mich ja für einen längeren Aufenthalt wappnen. Ich freue mich auf das Ergebnis, Karin!"

Verschämt halte ich meine Hände vor mein Gesicht. Dann aber ermahne ich mich selbst, nicht einzuknicken. Beim näheren Betrachten der Teile, die mir die junge Verkäuferin in die Garderobe gehangen hat, stelle ich fest, die junge Verkäuferin liegt mit den Größen, die sie für mich herausgesucht hat, richtig. Verblüfft überlege ich, sie hat nicht einmal die Größe betont oder hervorgehoben, sondern mir alles wie selbstverständlich und noch mit lobenden Worten herausgesucht. Ist das ein gutes Zeichen? Skeptisch fange ich an mich auszuziehen, allerdings ohne die Euphorie, die ich noch im Dessous-Laden verspürt habe.

„Maja", höre ich einen Mann rufen und bin mir sicher, es ist der Mann, der vorhin neben Hermann Josef stand. „Wie gefalle ich dir in diesem Kleid?" Jetzt dringt von außen auch die Stimme von Maja, wie ich vermute, bis in meine Kabine. „Traumhaft schaust du aus, meine Liebe. Das Kleid ist wie für dich gemacht. Ich finde auch, dass deine Figur in diesem Kleid sehr gut zur Geltung kommt", dringen die Worte des Mannes nun ebenfalls bis in meine Kabine. In meiner Fantasie stelle ich mir Maja vor, wie sie gerade vor der Kabine ein Kleid vorführt. Schlank, hübsch, langes Haar und ein jugendliches Lächeln zum Verführen. Ich fühle mich klein und hässlich, möchte hier weg und am allerliebsten in mein Bett. Mir ist elend zumute.

„Ist bei Ihnen alles gut?" Mit der Frage schielt die Verkäuferin auch schon in meine Kabine. Gut, sie hat es sehr dezent getan. Den Vorhang nur für ihre Augen ein Stück zur Seite genommen, um mich zu begutachten. „Wie schön! Heute werden alle meine Kundinnen in Prinzessinnen verwandelt", ruft sie euphorisch und reißt im nächsten Moment den Vorhang ganz auf. Ruckartig drehe ich mein Gesicht in Richtung Spiegel und offenbare nur mein Hinterteil, gut, auch meinen Rücken zur direkten Ansicht. Lachen dringt an meine Ohren. „Karin?" Hermann Josef wirkt belustigt, zumindest klingt seine Stimme so. „Wieso drehst du dich nicht zu uns um?" Heulen könnte ich vor Scham. Ich, die rundliche Karin, muss mich gleich neben eine gertenschlanke und hübsche Frau gesellen, diese Vorstellung bereitet mir Angst. „Karin? Drehst du dich bitte einmal zu mir um?" Hermann Josef lässt nicht locker und ich komme nicht umhin, mich zu drehen. Einmal noch blicke ich in den Spiegel und spontan darf ich erkennen, das Kleid schmeichelt meiner Figur. Ich komme nicht umhin, mich kurz anzulächeln. Tatsächlich gefalle ich mir in dem neuen Kleid. Die Hüften sind geschickt eingepackt, ohne dass sich das Kleid in den kleinen Röllchen abzeichnet.

Langsam drehe ich mich und als erstes sehe ich die Frau, die neben mir in der Kabine steht, auch mit geöffnetem Vorhang. Auch sie blickt unsicher und ängstlich zu mir.

„Sie haben das gleiche Kleid wie ich anprobiert?" Fast zeitgleich kommen diese Worte aus unserem Mund und spontan fangen wir beide an zu lachen. „Herrlich, ich dachte schon …", an dieser Stelle unterbreche ich meine Worte. „Ja, meine Gedanken gingen in dieselbe Richtung", kommt sie ein Stück näher. „Richtig Angst hatte ich davor, einer schlanken Frau zu begegnen, im gleichen Outfit, neben der ich wie eine Wurst ausgesehen hätte."

Diese Worte bekomme ich in mein Ohr geflüstert. Nun gut, wir haben dieselben Gedanken gehegt und trotzdem bin ich überrascht. Die hübsche und wirklich schlanke Verkäuferin tritt neben uns. „Wunderschön. Das Kleid ist wie für Sie entworfen worden", fallen ihre Blicke über unsere Körper. Hermann Josef habe ich fast vergessen in dem ganzen Tumult. Erst jetzt suche ich einen Blickkontakt zu ihm und darf erkennen, ihm gefällt, was er sieht. Ein Handkuss fliegt mir entgegen.

„Wenn du in der Zukunft auch regelmäßig in das Sportstudio gehst, dann wird das Kleid noch besser passen." Ups! Diese Worte von Hermann Josef kann ich gerade gut verkraften, was auch an der netten Verkäuferin liegt. „Ich finde Sie sehen bezaubernd aus!", höre ich sie laut sagen.

„Jetzt kann ich dir auch Rudi vorstellen, wir kennen uns schon seit Jahren", lenkt Hermann Josef meine Aufmerksamkeit auf den Mann an seiner Seite. Rudi blinzelt mich freudig an, nimmt meine Hand in Beschlag und schüttelt sie kräftig. „Maja!" Rudis Stimme liegt in der Luft und füllt die Räumlichkeiten der kleinen Boutique. „Dann öffne ich mal ein Fläschchen Sekt", tönt die Verkäuferin, während ich jetzt die Hand von Maja schüttele. „Wer von uns kauft nun das Kleid?" Meine Frage bringt Maja zum Lachen. „Jede von uns nimmt „ihr" Kleid mit nach Hause. Was glaubst du nur, was ich dachte, als mein Bruder mich hier in diese Boutique geschleppt hat." Erstaunt bin nicht nur ich nach Majas Worten. „Deine Schwester?" Hermann Josef schielt zu Rudi. „Genau! Meine kleine Schwester Maja. Für wenige Tage sucht sie eine Unterkunft mit freier Kost und Logis. Als großer Bruder bin ich die geeignete Anlaufstelle", fügt er grinsend nach. Meine Gedanken wandern zu Lotte und ich glaube zu ahnen, würde sie Rudi kennenlernen, der Mann könnte ihr das Herz brechen. In Lottes Beuteschema passt er allemal besser als Theo. Rudi hat einen Körper, der gleich zeigt, er macht viel Sport, sicherlich trainiert er täglich in einem Studio.

„Ich lade euch auf einen Kaffee ein", betont Rudi, nachdem wir den Sekt getrunken, der Verkäuferin versprochen haben wiederzukommen und glücklich unsere Einkaufstaschen in den Händen halten. Hermann Josef ist gleich begeistert und mir gefällt der Gedanke ebenfalls, noch Gelegenheit zu haben, mit Maja zu reden.

„Dass wir uns nie begegnet sind", Hermann Josef ist entzückt zu hören, sein Freund Rudi lebt ebenfalls in Dresden. Maja, so erfahren wir, hat schon immer ein sehr gutes Verhältnis zu ihrem Bruder gepflegt. „Eine dauerhafte Lösung, jetzt bei ihm Unterschlupf gefunden zu haben, ist das allerdings nicht", lautes Lachen erklingt. „In meinem Alter sollte eine Frau ihre eigenen Räume haben, für alle Fälle", kichert sie. Oh, denke ich mir, Maja ist eine Frau, die in unsere Runde passen kann. Ohne weiter nachzudenken, berichte ich von der

Vernissage am kommenden Wochenende und lade Rudi und Maja ein. „Was für eine schöne Idee", strahlt Maja. „Dann lerne ich vielleicht noch ein paar nette Menschen kennen."

„Ich muss geschäftlich noch einmal nach Frankfurt, doch für die Vernissage komme ich direkt nach Dresden zurück", erzählt Rudi mit einem Grinsen im Gesicht. „Meine kleine Schwester muss ich doch im Auge behalten", kommt hinterher.

Bei der Tasse Kaffee bleibt es nicht. Hermann Josef bringt die Idee ein, gemeinsam zum Italiener zu gehen. Hier erfahre ich auch, dass Rudi als Anwalt arbeitet und Maja einen eigenen Friseursalon hatte, bis zu ihrer Scheidung. „Mir fehlte der Nerv, so weiterzumachen wie zuvor. Meine Seele hat nach einer Veränderung geschrien. Dann habe ich den Laden an eine Mitarbeiterin abgegeben und bin zu meinem Bruder gezogen", kurz hält sie die Luft an. „Nur vorrübergehend", setzt sie nach. Maja könnte eine Schwester von mir sein, so meine Überlegung. Nicht nur bei der Kleidung teilen wir den Geschmack, auch bei den Männern. „Mit Hermann Josef hast du richtig Glück. Der Mann würde mir auch gefallen", darf ich hören.

Während die Männer von alten Zeiten reden, berichte ich Maja von meinen Freundinnen. „Wir sind wie eine Familie", beende ich meine Worte.

„Wahnsinn! Da kann man direkt neidisch werden. So eine Frauenfreundschaft habe ich immer gesucht", sie holt tief Luft. „Gerade jetzt, nach meiner Scheidung, dem Aufgeben meines Salons, der Suche nach dem neuen Sinn in meinem Leben, fehlt eine Freundin."

Lotte

Wie sehr ich mich auf Dresden freue. Sicherlich erleben wir einige verrückte Stunden und Tage. Besonders freue ich mich auch darauf, einmal wieder eine Vernissage mit Anton Wall, dem Künstler, der über meinem Café in Limburg lebt, zu besuchen. In meine Vorfreude platzt der Künstler höchst persönlich und ganz lebendig hinein. Zufällig treffen wir uns vor meinem Café.

„Ich suche neue Inspirationen", tönt Anton, als wir auf Dresden zu sprechen kommen. „Außerdem spüre ich schon eine freudige Aufregung in mir", darf ich als nächstes hören.

„Kann ich dir einen Cappuccino anbieten?" Ein Strahlen kommt auf Antons Gesicht. „Was für eine schöne Idee!", eilt er mit mir in das Café und lässt sich sogleich auf einen freien Stuhl fallen. „Mir wird diese Abwechslung guttun, Lotte. Jeder kreative Mensch braucht regelmäßig neue Eindrücke von außen."

An der Stelle musste ich Anton unterbrechen. „Du bist ständig auf Reisen", werfe ich ein und serviere ihm zeitgleich den gewünschten Cappuccino. „Ein Stück Marzipantorte?" Meine Frage stelle ich an Anton, obgleich mir seine Antwort schon wie auf dem Tablett vor Augen liegt. Anton Wall gehört, wie viele Menschen in der Region, zu den Fans der Marzipantorte, was mich auch stolz sein lässt.

„Bist du glücklich, Lotte?" Die Frage kommt zwischen zwei Gabeln, die gefüllt mit Torte in Antons Mund landen, an meine Ohren. Kurz zucke ich zusammen, wohin soll die Unterhaltung uns nur führen?

„Definiere mir doch Glück", blinzele ich ihn an.

„Deine Augen, meine Liebe, sie sehen aktuell wie Schlitze aus, was mir sagt, du bist getroffen."

Puh! Ich mag diese Psychospielchen nicht, was ich Anton auch direkt sage.

„Freunde müssen ehrlich sein. Wer sonst traut sich so offen auch einmal eine Schwäche, die ihm auffällt, anzusprechen? Ich empfinde etwas für dich, Lotte. Für mich bist du wie eine Schwester", betont Anton. Während sich der Künstler wieder der Marzipantorte widmet, kämpfe ich vor Rührung gegen Tränen. „Dein neuer Freund macht dich nicht wirklich glücklich und deine plötzliche Neigung zu einem traditionellen Familienleben, ich habe es von Anfang an mit Skepsis gesehen", spricht Anton weiter.

„Wieso will keiner meiner Freunde glauben, dass ich sehr wohl ein bürgerliches Leben führen kann?" Meine Stimme überschlägt sich, die Aufmerksamkeit der übrigen Gäste ist mir gewiss.

„Das meine ich, Lotte. Du flippst aus, sobald ich sage, was ich denke. Soll ich dich in Watte hüllen? Anlügen?"

Meine Aushilfe im Café erlöst mich für den Moment aus dieser doch unangenehmen Situation. „Ich muss Sie um Ihre Unterstützung bitten. Allein kann ich die vielen Bestellungen nicht bewältigen", blickt sie zunächst mich und dann Anton an.

Mit den Worten: „Tut mir sehr leid", entziehe ich mich Anton und bleibe so lange dem Tisch fern, bis der Künstler mein Café wieder verlässt. In dem Moment, als Anton Wall mein Café verlassen hat, hole ich Luft und bin froh, wieder meine Ruhe zu haben. Nervig ist für mich jedoch die Tatsache, Antons Worte hallen noch nach und ich denke viel mehr darüber nach als ich wollte.

Dass ich gerade jetzt wieder an die Unterhaltung mit Anton denken muss. Ich mag ihn, seine verrückte Seite, die kreative ebenfalls. Von Menschen wie ihm lerne ich immer wieder, die Dinge aus einem anderen Blickwinkel zu betrachten. Seine

Bemerkung, ich solle mir beim Packen meines Koffers Zeit lassen, habe ich ignoriert. „Lotte! Jeder Tag sollte zu einem Highlight werden, was auch die Garderobe zum Ausdruck bringen kann", gab er mir zur Belehrung. „Keine Schlabberpullis und keine Strickjacken", fügte er noch nach. Amüsiert hatte ich meine Hand gehoben, eine passende Antwort war mir jedoch nicht eingefallen. Anton, so mein nächster Gedanke, er ist wirklich befruchtend für mich. Meine erste Regung, beleidigt zu sein, ich kann sie zum Glück unterdrücken. Lange hängt mir das Gespräch noch nach und selbst zu Hause komme ich nicht umhin, an Anton Wall zu denken.

Viel Zeit zum Nachdenken bleibt mir nicht, es klingelt an meiner Tür. Besuch erwarte ich nicht, ein Paket ist nicht bestellt, daher kann es nur eine meiner Freundinnen sein. Mit diesem Gedanken eile ich freudig zur Tür.

„Ina!", reiße ich die Türe weit auf. „Komm doch herein", ziehe ich schon an ihrem Arm. „Hast du Kartoffelsalat gemacht?" Gierig blicke ich auf die Schüssel in ihren Armen.

„Wenn du weiter so an mir ziehst, liegt der Inhalt gleich auf dem Boden", straft mich ihr Blick.

„Ja, Mami", gehe ich einen Schritt zurück und lasse ihren Arm wieder frei.

Ina hat mir tatsächlich Kartoffelsalat mitgebracht. „Komm, wir setzen uns in meinen Garten." Mit zwei Tellern, Besteck und Gläsern sitzen wir uns fünf Minuten später gegenüber. „Hast du einen Prosecco?" Inas Frage verwundert mich. „Natürlich habe ich Prosecco kaltstehen, nur …" Meine Worte breche ich ab, stehe auf und eile in meine Küche. Dass Ina nach Prosecco fragt, das ist neu für mich. Um die gute Stimmung nicht zu unterbrechen, vermeide ich diese Gedanken nochmals aufzunehmen, geschweige denn laut auszusprechen. Aus meinem Küchenfenster rufe ich: „Wenn du mir fünf Minuten gibst, dann mache ich noch Bockwürstchen warm." Ina hält ihren Daumen in die Höhe, was mir als Antwort genügt.

„Prost, meine Liebe! Dir ist die Überraschung zum gemeinsamen Abendessen gelungen", lasse ich mein Glas, als ich wieder bei ihr im Garten sitze, an das von Ina stoßen. „Du hast sogar Würstchen auf Vorrat", lobt Ina mich und nippt noch einmal an ihrem Prosecco. Auch dieses Verhalten ist neu für mich. Mir gefällt zu sehen, wie aufgeräumt und positiv Ina vor mir sitzt. „Gemeinsam zu Abend zu essen, ist für mich ein kleines Geschenk nach einem stressigen Tag im Café."

„Dann habe ich für heute meine Hausaufgaben richtig gemacht", sieht Ina mich amüsiert an.

„Du wirkst so verändert, Ina, was ist passiert?" Ihr Verhalten irritiert mich zunehmend.

„Zuerst genießen wir den Kartoffelsalat, die Bockwürstchen und den Prosecco." Ina macht eine gewichtige Pause, nippt an dem Prosecco und fügt nach: „Die Flasche ist gut gekühlt, ich bin mit deiner hausfraulichen Ader im Reinen." Ein Kichern kommt hinterher. Mein Besteck halte ich Sekunden in die Höhe und überlege, was nur hinter den Worten von Ina stecken kann. Es muss doch eine Botschaft für diese Veränderung geben?

„Soll ich den ganzen Kartoffelsalat allein aufessen?"

„Oh, ich war einmal mehr in meiner Traumwelt unterwegs", greife ich beherzt zu. „Die schönen Momente sind doch zum Genießen gemacht", nickt mir Ina zu, während sie erneut einen Löffel Kartoffelsalat auf ihren Teller gibt. Was für Worte aus dem Mund von Ina, denke ich und stecke mir eine Gabel Kartoffelsalat in den Mund. „Köstlich", gebe ich schmachtend Auskunft. „Dein Salat ist einfach der beste!"

Gut zehn Minuten folgen, in denen jede von uns sich ihrem gut gefüllten Teller widmet und auf eine große Plauderei verzichtet. Erst, als wir gesättigt sind und die Teller ein Stück von uns weggeschoben haben, gerät die Unterhaltung wieder in Fahrt. „Gibt es einen Grund für deinen spontanen Besuch?" Meine Frage ist mehr obligatorisch. Ina sieht blendend aus, ihre Stimmung ist ebenfalls auf Hochtouren, was sollte schon sein? „Es gibt einen Grund, Lotte." Jetzt senkt Ina kurz ihren Blick und mir wird schlagartig mulmig. „Die Hochzeit fällt aus?" Meine Worte amüsieren die Freundin. Lachend hebt sie die Hände und winkt ab. „Nein, nicht doch, Lotte! Natürlich werden Johann und ich heiraten, nur eben noch nicht jetzt direkt."

„Muss ich das jetzt verstehen? Die Hochzeit wird aufgeschoben? Wir wollten doch schon in Dresden nach einem Kleid für dich sehen."

„Ja, manchmal muss man Veränderungen die Tür öffnen."

„Die Hochzeit findet also nicht in diesem Jahr statt und trotzdem willst du mir zu verstehen geben, bei euch ist alles in bester Ordnung? Ina! Mir musst du doch nichts vormachen. Ich habe doch absolutes Verständnis für jede zwischenmenschliche Situation." Gerade bin ich auf Hochtouren und rede und rede, ohne zu merken, Ina hört nur noch halbherzig zu. Sie liegt gemütlich an der Stuhllehne angelehnt, die Arme vor der Brust verschränkt und blickt mich an, mit einem Ausdruck in den Augen, den ich gerade nicht deuten kann.

„Mit mir und Theo ist auch nicht jeder Tag perfekt und ich bin wirklich die letzte Person, die für zwischenmenschliche Dinge kein Ohr und Verständnis hat. Bedenke nur ...", an der Stelle werde ich von Ina unterbrochen.

„Ich habe keine Probleme in meiner Partnerschaft, wirklich nicht, Lotte. Es ist ja lieb von dir, wie du dich sorgst, aber glaube mir, alles ist gut."

Ich nehme einen Schluck Prosecco und schaue Ina an. „Trotzdem wird die Hochzeit verschoben? Das geht mir nicht in den Kopf, Ina!" Die Zweifel in meiner Stimme kann ich nicht unterdrücken. Ina nickt. „Genau. Johann und ich haben etwas ganz Außergewöhnliches vor."

Gespannt schaue ich meine Freundin an, leider folgt eine Pause. Wir prosten uns auf Inas Wunsch erneut zu und ich übe mich in Geduld, was mir schwerfällt. „Genug der Quälerei, was willst du mir sagen, Ina?", beende ich das Schweigen. Ina lockert ihre Arme und setzt sich ein Stück vor, eine Angewohnheit, die ich schon von ihr kenne. Jetzt kommt etwas Wichtiges, denke ich, als Ina anfängt zu erzählen.

„Wir planen eine Weltreise. Es wird sicherlich richtig schön werden und was ich alles sehen und erleben werde, Lotte! Mein Leben ist bisher so geregelt, so geordnet und immer geplant verlaufen." Ina legt die Hände vor ihr Gesicht, das jetzt glüht. Mir fehlen die Worte. Das, was Ina mir gerade alles berichtet und erzählt hat, ist überwältigend. Ich eile zunächst in die Küche, hole den Prosecco aus dem Kühlschrank und schenke unsere Gläser erneut voll.

„Das muss jetzt sein."

„Lotte? Was sagst du zu meinen Plänen? Möchtest du deiner Freundin keinen Rat mit auf den Weg geben?" Innerlich fühle ich mich zerrissen und aufgewühlt zugleich. „Ina, ich bin gerade überfordert", gebe ich offen Auskunft. „Möchtest du nicht zunächst das Glas Prosecco mit mir trinken? Danach bin ich wieder gefasst und kann über deine Worte nachdenken", greife ich schon nach meinem Glas und proste der Freundin zu. „Auf meine Zukunft", Inas Stimme klingt ungewohnt fest und positiv zugleich. „Die bringe ich wieder zurück in den Kühlschrank", angele ich die Flasche Prosecco, die noch auf dem Gartentisch steht. Somit nehme ich mir noch etwas Zeit, bevor ich mit Ina reden muss. Diese Art der Veränderung ausgerechnet an Ina zu erleben, bringt mich durcheinander. Die Situation überfordert mich. Das ist eigentlich ein Moment für die Mädelsrunde.

„Prost", sieht Ina mich erwartend an, nachdem ich endlich wieder am Tisch sitze.

„Was wird nun aus Dresden? Wir wollten doch ein Kleid für dich für die Hochzeit aussuchen und du hast uns darum gebeten. Schon vergessen?" Ina lacht mir ins Gesicht. „Meine liebe Lotte! Im Allgemeinen bist du es doch, die unkonventionell lebt. Wieso fällt es dir jetzt so schwer mir zuzugestehen, so zu leben, wie ich es gerade für richtig halte."

So ganz komme ich jetzt nicht mit der Bemerkung ins Reine. „Dann findet keine Hochzeit statt?"

„Zunächst nicht", stellt Ina ihr Glas ab und ich sehe, ihre Wangen glühen. „Das, was ich in der nahen Zukunft erleben werde, es wird mir guttun. Bisher habe ich nur in geraden Bahnen gelebt. Meine Planungen für die Hochzeit haben schon überhandgenommen. Johann habe ich damit auch schon verschreckt. Meine Angewohnheit, alles bis in den kleinsten Punkt zu planen, du findest dieses Verhalten vom Grunde her doch spießig, Lotte. Sei doch bitte jetzt ehrlich zu dir und zu mir!"

„Du freust dich, Ina?" Meine Freundin nickt versonnen.

„Mir wird die Auszeit sehr guttun und ich erhalte Eindrücke, von denen ich bisher keine Ahnung habe, dass es sie überhaupt gibt. Bisher bestand mein Leben nicht aus Abenteuer, sondern aus dem Erfüllen meiner Pflichten und Aufgaben, die ich mir oft selbst auferlegt habe. Zugeben darf ich aber, ich habe Angst vor dem Schritt und doch spüre ich tief in meinem Herzen, jetzt ist der richtige Zeitpunkt für eine Wende in meinem Leben."

„Muss es denn direkt eine Weltreise sein? Ein halbes Jahr ohne dich, wie soll ich das überleben?" Erschöpft lege ich mich in meinem Stuhl zurück an die Stuhllehne. „Wir beide waren seit der Schulzeit noch nie länger als eine Woche getrennt."

Zunächst muss ich zusehen, wie Ina lächelt. „Ja, das stimmt, Lotte. Wenn ich aber jetzt nicht anfange, etwas Verrücktes zu erleben, wann dann? Petra, Karin und auch du, Lotte, habt mein Verhalten immer für spießig angesehen. Ich, die Überlegte, die Frau, bei der jeder Tag geplant und organisiert ablaufen muss, sprengt jetzt die Ketten. Alles, was ich mir von dir, Karin und Petra wünsche, ist eure Unterstützung bei meinen Plänen." Wow, so denke ich mir, Ina hat sich verändert. „Ein wenig beneide ich dich, Ina. Mein eigenes Leben fängt an, mir zu geordnet zu verlaufen. Immer öfter entdecke ich an mir ein Verhalten, das ich als spießig angesehen habe. Niemals hätte ich gedacht, eines Tages so zu leben, wie ich es jetzt tue."

„Höre ich schon eine Veränderung aus deinen Worten, die auch Theo betrifft?" So, wie Ina die Frage gestellt hat, glaubt sie nicht an ein langfristiges Bestehen meiner Verbindung zu Theo.

„Keine Ahnung, wirklich! Jetzt bist du mein Vorbild und ich werde versuchen, wieder spontaner zu sein und nicht zu vergessen, wie bunt und spannend das Leben doch sein kann."

„Keinesfalls möchte ich dich aufmuntern, dein Leben auf den Kopf zu stellen, Lotte! Überlege dir gut, was du tust und …", weiter lasse ich Ina nicht sprechen. „Wir trinken noch einen Prosecco und ich lasse erst einmal die Neuigkeiten um dein zukünftiges Leben sacken." Erst, als die Gläser neu gefüllt sind und wir angestoßen haben, komme ich auf Wolfi zu sprechen. „Wir nehmen Wolfi natürlich mit", flötet Ina versonnen. „So ganz ohne Planung starte ich die Reise nicht." Immerhin diese Auskunft wirkt vertraut auf mich. „Wolfi kommt mit, aber nicht die ganze Reise über wird er mich und Johann begleiten können", fügt sie nachdenklich nach. Meine Frage, was genau sie mit ihrem Sohn in der Zeit macht, in der er nicht mit auf Weltreise kommt, ist rasch beantwortet. „Rosalinde und Vincenz reisen einen Teil mit uns. Die beiden bleiben aber nach vier Wochen in einem Fünf-Sterne-Hotel und behalten Wolfi in ihrer Obhut für die Zeit, in der wir den Dschungel erkunden."

„Um Himmels Willen!" Ina und in den Dschungel, kaum zu glauben. Ich habe so viele Fragen und Ina antwortet mir geduldig. „Du kannst mich gerne noch weiter befragen, jedoch erst morgen früh." Unerwartet steht sie von ihrem Stuhl auf. „Ich werde jetzt rüber in mein Haus gehen und meine vom Prosecco glühenden Wangen kühlen, bevor Johann zurückkommt und sich wundert."

Lange bleibe ich nach Inas Abschied noch in meinem Gartenstuhl sitzen und denke über die Neuigkeiten von Ina nach, während meine Freundin schon zu Hause ist. Wo habe ich den Weg aus den Augen verloren, der mir immer so wichtig war? Bin ich jetzt spießig und Ina ist auf dem Weg, locker und unkonventionell zu werden, so zu leben, wie ich es will? Mit Kopfschmerzen verziehe ich mich eine Stunde später in mein Haus. Auf Prosecco hege ich keine Lust mehr und den restlichen Kartoffelsalat stelle ich in den Kühlschrank. Mein Handy klingelt und ich kann die Nummer gleich zuordnen, es ist Theo. Vom Grunde her freue ich mich, seine Stimme zu hören und daher nehme ich das Telefonat direkt entgegen.

„Stell dir nur vor, Theo, Ina geht auf Weltreise", kann ich die Neuigkeit nicht länger für mich behalten. „Für mich wäre das keine Option. Viel zu ungewiss und mich verwundert auch das Verhalten deiner Freundin. So, wie ich Ina habe kennenlernen dürfen, habe ich sie für verantwortungsbewusster gehalten, gerade dem Kind gegenüber. Jedoch ist dies nicht meine ...", Theo bricht seine Worte ab, was mir auch lieb ist.

„Immer nur dasselbe tun, ist doch auch langweilig. Ich beneide Ina. Gerade, weil ich die Freundin so gut kenne, ohne ich zu wissen, diese Reise wird sie positiv beeinflussen."

„Du hast ja auch kein kleines Kind und keine Verantwortung, Ina schon", Theos Worte kommen an mein Ohr. Bis jetzt war die Unterhaltung noch normal und ich habe mich wohlgefühlt. Doch jetzt fange ich an, den Faden zu verlieren. Gehöre ich für ihn nicht zu seiner Familie? Habe ich in seinen Augen noch immer keine Verantwortung für seine kleine Tochter? Wieso durfte ich dann in den letzten Wochen immer wieder die Kleine vom Kindergarten abholen und mit ihr spielen?

Meine Gedanken, die mir gerade durch den Kopf gehen, möchte ich zu Wort bringen. „Welche Rolle spiele ich in deinem Leben, Theo? Bin ich in den letzten Wochen nicht wie eine Ersatzmami für deine Tochter geworden?"

„Lotte, das ist jetzt eine schwierige Frage von dir", stammelt Theo herum. Huch, so mein Gedanke, was kommt jetzt? Plötzlich fühle ich mich wie im falschen Film. „Theo? Was genau bin ich für dich? Welche Gefühle hast du, wenn du an mich denkst?"

Zitternd kommen diese Worte über meine Lippen. „Ich bin gerne in deiner Nähe, Lotte, nur ...", Theo hört auf zu sprechen. Mir gefällt es nicht, was ich gerade an Vorahnungen in meinem Kopf habe.

„Komm doch später zu uns und wir reden in Ruhe, Lotte, bitte! Du bist doch im Allgemeinen kein Mensch, der klammert oder der es bevorzugt, in einer festen Beziehung zu leben. Oft schon hast du von deiner Freiheit gesprochen und betonst in regelmäßigen Abständen, diese auch zum Atmen zu brauchen." Den Moment, den Theo schweigt, bin ich noch nicht in der Lage, etwas zu sagen. „Dein selbstbestimmtes Leben, Lotte, das ist dir sehr wichtig. Wie ich das sehe, das Wichtigste überhaupt. Tut mir sehr leid, Lotte, dass ich das jetzt so direkt sage. Mir liegt am Herzen, dass wir beide offen miteinander sprechen."

„Theo? Was sagst du nur? Ich dachte wirklich, ich gehöre inzwischen zu dir und deiner Tochter", Tränen kullern über meine Wangen und ich ärgere mich, so sentimental zu reagieren. Von Theo kommt nur noch einmal der Hinweis, ich solle ihn besuchen, dann würden wir in Ruhe reden. Um mir selbst einen Rest an Selbstachtung zu erhalten, beende ich rasch das Telefonat und bin darum bemüht, meine letzten Worte so über die Lippen zu bekommen, dass Theo von meiner seelischen Verfassung nicht allzu viel mitkommt. Die dumme Frage von ihm, ob ich beleidigt sei wegen seiner Offenheit, nimmt mir fast die Luft zum Atmen. „Woher denn", trällere ich los. „Wir sind doch erwachsen und müssen keine Spielchen spielen." Im Anschluss muss ich die Beenden-Taste drücken. Meine Stimme versiegt unter den aufkommenden Tränen, die sich über meine Wangen ziehen. Schniefen muss ich jetzt auch, das nervt total. Wieso nur kommt meine Nase immer ins Spiel, wenn ich weinen muss? Beim nächsten Hausarztbesuch werde ich das hinterfragen.

Mit einer Tüte Chips setze ich mich auf mein Sofa. Immerhin finde ich einen Film, der mich interessiert, leider ist es ein Liebesfilm. Gegen 22 Uhr ist die Tüte Chips geleert und ich sitze verweint auf dem Sofa. Theo zu besuchen, so wie von ihm vorgeschlagen, kam mir nicht in den Sinn. Wozu auch noch? Seine Worte waren deutlich an meine Ohren gekommen. Zunächst wollte ich noch zu Ina laufen und ihr von dem Telefonat berichten. Dann aber dachte ich mir, die Freundin hat gerade andere Sorgen und Johann wird nicht begeistert sein mich zu sehen, noch dazu verheult.

Gegen Mitternacht lege ich mich in mein Bett, zuvor habe ich noch den restlichen Prosecco getrunken. Erst gegen Morgen falle ich in einen unruhigen Schlaf. Im Traum reite ich auf einem Pferd durch die Wüste. Zunächst bin ich in einer Gruppe unterwegs, doch je weiter ich reite, desto mehr lösen sich meine Weggefährten auf. Am Ende sehe ich mich allein auf einem alten Pferd sitzen.

Petra

Der Anruf von Lotte kommt, als ich gerade Pause machen will. Kurz überlege ich, das Telefonat überhaupt anzunehmen, da ich meine Pause schon verplant habe und mir bewusst ist, ein Telefonat mit Lotte kann andauern. Meinen inneren Schweinehund habe ich rascher besiegt als meine Gedanken heute arbeiten.

„Lotte? Ist alles gut bei dir?" Das Schniefen meiner Freundin höre ich unvermittelt und ich bin auch fast live dabei, als Lotte ihre Nase geräuschvoll schnäuzt.

„Mir geht es schlecht, Petra. Hast du am Abend Zeit für mich? Alles ist so durcheinander, Theo versteht mich nicht mehr, Ina ist mit einem Male so verändert und fängt an so zu werden, wie ich sie immer haben wollte", an dieser Stelle unterbreche ich Lotte amüsiert. „Lotte? Jetzt wundere ich mich doch sehr. Unsere Ina zeigt in der Tat eine Verwandlung ihrer Persönlichkeit, allerdings ist die als positiv zu bewerten. Für Ina sollten wir uns freuen, sie so verändert zu erleben. Was Theo anbetrifft, so können wir gerne am Abend reden."

„Ach, Petra! Vielleicht kommst du gleich nach deiner Arbeit zu mir? Wir können gemeinsam essen. Du weißt ja, wie unliebsam es mir ist, allein zu essen."

„Wenn es dir so wichtig ist, dann komme ich nach der Arbeit gleich nach Bremberg gefahren. Jetzt muss ich aber einkaufen und den Kühlschrank auffüllen, damit ist meine Pause mehr als ausgefüllt."

„Ich freue mich sehr auf dich, Petra! Was machen wir nur mit Ina?"

Wirklich verstehe ich die Bemerkung zu Ina nicht, jedoch bin ich mir sicher, am heutigen Abend werde ich die nötigen Details erfahren. „Gut, dann komme ich spätestens um 19

Uhr zu dir, Lotte. Ich bringe uns einen Gemüsekuchen mit, was meinst du zu meinem Vorschlag?"

„Die Hauptsache ist, du kommst und ich kann reden", höre ich Lotte leise sagen. „So schlimm?" „Viel schlimmer noch!" Von Lottes Reaktion bin ich überrascht. Kein Einwand zu meinem Vorschlag, einen Gemüsekuchen mitzubringen. Das bin ich von ihr nicht gewohnt. Die Alarmglocken läuten in meinem Kopf.

„Für dich bringe ich Würstchen mit, um deine Seele zu trösten. Gemüse scheint mir für den heutigen Abend für dich nicht das Richtige zu sein." Nach dem Telefonat mache ich mir Sorgen um Lotte. Ein Blick auf meine Armbanduhr zeigt mir, ich muss mich sputen, um noch meinen Kaffee auszutrinken. Zwei Minuten später eile ich aus der Bank in den nahegelegenen Supermarkt und mache schnell die notwendigsten Erledigungen. Denn gleich muss ich mich um den nächsten Bankkunden kümmern, der bei mir schon terminlich angekündigt ist. Trotz meines Zeitdrucks tippe ich für Ina eine Nachricht ein, als ich wieder an meinem Arbeitsplatz sitze. Mir wäre es sehr lieb, Ina hat am heutigen Abend ebenfalls Zeit und wir treffen uns im gewohnten Kreis, wenn auch Karin für einen richtigen Mädelsabend fehlt. Dresden, denke ich mit einem Lächeln im Gesicht, wir kommen! Das Wochenende ist in Sicht und ich habe schon angefangen, meine Reisetasche zu packen. Rasch schenke ich mir einen frischen Kaffee ein, da klopft es auch schon an meiner Tür und der Kunde betritt mein Büro. Jetzt muss ich mich auf die Beratung konzentrieren, mahne ich mich selbst zur Konzentration.

Am Abend

Mit Ina telefoniere ich direkt nach meiner Arbeit. Die Tatsache, dass sie nach meiner SMS am Mittag ebenfalls zugesagt hat, zu dem kleinen Treffen bei Lotte zu kommen, beruhigt mich. „Unsere Freundin ist gerade etwas neben sich", gebe ich besorgt Auskunft. „Meine Pläne für die Zukunft haben sicherlich auch damit zu tun." Ina stöhnt leise und doch ist es durch mein Handy zu hören. „Davon berichte ich dir später. Nur, Lotte muss lernen, auch mir ein freies Leben zuzugestehen, ebenso wie sie es für sich fordert. Immer sollen wir Verständnis zeigen für ihre Eskapaden und Ideen." Ups, so mein Gedanke, Ina ist wirklich wie gewandelt. „Wir sollten nicht zu hart mit Lotte ins Gericht gehen. Mir kommt sie gerade sehr empfindsam vor." Das Telefonat beende ich an dieser Stelle. „Bis gleich, Ina! Ich eile schnell nach Hause und dann fahre ich schon los."

Mit gemischten Gefühlen eile ich nach Hause. Marc kommt heute erst später, er will noch mit Kollegen Essen gehen, was mir gut in meinen Ablauf passt. Rasch eile ich in das Badezimmer, mache mich etwas frisch und tausche mein Büro-Outfit gegen eine lässige Jeans und eine frische Bluse. Zum Lippenstift greife ich automatisch. Am Abend und in der Freizeit darf die Farbe etwas auffälliger sein. In der Bank lege ich sehr viel Wert darauf, seriös zu wirken und vertrauensvoll zu erscheinen. Der erste Eindruck, so meine Überlegung beim Blick in den Spiegel, er ist oft entscheidend. Inas Antwort kommt mir noch einmal in den Sinn. Sie war zunächst verhalten und druckste herum, schon gestern bei Lotte im Garten gewesen zu sein. Auch habe sie da schon am Tag Prosecco getrunken. Diese Worte habe ich nicht einfach hingenommen, sondern auf den seelischen Zustand von Lotte hingewiesen, was eine positive Reaktion bei Ina ausgelöst hat. Ihre Antwort war: „Oh, das wollte ich wirklich nicht. Lotte, so dachte ich, ist spontan und kann mit Veränderungen umgehen. Jetzt mache ich mir doch Sorgen, meine Worte haben Lotte mehr aufgewühlt als ich wollte. Wir sehen uns um 19 Uhr. Für Lotte bringe ich Kartoffelsalat mit."

Wie auch immer, denke ich beim Verlassen meiner Wohnung. Bald werde ich Einblick in Inas Worte erhalten und sie nicht länger als Rätsel ansehen. Eine große Überraschung kann ich mir nicht bei Ina vorstellen. Mit dem Gedanken starte ich meinen Wagen. Unterwegs erreicht mich ein Anruf von Marc.

„Süße!", seine Stimme bringt mich zum Strahlen. Kurz bringe ich ihn auf den neusten Stand meiner Unternehmungen.

„Muss ich mich sorgen, Petra?" Amüsiert kommen Marcs Worte über die Freisprechanlage. „Meine Freundin bringt freiwillig Bockwürstchen mit zu dem Freundinnentreffen?"

„Dieser Mädelsabend fordert große Solidarität", gebe ich gewichtig Auskunft.

„Na, dann werde ich, ebenfalls aus Solidarität, meine Freundin am Abend in den Arm nehmen und in den Schlaf wiegen. All die neuen Aufregungen um deine Freundin Lotte dürften etwas Geduld und Mitgefühl von mir fordern", lacht Marc.

„Nimmst du mich nicht mehr ernst?" Meine Stimme lasse ich gekonnt beleidigt klingen.

„Doch, doch. Morgen koche ich für dich", wirft er belustigt nach. „Bockwürstchen", schnappe ich anschließend auf. Marcs Stimme überwirft sich vor Freude. Über die Freisprechanlage füllt sein Lachen mein Auto und ich komme nicht umhin zu strahlen.

„Na, dann warte du erst einmal ab, was ich dir heute Nacht noch bieten werde", beende ich zufrieden das Gespräch.

Kaum konzentriere ich mich wieder auf die Fahrbahn klingelt mein Handy erneut.

„Ich liebe dich, Petra und ich sehne mich schon jetzt danach, deine Brüste in den Schlaf zu streicheln." Knacks, jetzt hat Marc vorzeitig das Telefonat beendet. Wie glücklich ich nur bin mit diesem Mann. Jede Berührung von Marc ist für mich ein Highlight, lässt mich beben und unter seinen Händen kommen. Mit dem Gedanken, mir geht es gut, erreiche ich Lottes Haus. Beschwingt steige ich aus meinem Auto und steuere mit einem großen Glas Bockwürsten auf Lottes Haus zu. Für mich habe ich noch Tomaten und eine Salatgurke eingepackt.

„Ich freue mich sehr", umarmt Lotte mich stürmisch, kaum dass die Türe geöffnet wurde. „Petra! Du bringst tatsächlich Bockwürstchen mit?" Kurz ist Lotte stumm, was nicht lange anhält. „Jetzt kann ich auch bei dir eine positive Veränderung erkennen, die mich hoffen lässt", zieht mich Lotte mit in ihre Küche. Ein Topf mit Wasser steht bereits auf dem Herd. „Heute kannst du auch einmal richtig gut essen", lächelt sie mich an. Lottes Augen, das fiel mir gleich beim Öffnen der Tür auf, sind rot vom Weinen. „Wirklich triftige Veränderungen braucht allem Anschein nach keine von uns Freundinnen", drehe ich mich kurz um. „Für mich habe ich wie gewohnt Tomaten und eine halbe Salatgurke als Abendessen vorgesehen. Essig und Öl dürfte ich in deiner Küche finden."

Als es an der Tür klingelt eilt Lotte sogleich los. „Ina! Wie lieb von dir! Du hast auch Zeit für mich. Komm herein!"

„Ina! Wie schön. Du siehst klasse aus!" Die Freundin treffe ich in dem Moment, als ich gerade mein Abendessen zubereitet habe. „Kartoffelsalat", hält Ina ihre Schüssel kurz hoch. Mein Nicken unterlege ich nicht mit Worten, dafür hebe ich meine kleine Schüssel mit Tomaten- und Gurkensalat der Freundin entgegen.

„Du siehst richtig gut aus, Ina", lobe ich die Freundin. Mir ist direkt aufgefallen, wie Inas Augen strahlen und ihre Gesichtsfarbe wirkt auch viel rosiger als gewohnt.

Ich komme nicht umhin, Ina einmal von oben bis unten genau anzusehen. „Ich spüre eine Veränderung an dir, eine positive, Ina!"

„Ich werde dich gleich in mein hübsches Geheimnis einweihen", grinst Ina.

„Die Würstchen sind schon im Wasser", ruft Lotte uns vom Herd aus zu. Ina stellt den Kartoffelsalat neben meinen Salat auf den Tisch.

„Wir sollten den kleinen Tisch im Garten eindecken", mache ich mich daran, Teller und Besteck zu holen. „Oder möchtet ihr doch lieber im Esszimmer sitzen?"

„Ich bin liebend gern in meinem Garten, das wirkt beruhigend auf mich", dreht sich Lotte kurz um.

Beim Eindecken komme ich nicht umhin, meine Freundinnen in ihrem Handeln zu beobachten. So unterschiedlich wie heute habe ich Ina und Lotte in ihrem Erscheinungsbild oft gesehen, bisher nur in umgekehrter Weise. Heute ist Ina der hübsche Schwan und Lotte wirkt fade und grau wie ein Mäuschen auf mich. Es brodelt unter der Decke, so mein Gedanke, als wir endlich gemeinsam am Tisch sitzen, mit Würstchen, Kartoffelsalat und meinem Salat.

Kurz spüre ich bei Lotte eine Entspannung aufkommen, die ich allerdings dem Essen zuschreibe. Für mich wächst gerade die Spannung auf das, was ich hoffentlich gleich erfahren werde.

Vincenz

Meine liebe Lotte, sie sorgt einmal mehr für Aufregung in meinem Leben. Mit Anfang achtzig ist Lottes Verhalten nicht gerade förderlich für meine Gesundheit. Jedoch fühle ich für diese junge Frau wie für eine Tochter. An ihr Temperament sollte ich inzwischen gewöhnt sein und an ihre Sprunghaftigkeit, was ein geregeltes Leben ausschließen lässt, ebenfalls. Wie sehr habe ich mir gewünscht, Lotte kommt doch noch in eine feste Beziehung, taucht in einen normalen Alltag ein und übernimmt Pflichten und Aufgaben, die nicht nur mit Spaß in Verbindung zu setzen sind. Lottes E-Mail vom späten Nachmittag lässt mich nicht zur Ruhe kommen. Noch einmal setze ich mich vor meinen Laptop und fange die Nachricht erneut an zu lesen.

Mein lieber Vincenz,

heute ist mir zum Heulen zumute. Auch kann ich gerade keinen Weg mehr sehen, den ich in der Zukunft gehen soll. Theo hat mir wehgetan. Glaube mir, Vincenz, dieses Mal war ich ganz kurz davor, eine Familie zu gründen und jetzt liegt mein Leben wieder in Scherben vor mir. Wie dankbar bin ich, nun dich und meine Freundinnen zu haben. Euch an meiner Seite zu wissen, wann immer ich Hilfe benötige, spendet Trost und gibt mir Kraft. Theo hat mir gegenüber erwähnt, er sehe in mir eine Freiheit suchende Frau, die ihm nicht den Eindruck schenkt, sich binden zu wollen. Dabei habe ich in den letzten Wochen mein Leben für ihn und seine Tochter vollkommen verändert. Wie du mitbekommen hast, Vincenz, bin ich oft zum Kindergarten gefahren, habe mit der Tochter von Theo im Kinderzimmer gespielt und für die Kleine gekocht. Wieso nur sieht er in meinem Handeln nicht meine Veränderung und sagt mir stattdessen Dinge, die mir so fremd vorkommen. *Gut, ich habe oft den Familiensinn gespielt und eine gute Miene an den Tag gelegt, wenn Theo mir spontan mitteilte, seine Tochter sei auch das kommende Wochenende wieder bei ihm. Ja, es stimmt auch, ich gehe gerne aus und ich bin ein Mensch, der es liebt, spontan zu handeln, was mit einem kleinen Kind nicht möglich ist. Trotzdem habe ich immer seinen Wunsch respektiert und mich um sein Kind gekümmert. Wie ungerecht ist es nur, dass er mir jetzt solche Worte auf den Kopf zusagt.*

Vincenz, meine Traurigkeit hängt auch mit dir und Ina zusammen. Vielmehr mit dem, was Ina mir gestern gesagt hat. Ihr plant alle eine große Reise, eine Weltreise, so Ina. Rosalinde und du werden Ina, Johann und den kleinen Wolfi begleiten. Sechs Monate habe ich euch dann nicht in meinem direkten Umfeld.

Wieso nur nimmst du mich nicht mit? Bist du nicht einmal auf die Idee gekommen, mich zu fragen? Gehöre ich nicht mehr in dein Leben?

Deine Lotte

Mich stimmt es traurig, dass Lotte nicht aus meinem Mund von der geplanten Weltreise erfahren hat. Das kommende Wochenende in Dresden wollte ich mit ihr reden. Ina ist mir zuvorgekommen, das ärgert mich sehr. Gut, auch sie wollte persönlich ihrer Freundin Lotte von der Veränderung berichten, die ansteht, das muss ich akzeptieren. Auf die Idee, Lotte mit auf diese Reise zu nehmen, bin ich nicht gekommen. Lotte hat ihr Café, ihr privates Leben, Männer, denke ich spontan. Nein, es würde nicht passen, sie mitzunehmen. Ina und Johann sollen Zeit für sich finden und auch meine Rosalinde hat es verdient, meine Aufmerksamkeit zu erhalten. Der kleine Wolfi ebenfalls. Dank dem Kind erlebe ich so viele schöne und positive Momente, dafür bin ich dankbar. Lotte wäre in meinen Augen das fünfte Rad am Wagen, was ich ihr vorsichtig erklären muss. Mir fällt mit einem Male auch eine Erklärung für Inas Spontanität ein. Sie hat die Reise nach Dresden abgesagt, um die nötigen Vorbereitungen für unsere Weltreise zu starten. Mir hätte bewusst sein müssen, sie wird im Vorfeld das Gespräch mit Lotte suchen. Mein Kopf schmerzt und ich laufe in meinem Wohnzimmer auf und ab. Selbst der Blick aus dem Fenster in meinen geliebten Garten schenkt mir keine Ablenkung. Ob ich zu Lotte fahren soll? Nur, so meine Überlegung, Lotte, so wie ich sie kennenlernen durfte, kann schon wieder über den ersten Schmerz hinweg sein und ich komme völlig ungelegen zu ihr nach Hause. Plötzlich kommt mir Ina in den Sinn. Ich muss versuchen, Ina zu erreichen. Bestimmt kann sie mir mehr über den seelischen Zustand von Lotte berichten. In jedem Fall muss ich klären, wie es Lotte geht. Diese Frage brennt in meinem Kopf und als ich höre, die Haustüre wird geöffnet und Rosalinde kommt nach Hause, eile ich ihr entgegen.

„Du hast ja den kleinen Wolfi mitgebracht", bleibe ich erstaunt im Flur stehen. Rosalinde strahlt mich freudig an. „Ina ist noch einmal zu Lotte, ihr scheint die Nachricht mit der geplanten Weltreise auf das Gemüt geschlagen zu sein", legt Rosalinde mir Wolfi in die Arme. Genussvoll lasse ich mich von dem Jungen umarmen und genieße einen feuchten Kuss auf die Wangen.

„Gibt es etwas Schöneres als Kinder?" Rosalinde geht vor in die Küche und ich kann schon an ihrem Gang sehen, ihr geht es gut.

„Ich wollte schon zu Lotte fahren. Mir hat sie eine Nachricht gesendet, in der sie sich darüber beschwert, dass wir sie nicht mit auf die Reise nehmen."

Rosalinde hält in ihrem Handeln inne, dreht sich zu mir um. „Jetzt kümmert sich Ina um Lotte und wir können sie morgen gemeinsam anrufen oder aufsuchen, wie du es magst.

Für Lotte gibt es keinen Grund eifersüchtig zu sein, ihr verbringt jetzt ein Wochenende in Dresden zusammen."

Wolfi streckt seine Arme wieder nach Rosalinde aus und sie nimmt ihn strahlend zurück auf ihre Arme. Wolfi lässt Rosalinde aufblühen und das war mit ein Grund, dieser Weltreise zuzustimmen. Rosalinde soll es gut gehen. Viel zu viele Jahre sind uns verlorengegangen, in denen wir nicht gemeinsam schöne Momente erleben durften. Jetzt liegt es auch an mir, diese Frau zu verwöhnen.

„Ich bin beruhigt zu hören, Ina ist bei Lotte. Somit kann ich bei dir und Wolfi bleiben. Morgen werde ich versuchen, Lotte zu sprechen", ein Stöhnen sende ich meinen Worten nach.

„Diese Aufregungen sind nichts mehr für dich", mahnend blickt Rosalinde mich an. „Lotte muss lernen, ihr Leben in den Griff zu bekommen." Auf ihre Worte antworte ich mit einem Nicken. So ganz glaube ich nicht an Rosalindes Worte und denke mir, doch eine gewisse Verantwortung für Lotte zu haben. Wolfi schafft es mich abzulenken und in der Zeit, als Rosalinde für uns kocht, spiele ich mit Wolfi.

In mir keimt der Gedanke, wenigstens eine E-Mail an Lotte zu schreiben. Erst, als wir gegessen haben und Rosalinde sich daran macht, Wolfi ins Bett zu bringen, finde ich die nötige Zeit, um meine Idee in die Tat umzusetzen.

Liebe Lotte,

deine Nachricht vom Nachmittag hat mich traurig gestimmt. Ja, es ist wahr, gemeinsam mit Ina, Wolfi, meinem Sohn Johann und Rosalinde starte ich auf zu einer vielleicht letzten großen Reise in meinem Leben. Zuvor jedoch bin ich mit dir in Dresden, Lotte. Wie sehr freue ich mich auf diese gemeinsame Zeit und ich wünsche mir, lass sie uns genießen. Du weißt sehr wohl, Lotte, ich habe dich in meinem Herzen, auch wenn ich tausende von Kilometern von dir getrennt bin. Mit Johann durfte ich viele Jahre nicht zusammenleben, wusste nicht einmal von seiner Existenz. Für mich als Vater bedeutet diese Reise sehr viel. Endlich möchte ich mehr Zeit mit meinem Sohn verbringen, mit ihm reden und ihm nahe sein. Auch für Johann ist die neue Tatsache, ich bin sein Vater, noch immer ungewohnt. Er hat mich erst kennengelernt, da war er selbst schon ein erwachsener Mann.

Du wirst mich verstehen, Lotte, daran glaube ich fest. Deine Freundschaft zu Theo habe ich auch als eine festere Bindung angesehen. Es stimmt mich traurig zu lesen, Theo glaubt nicht wirklich an deine Fähigkeiten, eine Partnerin für die Zukunft für ihn und seine Tochter zu sein.

Erinnerst du dich an die vielen Momente, in denen wir schon über Männer gesprochen haben? Schon mehr als nur einmal war dein Herz gebrochen und dann kam schneller als geahnt wieder das Glück zurück in dein Leben. Du bist ein Mensch, der Höhen und Tiefen durchlebt, das musste ich auch erst akzeptieren. Daher bist du emotionaler als viele Menschen, die mir in meinem Leben begegnet sind. Das Leben schenkt dir bald wieder einen Grund zum Lachen, liebe Lotte. Davon bin ich fest überzeugt.

Denke an unsere geplante Reise nach Dresden. Wir werden uns eine schöne Zeit machen.
Ich freue mich sehr auf dich!

Dein
Vincenz

Petra

„Aus Solidarität solltest du dein Grünzeug stehen lassen und einmal zu Kartoffelsalat greifen", motzt Lotte vor dem Essen herum. Nörgelnd kritisiert sie auch mein Erscheinungsbild. „Musstest du dich erst noch aufhübschen? War ich nicht wichtig genug für dich, gleich nach der Arbeit zu mir loszufahren?"

Lottes Reaktion, ihr Verhalten ist als zickig einzustufen, was ich auch sage. Selbst Ina übt Kritik an Lotte. „Hey, Lotte! Bist du auf einem falschen Stern gelandet? Petra und ich sind heute Abend spontan zu dir gekommen, um zu sehen, wie es dir geht. Jetzt zickst du Petra nur an." Lotte knallt ihr Besteck auf den Tisch.

„Leben und leben lassen", werfe ich Lotte an den Kopf. Kurz hält Lotte inne. Es sieht lustig aus für mich, da Lotte den Teller mit frischen Bockwürstchen wie eine Errungenschaft vor ihre Brust hält. Ob sie überlegt, mir ihr Essen entgegenzuwerfen?

„Jetzt bleib doch bitte etwas gelassener", löst Ina die Schockhaltung auf.

„Für mich sind die Neuigkeiten, deine geplante Weltreise, wie eine Katastrophe. Nichts ist mehr, wie es sein sollte und …", weiter kommt Lotte mit dem Gejammer nicht.

„So ganz verstehe ich deine Bemerkung mit der Weltreise nicht", blicke ich zunächst Lotte, dann Ina ins Gesicht.

„Statt einer Hochzeit zieht es die liebe Ina nun in die Ferne, weit weg von uns", schnieft Lotte. Sie vergisst sogar ihr Essen, was mich sorgt.

„Johann und ich haben entschieden, dass wir zunächst eine große Reise antreten werden und erst im Anschluss wird geheiratet. Wo, so frage ich dich, Petra, ist hier ein Problem für Lotte?"

Überrascht schaue ich zu Ina. „Gut, die Neuigkeit kommt schon etwas spontan, aber ich gebe dir recht, Ina, ein Problem in eurer Entscheidung kann ich nicht sehen", kurz bleibe ich still und nippe an meinem Prosecco. „Für dich, Ina, freue ich mich sehr, wirklich. Bisher bestand dein Leben nur aus Pflichten und jetzt wartet das Abenteuer auf euch!"

Meine euphorische Auslegung der Neuigkeit kann Lotte nicht teilen.

„Mir ist die Veränderung von Ina zu krass", kommt die bissige Bemerkung von Lotte über den Tisch.

„Wieso kann ich mich nicht verändern? Du, liebe Lotte, hast mich sehr oft für spießig gehalten, über meinen Gleichklang im Alltag gelächelt und mir gesagt, ich solle mich verändern. Jetzt ist der Zeitpunkt für diese Veränderung gekommen und ich dachte und wünschte mir so sehr, gerade du zeigst Verständnis", Ina holt kurz Luft und ich ahne, sie spricht gleich weiter. „Ich erwarte, dass du dich für mich freust!", setzt Ina nach und hebt beängstigend schwungvoll ihre Gabel in die Luft. Die Reste vom Kartoffelsalat, die noch auf der Gabel waren, fallen auf den Tisch. Kurz lehne ich mich in meinem Stuhl zurück und beobachte meine Freundinnen. „Ich mag euch beide, von Herzen!"

Meine Worte bringen Lotte und Ina zum Schweigen. „Schöne Worte, danke, Petra", legt Ina ihre Gabel auf den Teller und liest die heruntergefallenen Essensreste mit den Fingern auf. Dieses Verhalten wirkt doch beruhigend, denke ich mir. So groß scheinen die inneren Veränderungen der Freundin nicht zu sein. „Was ist schon ein halbes Jahr? Ina wird sich von unterwegs melden und wer weiß, vielleicht können wir für eine Woche nachfliegen und einen Mädelsabend unter der Sonne einlegen", sage ich entspannt. Lotte, so darf ich sehen, denkt über meine Worte nach. Schweigend geht sie zum Kühlschrank, holt eine neue Flasche Prosecco für uns und füllt die Gläser auf.

„Meine Rolle als Gastgeberin habe ich gründlich vernachlässigt", sie hebt uns ihr Glas entgegen. „Prosit! Wirklich schön, dass ihr heute Abend gekommen seid."

Keine fünf Sekunden später führt Ina wieder eine Gabel mit Kartoffelsalat zum Mund, Lotte kaut auf dem nächsten Bockwürstchen herum und ein zufriedenes Schweigen breitet sich aus. „Wenn wir zu Ina reisen ...", trällert Lotte los, inzwischen hat sie schon drei Bockwürstchen verschlungen, was mir in den Augen wehtut. „Petra, dann musst du auch einmal etwas Richtiges essen. Für mich bist du zu dünn. Die anderen Leute könnten denken, du hast kein Geld, um richtig zu essen."

Meine Reaktion, laut zu lachen, sie ist echt. „Eines muss ich dir lassen, Lotte. Für den Moment war ich um eine spontane Antwort verlegen. Ich denke einmal, der heutige Tag hat dir zugesetzt und somit deine Gedanken umnebelt. Wenn du wieder klar im Kopf bist, denke bitte über deine Worte nach. Alternativ bringe ich dir ein Diätbuch und ich stehe beim Nachkochen neben dir, versprochen!"

„Theo sieht in mir keine Frau fürs Leben", hören wir aus Lottes Mund. „Außerdem sei ich sehr rundlich geworden!" Diese Worte betont Lotte extra. Aha, denke ich, daher auch ihre komische Bemerkung zu meinem Essverhalten. „Stehen die Männer nur noch auf Spargel-dünne Frauen?", wirft Lotte verkrampft in die Runde.

„Du bist bissig und böse", tadele ich mit ruhiger Stimme. Etwas beleidigt bin ich schon, jedoch lasse ich mir meine Empfindung nicht anmerken. Lotte, so kann ich sehen, geht es gerade nicht gut.

„Lydia Lowere, meine Tante, sie hat es verstanden zu leben und zu lieben." Mit einem Schluck leert Lotte ihr Glas.

„Richtig verliebt warst du doch nicht in Theo? Oder? Das, was ich habe beobachten dürfen, Lotte, ich habe mich oft über dich gewundert. In meinen Augen wolltest du endlich eine Beziehung, die hält, unter allen Umständen erzwingen und sicherlich hat dir auch die Tochter von Theo sehr geschmeichelt. Kinder können gerade uns Frauen emotional einwickeln. Du hast sicherlich die innere Uhr ticken gehört und daher so auf das Kind reagiert."

„Aber, Ina!", möchte Lotte protestieren, doch Inas Worte zeigen Wirkung. Lotte lehnt sich im Stuhl zurück und schiebt ihren Teller ein wenig von sich weg. Mein Appetit ist auch gedämpft und ich ahne zu wissen, jetzt müssen wir reden.

„Bisher hast du auf Männer gestanden, die Muskeln haben, sehr gut ausgesehen haben, sprich, sehr männlich waren." Meine Worte werden von Lotte kurz mit einem Lächeln untermalt.

„Ja, das stimmt. Wenn ich nur an Franz denke, dann muss ich lächeln bei der Erinnerung an unsere Zweisamkeit."

„Nein!" Ina und ich haben den gleichen Gedanken ausgesprochen.

„Eines musst du mir versprechen, Lotte! Kein Neuanfang mit Franz, bitte! Soll ich mir auf meiner Reise nur Sorgen um dich machen?" Ina bemüht sich um eine lockere Haltung und den entsprechenden Tonfall, was mir sehr gefällt.

„Diese Reise wird dir guttun, Ina", proste ich ihr zu. Selbstverständlich ist mir bewusst, Lotte möchte dies gerade nicht hören, doch die Wahrheit sollte auf dem Tisch liegen, so meine Auffassung, die ich auch ausspreche.

„Was könnt ihr mir für die Zukunft an guten Ratschlägen mitgeben? Auf eine neue Liaison mit Franz soll ich verzichten. Um komplett auf Männer zu verzichten, fühle ich mich zu jung", trotzig kommen die Worte über Lottes Mund, was mich zum Lachen bringt.

„Wir reisen nach Dresden, werden Ina Fotos senden, die sie vor Neid platzen lässt, und dann sehen wir, was kommt. Dresden macht deinen Kopf frei und keine Ahnung, vielleicht findest du einen neuen Prinzen, so ganz unerwartet."

Lotte scheint beruhigt zu sein und wir kommen tatsächlich noch zu anderen Themen, die uns wichtig sind. Erst gegen neun Uhr fällt Lotte wieder in Tristesse. „Nicht einmal einen Mann wie Theo kann ich in meiner Nähe halten", jammert sie los. Ihr Konsum an Prosecco war hoch an diesem Abend, was mich sorgt. „Wie wäre es mit einer Runde Vitamine? Du hast in deiner Küche Orangen liegen, wie ich sehen konnte. Mir ist nach einem frisch gepressten Saft", stehe ich unvermittelt auf. Ina zwinkert mir zu und spielt mit. „Wenn ihr wollt. Ich habe auch noch eine Flasche Prosecco im Kühlschrank", blickt Lotte uns an.

„Und morgen haben wir Kopfschmerzen. Die heben wir uns für Dresden auf. Was meinst du, Karin hat doch sicherlich unseren Prosecco im Kühlschrank liegen, wenn wir ankommen. In zwei Tagen sind wir unterwegs", stimmungsvoll schneide ich die erste Orange auf.

„Richtig Schluss gemacht hat Theo doch nicht?" Inas Frage kommt für mich überraschend. Kurz blicke ich Ina mit aufgerissenen Augen an. Gerade nippen wir drei Freundinnen versonnen an dem Saft in unseren Händen und ich habe auch vor, gleich nach Hause zu fahren. Meine Gedanken driften schon zu Marc ab.

„Ja, es stimmt. Theo hat nur gesagt, was er von mir und meinem Verhalten denkt. Für ihn bin ich nicht die liebevolle Ersatzmami, obgleich ich tatsächlich dachte, in diese Rolle geschlüpft zu sein. Wie unterschiedlich doch Ansichten sein können."

„Kann ich euch allein lassen?" Meine Frage bringe ich um halb zehn über meine Lippen. Zuvor hat Lotte uns noch einen

Einblick in den gemeinsamen Alltag der letzten Wochen mit Theo geschenkt. „Fahr du ruhig, Petra! Ich bleibe noch eine Stunde bei Lotte", darf ich zu meiner Beruhigung hören.

Beim Aufschließen meiner Wohnung rieche ich schon das Aftershave von Marc und mit den Schuhen lasse ich auch die Sorgen von mir fallen. Kurz verschwinde ich in unserem Bad, um nur zehn Minuten später nackt zu meinem Freund ins Bett zu schlüpfen. „Ich möchte mir jetzt die versprochene Sonderbehandlung abholen", schmiege ich mich fest an seinen Körper. „Wow, du scheinst schon gewartet zu haben", kann ich mir beim Näherkommen nicht verkneifen zu sagen. Freudig habe ich sogleich bemerkt, wie sein Körper auf mich reagiert hat. Wie leicht doch das Leben sein kann und wie wunderschön, sind meine letzten Überlegungen, bevor ich mich ganz in den schönen Moment fallenlasse und nur noch anfange, Marc zu genießen.

Lotte

Mein Leben ist wie ein Karussell. Meiner Tante Lydia Lowere hätte es gefallen und in einem Punkt bin ich mir sicher, Lydia hätte viel mehr aus meinem Leben für sich herausgeholt an Verrücktheiten und Liebe. Der gestrige Abend mit Petra und Ina hat mir gutgetan. Zuversichtlich bin ich am Morgen aufgewacht und habe mir nur die Aussicht auf Dresden vor Augen gehalten. Vor meiner Reise muss ich noch meine Kolumne schreiben. Gestern kam noch die neue Nachricht von Frau Krautwinkel, meiner Chefredakteurin bei der Frauenzeitung, für die ich schreiben darf. Nicht vorstellen kann ich mir ein Leben ohne diese Tätigkeit. Gut, in meinem Café in Limburg treffe ich täglich viele Menschen und kann mich immer einmal wieder auf eine Unterhaltung einlassen, wenn ich nicht gerade von Gästen überlaufen werde. Das Arbeiten an meinem Schreibtisch ist so anderes und ich denke, gerade darin liegt für mich der Reiz der Tätigkeit. Beide Seiten, die in mir schlummern, kann ich auf diese Weise ausleben. Immerhin darin bin ich mit meinem Leben völlig glücklich. Die neue Kolumne trägt die Überschrift: Leben mit Freude.

Meine Chefredakteurin hat betont, ich müsse ihr die neue Kolumne rasch zusenden. Ausgerechnet heute Morgen, so denke ich, soll ich mich auch noch konzentrieren und einen guten Text zu Papier bringen. Mir ist nach einem starken Kaffee und daher entschließe ich mich, zunächst für die nötige Koffeinzufuhr zu sorgen und mich dann an meinen Schreibtisch zu setzen.

Mein Magen grummelt und meldet mir, dass er sich vernachlässigt fühlt. Während meine Kaffeemaschine ihrer Arbeit nachkommt, blicke ich in meinen Kühlschrank. Wenigstens habe ich noch genügend Käse auf Vorrat, das lässt mich doch hoffen. Rasch belege ich zwei Scheiben Brot mit Butter und Käse, fülle mir im Anschluss meine Tasse mit Kaffee und trage das Frühstück zu meinem Schreibtisch. Beim Hochfahren meines Laptops fange ich an, das erste Brot zu essen und ich spüre, es tut mir gut. Kurz driften meine Gedanken zu Petra und ich kann wirklich nicht verstehen, wie meine Freundin so ganz ohne Genuss durch das Leben kommt.

Dann aber ermahne ich mich, nur noch an die neue Kolumne zu denken.

Liebe Leserinnen, fange ich mit der neuen Kolumne an zu schreiben. Doch schon nach zwei Worten muss ich über den Laptop in meinen Garten blicken, um nach den nächsten richtigen Worten zu suchen. Meine Tasse Kaffee trinke ich rasch leer und das zweite Brot findet ebenfalls seinen Weg in meinen Magen, während ich noch unschlüssig bin, was den Anfang der Kolumne betrifft. Plötzlich habe ich eine Eingebung und so rasch diese in meinem Kopf Einzug gefunden hat, so schnell beginne ich zu schreiben.

Liebe Leserinnen,

die neue Aufgabe für die aktuelle Serie meiner Kolumne lässt mich einmal mehr den Atem anhalten und über mein eigenes Leben nachdenken. „Leben mit Freude" lautet die Überschrift und diese Worte lassen sich in viele meiner eigenen Erlebnisse hineininterpretieren. Spontan habe ich mich gefragt: Lebe ich mit Freude? Bin ich mehr der Optimist oder gehöre ich zu den Pessimisten? Ist es hier bei der Antwort nicht ähnlich wie bei der Frage nach dem Wasserglas, das einige Menschen für halb leer und die anderen wiederum für halb voll halten? Die letzten zwei Tage war ich eher auf der Seite der Pessimisten, habe vieles in Frage gestellt und kaum einen Grund zum Lächeln gefunden. Kann ich jeden Tag vor Freude mit einem Strahlen im Gesicht über die Straße laufen, vielleicht noch in der Hoffnung, andere Menschen zu treffen, denen es genauso gut geht? Ich denke die Antwort lautet: Nein. Was ist mit der Liebe zwischen zwei Menschen? Wie bitte schön soll sich eine Partnerschaft entfalten, entwickeln, wenn wir nur das Beste erwarten? Leben mit Freude bedeutet doch auch einen liebevollen Partner an der Seite zu wissen, guten Sex zu haben, eventuell noch Kinder, die wohlgeraten sind?

Oh, ja! Die Leserinnen unter Ihnen, die meine Kolumnen kennen, regelmäßig die kleinen und großen Einblicke in mein Leben haben, wissen, was ich meine und ahnen schon jetzt, nach den ersten Zeilen zu wissen, wie es mir geht. Leben mit Freude hat für mich mit meiner Partnerschaft zu tun. Mit dem Menschen, den ich gerne in meiner Nähe habe. Hat Ihnen schon einmal ein Mann gesagt, Sie seien nicht geeignet für die große Liebe? Eine feste Beziehung verlange nach einem anderen Verhalten? Mir wurden diese Worte von dem Mann zugeworfen, für den ich mein bisheriges Handeln ändern wollte.

Weinen kann ich schon wieder bei der Erinnerung an den gestrigen Tag und an die Stunden davor. Ohne meine Freundinnen, die mir am Abend einmal mehr zur Seite standen, ich wäre im Meer der Tränen versunken.

Mit Theo lief es gut, wirklich. Nicht so wild, nicht verrückt, jedoch gut. Petra hat mich am gestrigen Abend ausgelacht und mich gefragt, an welchem Tag in den letzten Monaten ich meinen Stolz verloren habe. „Was erwartest du von mir?", habe ich die Freundin angefaucht. Petra hat sich im Stuhl zurückgelehnt und mir in die Augen gesehen. „Lotte! Eine so schöne und in ihrem

Handeln spontane Frau wie du es bist, die muss sich nicht für einen Mann völlig verbiegen. Etwas Anpassung gehört in jede Beziehung, eine totale Kehrtwendung jedoch nicht."

Noch in der Nacht habe ich über ihre Worte und die darin versteckte Botschaft nachgedacht. Leben mit Freude stelle ich mir, um ehrlich zu sein, anders vor, als sich für den Partner zu verbiegen, da gebe ich inzwischen Petra recht. Erst gegen fünf Uhr in der Frühe bin ich eingeschlafen und um sieben Uhr hat mich der Wecker wieder aus einem unruhigen Traum herausgerissen.

In meinem Traum bin ich barfuß mit einem kleinen Mädchen und einem Mann an den Händen über eine Blumenwiese gehüpft. Immer wieder habe ich laut gelacht und mich gefreut, bis, ja, bis zu dem Moment, als eine andere Frau auf uns zulief. Sie trug einen Blumenkranz in ihren Haaren. Das lange, offene Haar fiel leicht gewellt über ihre Schultern und sie lief geradewegs auf meinen Freund und das kleine Mädchen zu. Beide ließen mit einem Male meine Hände los und liefen ihrerseits auf die hübsche Frau zu, deren Lachen meines erlöschen ließ. Unfähig selbst weiterzulaufen, musste ich zusehen, wie ich auf die Wiese fiel. Meine Versuche zu rufen, das Kind und den Mann auf mich und meine Lage aufmerksam zu machen, missglückten. Jedes Wort, das ich über meine Lippen bringen wollte, blieb mir im Hals stecken.

Erschöpft und schweißgebadet bin ich aufgewacht, mein Wecker hat mich aus der Situation herausgeholt.

Vielleicht sollte ich zu einem Psychologen gehen, meinen Traum und die darin versteckte Wahrheit meines Seelenfriedens untersuchen bzw. auswerten lassen. Mit dem Gedanken bin ich schon etwas länger unterwegs und ich habe bereits den richtigen Fach-

mann vor Augen. Ja! Sie haben mich durchschaut. Meine treuen Leserinnen werden sich an den Mann mit dem schönen Namen noch erinnern. Bereits einmal war er meine Stütze und dank ihm konnte ich im Nachgang verstehen, was passiert war, meinen Weg finden und geradeaus weitergehen.

Ich bin kein Mensch, der aufgibt. Dazu gibt es für mich keinen Grund und schon überhaupt keinen Mann, der diesen Schritt wert ist.

Leben mit Freude, ich werde in den nächsten Tagen versuchen alles zu tun, um dieses Ziel zu erreichen. Wenn nicht jetzt, wann dann? Ausgerechnet Ina hat mir diese Frage gestellt, bevor sie am Abend gegangen ist. Die Tatsache, dass meine Freundin auf Weltreise geht, lässt mich auch traurig werden. In den letzten Jahren habe ich Ina immer gesagt, lebe endlich einmal und mach etwas Verrücktes, das dich spüren lässt, du lebst! Jetzt, da meine Freundin endlich aufgewacht ist aus ihrem Dornröschenschlaf, reagiere ich verängstigt und schaffe es nicht, mich für die Freundin zu freuen. Augenblicklich spüre ich nur Angst vor dem Gedanken, Ina ist für mehrere Monate nicht täglich erreichbar für mich. Vielleicht helfen mir die Rückmeldungen von Ihnen, auf die ich mich schon freue, und dir mir sicherlich helfen werden, das Leben wieder entspannter zu sehen.

Fest vornehmen werde ich mir aber, meine Gedanken zu ändern und nicht egoistisch den Zielen der Freundin gegenüberzustehen. Leben mit Freude, das sollte doch für alle Menschen gelten! In meinen Augen bin ich auf dem richtigen Weg, ich erkenne meine Fehler, dank Petra und Ina, jetzt muss ich nur mein Handeln noch entsprechend ändern.

Sicherlich darf ich mich schon heute auf viele Reaktionen meiner Leserinnen freuen.

Mit herzlichen Grüßen und einem Lächeln im Herzen

Ihre Lotte

Beim Abschicken des Textes habe ich schon Zweifel, ob Frau Krautwinkel zufrieden sein wird oder ob ich mit einem Tadel meiner Chefredakteurin rechnen muss. In meine Überlegung kommt eine Mitteilung von Karin, die ich unvermittelt öffne.

Liebe Lotte,
unser Wochenende rückt immer näher und ich freue mich schon sehr auf euch! Du kommst jetzt allein mit dem Auto. Ist das nicht zu stressig für dich? Melde dich bitte, wenn ich für dich eine neue Zugverbindung raussuchen soll. Wir können auch nach einem Flug für dich sehen. Ich möchte doch wissen, dass auch du gesund bei mir ankommst und ohne übertriebenen Stress. Mir wäre wohl zu wissen, du kommst mit Vincenz und Anton oder mit Petra angereist.
Kuss Karin

Gerührt lese ich den Text nochmals und spüre unvermittelt, wie meine Stimmung steigt. Wie schön es doch ist, Freundinnen zu haben, denke ich und schreibe Karin rasch eine Antwort.

Liebe Karin,
die Fahrt ist zeitlich überschaubar und du musst dir keine Sorgen um mich machen. Von unterwegs melde ich mich bei dir. Zeitlich werde ich nicht viel Spielraum haben und komme daher gleich zu der Vernissage. Mein Auto kann ich später am Kunstmuseum stehen lassen und wir nehmen am Abend ein Taxi zu deiner Wohnung.
Ich freue mich schon sehr auf dich und das Wochenende mit meinen Freunden!

Deine Lotte

Kaum, dass ich Karin geantwortet habe, eile ich die Stufen in meinem Haus hinauf zu meinem Schlafzimmer und blicke mir noch einmal den kleinen Koffer an, der mir schon seit Tagen Kummer bereitet. Weniger der Koffer an sich als viel mehr dessen Inhalt. Das rote Kleid, so meine Überlegung, werde ich schon auf der Fahrt nach Dresden anziehen müssen. Nicht wirklich bequem wird mein Outfit sein, aber ich will bei der Vernissage auch hübsch angezogen sein. Für die anderen zwei Tage habe ich schon Kleidung eingepackt, die ich allerdings noch einmal skeptisch beäuge und austausche. Meine aktuelle Unsicherheit ist kaum auszuhalten. Innerlich spüre ich einen Druck, perfekt sein zu müssen, was mich kribbelig macht. Mein Handy zücke ich und suche die Nummer von Doktor Schön, den ich unvermittelt anrufe.

„Lieben Dank! Wir sehen uns in neun Wochen", verabschiede ich mich keine vier Minuten später von der Sekretärin mit der Gewissheit, bald ein Gespräch mit Doktor Schön zu haben. Der Psychologe hat mir schon einmal geholfen, meinen Weg im Leben wiederzufinden, was mir Hoffnung schenkt. Schade nur, er hat keinen zeitnahen Termin für mich frei. Aber was sind schon neun Wochen, mit dieser Frage muntere ich mich selbst auf.

Petra

Endlich ist Freitag. Wie sehr habe ich mich auf diesen Tag gefreut, ihn herbeigesehnt. Meinen Urlaub für heute habe ich frühzeitig eingereicht, damit der Reise nach Dresden auch nichts im Weg steht. Mein Frühstück mit Marc ist zunächst von meiner Hektik und Aufregung überschattet. Selbst den Kaffee verschütte ich. „Nein!", fällt mein Blick auf den Fleck, der nun die weiße Bluse ziert.

„Meine Petra, mein Engel. Vielleicht muss ich auch wieder einmal eine Reise mit der Frau meines Herzens buchen, damit du nicht mehr so aufgeregt bist. Wir haben es in der Tat in den letzten Monaten versäumt zu verreisen", nimmt Marc mich in den Arm. Meinen Kopf lehne ich an seine Schulter und schniefe kurz. „Petra?" Marc hebt sachte meinen Kopf, sodass ich in seine Augen sehen kann. „Tränen sind doch nicht angebracht. Die Bluse gebe ich gleich in die Waschmaschine und du suchst dir im Schrank eine andere Bluse für deine Anreise aus." Meinen Einwand, nicht zu wissen, welche Bluse ich nun anziehen soll, nimmt Marc gelassen auf. Rasch knöpft er meine Bluse auf und nimmt mich an der Hand mit in das Schlafzimmer. „Ich werde noch den Zug verpassen", blicke ich ihn an. „Oh, weh! Bisher hast du nicht an einen Zug denken müssen, wenn ich dich ausgezogen und geküsst habe", lächelt Marc meine Bedenken weg. Wie recht mein Freund nur hat. Die Tatsache, dass ich ohne meine Freundinnen die Zugfahrt antreten muss, hat mir nicht behagt.

„Den BH willst du nicht auch wechseln?", streichelt Marc über den Ansatz meiner Brüste. Spätestens jetzt zieht ein Lächeln auf mein Gesicht und ich denke nicht einmal mehr an den Zug, der sicherlich nicht auf mich warten wird. Meine Arme lege ich um den Hals von Marc und ich spüre kurz darauf seine Hände, die über meine inzwischen nackten Brüste streicheln, und seine Zunge, die fordernd meinen Mund sucht. Mit einem Male habe ich nur noch Marc in meinem Kopf und alles, was ich will, ist ihm ganz nahe zu sein.

Meine Hose streife ich so rasch ab wie Marc seine Kleidung fallen lässt.

„Richtig hübsch siehst du aus, Petra", hält Marc mich nach unserem Sex in seinen Armen. „Mir geht es schon viel besser", sehe ich ihn beseelt an. „Meinen Zug habe ich allerdings verpasst", werfe ich einen Blick auf den Wecker, der neben dem Bett steht.

„Soll ich dich fahren?"

„Ich werde mit Lotte fahren, sicherlich freut sie sich, wenn sie nicht allein fahren muss. Du kennst doch Lotte", albere ich herum.

„Dann bleiben wir zwei noch im Bett und ich bringe dir ein zweites Frühstück. Wie wäre ein Obstsalat mit frischem Orangensaft?"

Zufrieden blicke ich Marc nach, wie er in die Küche geht. Was nur am Morgen mit mir los war, so fahrig kenne ich mich im Allgemeinen nicht. Marc hat in einem Punkt recht, ich war viel zu lange nicht mehr im Urlaub gewesen. Gleich am Montag werde ich für uns beide eine kleine Reise zusammenstellen, überlege ich, während ich mein Handy angele.

„Du hast den Zug verpasst?", Lotte klingt amüsiert. „So kenne ich dich gar nicht", schickt sie nach.

„Nimmst du mich mit?"

„Natürlich!" Lottes Stimme überschlägt sich. „Um ehrlich zu sein, bin ich erleichtert. Möchtest du zum Frühstücken in mein Café kommen?"

„Marc bringt mir gleich das zweite Frühstück ans Bett", gebe ich belustigt Auskunft.

„Na, dann!", lacht Lotte ins Telefon. „Ich hole dich in zwei Stunden ab, hoffentlich bist du dann schon wieder angezogen." Bevor wir das Telefonat beenden, schickt Lotte noch nach: „Wir müssen unvermittelt zu der Vernissage fahren, also zieh dein Kleid für den Abend direkt an." Marc kommt zurück in das Schlafzimmer, als ich mein Handy auf die Seite lege. „Wie hübsch du bist", huscht er zu mir unter die Decke. Den Obstsalat lassen wir noch eine Weile unbeachtet auf dem Tablett am Nachtisch stehen, viel wichtiger ist mir eine erneute Nähe zu Marc.

„Am Sonntag haben wir uns wieder. Ich hole dich vom Bahnhof ab", begleitet Marc mich später zum Auto von Lotte. „Vielleicht fahre ich auch mit Lotte oder Vincenz zurück", geselle ich mich zu Lotte und nehme den Beifahrersitz ein. „Zwei so hübsche Frauen allein unterwegs", albert Marc beim Anblick von Lotte in ihrem roten Kleid. „Ich mache mir schon jetzt Sorgen um euch." Mein Blick hängt beim Abfahren an Marc, bis Lotte um eine Kurve biegt und ich ihn nicht mehr sehen kann.

„Weißt du, Petra, ich bin so glücklich über den Umstand, nicht allein im Auto zu sitzen. So ist die Anreise nach Dresden doch viel schöner für uns beide!"

Von Vincenz kommt die Nachricht auf Lottes Handy, bereits in Dresden im Hotel angekommen zu sein, da haben Lotte und ich gerade die Hälfte der Strecke hinter uns. „Eigentlich ärgerlich, wir hätten alle zusammen anreisen können", bemerke ich. Lotte nickt. „Wir sollten beim nächsten Ausflug besser planen. Immerhin habe ich jetzt dich an meiner Seite." Ja, so wie ich Lotte kenne, sagt sie die Wahrheit. Für mich ist die Anreise mit Lotte aber auch viel entspannter als allein im Zugabteil zu sitzen.

„Gestern war der Geburtstag von Franz", wirft Lotte unverhofft ein. Kurz bin ich so überrascht, dass ich mich zusammenreißen muss, nicht zu sagen, was ich spontan denke. „Wie hast du dich verhalten?"

„Ich habe ihm eine WhatsApp geschrieben", Lotte spricht und steigert sich einmal mehr in das Thema Franz, sodass ich nicht zu Wort komme. Mich beunruhigen Lottes Worte gerade weniger als es das Geräusch tut, das sich schon seit Minuten bemerkbar macht und von Lottes Wagen zu kommen scheint.

„Was ist das für ein Geräusch?", werfe ich nach wenigen Minuten, die Lotte nur von Franz gesprochen hat, ein. Lottes Wagen scheint einen Defekt zu haben. „Die nächste Ausfahrt sollten wir in jedem Fall ansteuern", gebe ich anschließend Lotte zu bedenken. Meine Freundin ist ebenso überrascht und geschockt wie ich, sie nickt mir zu.

„Kannst du mit dem Zeichen, das aufleuchtet, etwas anfangen?", fordert Lotte eine Auskunft von mir, als sie den Wagen auf dem Gelände des Rasthofes parkt, den wir zum Glück noch heil erreicht haben.

„Nein, leider nicht. Wir müssen den Pannendienst anrufen", zücke ich mein Handy.

Eine halbe Stunde später sind wir die Augenweide oder die Lachnummer des Parkplatzes. Zwei Frauen in Abendgarderobe, inklusive hohen Pumps, passen nicht in das Bild der Menge, die sich sehr für uns zu interessieren scheint. Besonders die Männerwelt gibt ihre wohlgemeinten Ratschläge zum Besten, obgleich der Pannendienst schon vor Ort aktiv ist.

„Den Wagen können Sie heute nicht mehr weiterfahren, den muss ich abschleppen lassen", hören wir aus dem Mund des Pannendienstmitarbeiters. Mit einem Male herrscht Ruhe um uns und ein Teil der neugierigen Menschen um uns herum, hat es plötzlich sehr eilig. „Na, wunderbar!" Lotte sieht mich resigniert an. „Was jetzt?"

66

„Wo sollte die Reise denn hingehen?"

Überrascht drehen Lotte und ich uns um. „Nach Dresden", ist Lotte nicht um eine rasche Antwort verlegen.

„Sie haben Glück, meine Damen", hören wir den Mann sagen. „Ich muss ebenfalls nach Dresden und habe mir gerade eine Kaffeepause gegönnt. Sie dürfen gern bei mir mitreisen."

„Ob das eine gute Idee ist?", sage ich leise in Richtung Lotte. Meine Freundin hat keine Ohren für meine Einwände und ist schon dabei, unsere Taschen aus dem Kofferraum zu nehmen.

„Natürlich begleiten wir Sie", höre ich Lotte sagen, während sie bereits mit dem Fremden in Richtung seines Autos geht.

„So, wie Sie beide angezogen sind, vermute ich einmal, Sie haben eine Einladung in Dresden?"

Lotte, die auf dem Beifahrersitz eingestiegen ist, gibt gerne Auskunft. Verblüfft darf ich hören, unser Retter in der Not ist ebenfalls zu einer Vernissage eingeladen. Dank Lotte erfahre ich auch rasch, wir haben das gleiche Programm für den heutigen Abend vor uns.

„So ein Zufall! Das muss doch vom Schicksal gelenkt sein! Mein Name ist Lotte und meine Freundin heißt Petra", trällert Lotte hocherfreut los.

„Ihr könnt Rudi zu mir sagen", schnappe ich von den hinteren Sitzen auf. Die anschließende Konversation zwischen Lotte und Rudi verfolge ich nur noch am Rande. Rasch ziehe ich mein Handy zum Vorschein und drücke meine Kopfhörer auf meine Ohren. Lotte und die Männer, denke ich, und schalte Musik an.

Vincenz

In der Hotellobby muss ich mich in Geduld üben, was nicht zu meinen positiven Eigenschaften gehört. Anton Wall kommt mit gut 15 Minuten Verspätung zu mir, er wirkt aufgelöst. „Ich habe doch mein Jackett für den Abend zu Hause vergessen", er tupft mit einem bunten Taschentuch über seine Stirn. Mein Blick wandert über seinen Körper und ich kann nicht sagen, ich bin bei seinem Anblick und seiner Kleidung, die er trägt, überrascht. „Sie sehen doch aus wie immer", bemerke ich trocken und gebe zu verstehen, dass es Zeit wird, zu der Vernissage zu fahren. „Niemandem wird in den Sinn kommen, Sie haben am heutigen Abend nicht das Jackett am Leib, das Sie für die Vernissage auch ausgewählt haben." Meine Worte beruhigen Anton Wall nicht wirklich. Er gibt mir noch eine Erläuterung zu den Farben, die sein Outfit mit dem fehlenden Jackett hätten zum Ausdruck bringen sollen. „Als Künstler lege ich großen Wert auf Farben."

Beim Einsteigen in das Taxi fällt mir der Blick des Fahrers auf, den er Anton Wall zuwirft. Wirklich deuten oder verstehen kann ich nicht, was ich gerade sehe, mir ist es auch egal.

Karin sehe ich gleich beim Betreten des Kunstmuseums. „Schauen Sie nur", gebe ich Anton Wall einen kleinen Schubs. „Unsere Karin, wie hübsch sie ist."

Die Begrüßung ist herzlich und das Lächeln im Gesicht von Karin zeigt mir, ihr geht es gut. „Wo ist mein Neffe?"

„Hermann Josef holt Getränke, er wird gleich bei uns sein. Ihr müsst mich kurz entschuldigen", deutet Karin auf eine kleine Gruppe von Menschen, die gerade das Kunstmuseum betreten. „Lotte hatte eine Autopanne", schielt Anton Wall auf sein Handy. Bevor ich mich aufrege, schickt er sogleich nach: „Sie ist gesund, Petra ebenfalls. Es handelt sich lediglich um eine Panne am Auto", fügt Anton Wall nach. „Lotte und Petra sind", er macht eine gewichtige Pause und verzieht sein Gesicht.

„Ich höre", fordere ich weitere Informationen.

„Unsere zwei Hübschen sind mit einem Fremden im Wagen unterwegs und laut Petra unterhält sich Lotte sehr angeregt mit dem attraktiven Fahrer." Mein anschließendes Stöhnen ist in etwa so laut wie das von Anton Wall.

„Wir hätten Lotte nicht aus den Augen lassen dürfen", schüttelt Anton Wall den Kopf.

„Jetzt dachte ich noch, Lotte kommt in ruhige Fahrwasser, mit Theo und seinem Kind würde sie ein Familienleben finden, das", ich unterbreche meinen Redeschwall. So wirklich habe ich doch selbst nicht daran geglaubt. Anton Wall scheint zu verstehen, er nickt. „Wir sollten uns schon etwas umsehen", macht er sich auf den Weg zu dem ersten Gemälde, das für mich nur einen bunten Farbklecks zeigt. „Grandios! Wie überwältigend sich die Farbzusammenstellung zeigt!" Anton Wall ist in seinem Enthusiasmus nicht zu bremsen. Müde bleibe ich stehen.

„Onkel Vincenz", dringt die Stimme von Hermann Josef an meine Ohren. Lange habe ich mich nicht mehr so gefreut, ihn zu sehen. An seine Seite kommt, kurz nachdem wir uns begrüßt haben, eine hübsche junge Frau. Die beiden sind vertraut miteinander, wie ich rasch bemerke. Irritiert sehe ich mich nach Karin um.

„Maja", hält mir die junge Frau ihre Hand entgegen. Nicht entgangen ist mir, mit der anderen Hand hat sie kurz über den Rücken von Hermann Josef gestreichelt. Oder bilde ich mir das alles nur ein? Ist dies eine normale Geste unter Freunden? Bin ich schon zu alt die Jugend zu verstehen?

„Woher kennen Sie sich?"

Majas Lachen klingt hell, sehr hell. Für mich einen Ton zu hoch. „Mein Bruder und Hermann Josef kennen sich vom Studium her", bekomme ich Auskunft.

„Sie sind auch Anwältin?" Maja schielt zu meinem Neffen.

„Nein, Onkel Vincenz. Maja ist Friseuse."

„Unsere Verabredung für Morgen hast du nicht vergessen?"

„Aber nein!" Hermann Josef bittet Maja, noch ein Getränk zu holen.

„Die junge Frau ist nicht meine Geliebte, Onkel Vincenz", stößt er im Anschluss hervor. Für mich klingt dies wie eine Erklärung, was ich offen sage. „Du hast dich nicht verändert. Immer nur Vorwürfe darf ich von dir erwarten", keift Hermann Josef.

„Keinen Streit, bitte", ich hole tief Luft.

Zu meiner Freude kommt Karin zu uns, an ihrer Seite sind ein mir fremder Mann und auch Anton Wall. „Vincenz", flötet Karin gutgelaunt. „Hier ist der Künstler des Abends", zeigt sie auf den Mann an ihrer Seite, der allem Anschein nach den gleichen Geschmack wie Anton Wall hat. Bunt, bunter, am buntesten ist offenbar das Motto der beiden Künstler. Anton Wall strahlt über das ganze Gesicht, nein, er glüht regelrecht. Am Alkohol kann es der Uhrzeit nach noch nicht liegen. „Welch intensive Kunst", lobt Anton Wall. Ich gebe mich ebenfalls entzückt und lobhudele ein Bild, das ich zuvor im Geiste als Farbklecks bezeichnet habe. Meine gute Kinderstube verbietet es, mit der Wahrheit den Abend zu sprengen.

„Mir sind sogleich die Kraft und die damit verbundene Ausstrahlung der Farbkombination ins Auge gefallen", sage ich stattdessen. Lächeln fange ich von allen Seiten auf, ich habe das gesagt, was von mir erwartet wurde. Hoffentlich, so mein nächster Gedanke, erwartet Karin nicht, dass ich ein Gemälde kaufe. Zumindest für meine Wohnung möchte ich davon Abstand nehmen.

„Keine Angst, Vincenz", hüstelt Karin in einem Augenblick, als wir kurz allein sind, in mein Ohr. „Meinem Geschmack entsprechen die Gemälde auch nicht."

Kurz lege ich meine Hand auf ihre. „Wann werden Hermann Josef und du heiraten, Karin?" Das Glas in Karins Hand fällt krachend zu Boden und wir sind uns der Aufmerksamkeit der anderen Besucher gewiss.

Maja

Belustigt registriere ich während der Ansprache des Künstlers das Ankommen meines Bruders. Direkt mit ihm betreten zwei Frauen in meinem Alter den Raum. Rudi strahlt, was an mindestens einer der Frauen zu liegen scheint. So gut kenne ich inzwischen meinen Bruder. Ein Räuspern neben mir lässt meine Aufmerksamkeit wieder dem Künstler zukommen. Kurz streife ich mit meinem Blick Vincenz und frage mich, was er von mir denkt? In meinen Augen war er sehr zurückhaltend im Gespräch mit mir, was mir sofort aufgefallen ist. Rasch bin ich mit der Ausrede, Getränke zu holen, davongeeilt. Hermann Josef wirkte wie versteinert nach meiner Rückkehr. Ich denke, er hat ein Problem mit seinem Onkel. Karins Verhalten war für mich ebenfalls sonderbar. Sie ließ ihren Champagner fallen, was für Getuschel sorgte. Vom Grunde, so war mein erster Gedanke, ist doch nichts passiert. Ein Glas ist zu Boden gefallen, na und? Für mich war es kein Drama. Hermann Josef reagierte entnervt auf das Missgeschick seiner Freundin. So ganz kann ich die neuen Freunde noch nicht einordnen. Während der Künstler des Abends sich selbst lobt und über die Farbkombination seiner Gemälde spricht, driften meine Gedanken erneut ab.

Am Morgen kam ein Schreiben vom Amtsgericht. Meine Scheidung ist nicht mehr aufzuhalten. Mein Noch-Ehemann scheint es sehr eilig zu haben, mich loszuwerden. Ob an dem Gerücht, seine neue Freundin sei schwanger, ein Funken Wahrheit dran ist? Ein Arm auf meiner Schulter lässt mich zusammenzucken, rasch blicke ich zur Seite. Hermann Josef hat sich neben mich gesellt, was mir entgangen war. Reflexartig suche ich Karin, die vorne neben dem Künstler steht und sich gerade wenig für ihren Freund zu interessieren scheint.

Warum muss ich einer netten jungen Frau begegnen, deren Freund mir spontan gefällt? Mitten in meine Sorgen spüre ich die Hand von Hermann Josef an meiner Hand. Es fühlt sich so gut an. Seine Haut so weich und ich spüre eine Erregung in mir aufsteigen, die mir kurz peinlich, dann jedoch willkommen erscheint. Viel zu lange lebe ich schon ohne Partner und musste auf die kleinen und großen Zärtlichkeiten im Alltag verzichten. Ausgehungert komme ich mir vor und dennoch fühle ich auch einen Verrat an der aufkeimenden Freundschaft mit Karin.

„Leben bedeutet doch auch, die verrückten Seiten im Leben zu sehen und auszuleben. Ärgern wir uns nicht am Tag des Todes über all die Dinge, die wir begehrt und nicht ausgelebt haben? Aus einem Zwang heraus, der von Menschen gefordert wird, die vergessen, was Leben heißt: Genießen wir den Moment!" Die Worte des Künstlers schweben über meinem Kopf und den Köpfen der anderen Besucher. Lautes Klatschen breitet sich aus und untermalt die Sehnsucht der meisten Besucher nach dem Moment, ohne Zwänge zu leben.

„Schöne Worte", haucht Hermann Josef in mein Ohr und drückt erneut meine Hand. Kurz senke ich meinen Blick zu Boden, dann aber strahle ich den Mann an meiner Seite an. „Ja, wieviel Wahrheit doch in diesen Worten liegt", gebe ich meine Gefühle preis.

Um uns herum werden die Stimmen lauter, jetzt, da der Künstler seine offizielle Ansprache beendet hat. Erneut suchen meine Augen Karin. Noch immer hat sie keinen Blick für Hermann Josef oder für mich. Karin zieht mit dem Künstler und einigen begierigen Kunstkennern durch das Museum. Sie ist in ihrem Element und scheint für den Moment auch nichts zu vermissen. „Du machst dir zu viele Sorgen, Maja", hält Hermann Josef noch einmal meine Hand. „Habe ich etwas verpasst?" Die Stimme meines Bruders lässt mich erneut zusammenzucken und meine Hand rasch der von Hermann Josef entziehen.

„Mir käme eine solche Verbindung nicht ungelegen", tönt er mir eine Spur zu laut.

„Hermann Josef? Spinnst du jetzt total?" Eine junge Frau, die mit Rudi gekommen zu sein scheint, echauffiert sich. „Lotte, kannst du bitte leiser sprechen", bittet Hermann Josef die Frau. Mir scheint es allerdings so, als sei ihr an einer Auseinandersetzung gelegen. Fragend blicke ich zu meinem Bruder. „Rudi? Wer ist die Frau?" Mein Bruder, so kann ich sehen, wirkt erschrocken.

„Lotte, kannst du bitte etwas mehr Zurückhaltung zeigen? Hermann Josef ist ein Freund von mir und die Frau an seiner Seite ist meine Schwester Maja."

„Ich glaube das alles nicht! Wo ist Karin?"

„Hörst du bitte jetzt auf, so einen Wind hier zu machen? Wir sprechen gerne und in Ruhe vor der Tür", zieht Hermann Josef die Frau mit sich zum Ausgang. „Lotte ist im Allgemeinen ein sehr liebenswürdiger Mensch. Sie hat sicherlich die Lage falsch aufgenommen?" Irritiert blicke ich zu der zweiten Frau, die mit meinem Bruder gekommen ist. „Ich heiße Petra und gehöre mit Lotte zu den engsten Freunden von Karin, der Freundin von Hermann Josef."

Tief Luft holen, sage ich mir und wechsele einen Blick mit meinem Bruder. Bevor ich Petra antworten kann, steht der Onkel von Hermann Josef neben uns, der Petra sehr gut zu kennen scheint.

Rudi nimmt meinen Arm und zieht mich zur Seite. „Verstehst du den ganzen Wirbel?", will ich von ihm wissen. Rudi blickt mich nicht gerade freundlich an. „Maja! Ich lege keinen Wert auf Ärger!"

Mir ist die Situation unangenehm und ich bin sehr froh, als ein Kellner mit einem Tablett neben mir steht und ich mich kurz der Unterhaltung mit meinem Bruder entziehen kann. Lotte kommt mit Hermann Josef wieder in das Kunstmuseum zurück, als ich gerade an dem Champagner nippe. Hermann Josef, so scheint es, konnte Lotte beruhigen. Sie lacht und geht entspannt zu Petra und dem älteren Mann. „Wozu die ganze Aufregung?", frage ich meinen Bruder. Rudi scheint noch immer nicht zufrieden zu sein. „Du bist doch selbst kein Kostverächter", lasse ich ihn stehen und gehe auf Hermann Josef zu.

Wie unbekümmert er mich unterhält und wir uns über dieselben Dinge amüsieren können, verwundert mich doch. Bisher durfte ich diese positive Erfahrung noch bei keinem Mann machen. „Nein, Kinder habe ich keine und ich bin auch ohne Kind mit meinem Leben sehr zufrieden", erfahre ich von Hermann Josef. Auch in diesem Punkt sind wir auf einer Wellenlänge. Mein Noch-Ehemann hat sich gerade deshalb von mir getrennt. Er wollte mich überreden, doch noch schwanger zu werden.

„Wo ist Karin?" Meine Frage kommt über meine Lippen, als ich auf die Uhr gesehen habe. Einige der Besucher sind schon gegangen und ich wundere mich doch, Karin noch immer nicht in der Nähe von Hermann Josef sehen zu können.

„Hier im Kunstmuseum ist Karin in ihrer Welt", höre ich Hermann Josef sagen. Seine Hand sucht erneut die meine und ich lasse es geschehen.

Petra

Gegen 23 Uhr husche ich aus dem Museum und nutze die Gelegenheit, Marc anzurufen. „Wenn ich das gewusst hätte, Petra, ich hätte dich doch zum Bahnhof gebracht", Marc klingt besorgt. „Um mich musst du dich nicht sorgen", lache ich ihm entgegen. „Lotte und ihre Männer", höre ich meinen Freund sagen. Mir scheint, Marc hält nicht viel von meiner Freundin und diese Abneigung scheint größer zu werden. „Rudi ist nur aus Zufall unser Fahrer geworden und die Tatsache, er wollte auch in das Kunstmuseum, war doch ein Glücksfall für uns." Marc brummelt in sein Handy. „Mir gefällt das nicht, Petra. Du musst nicht mit einem Fremden per Anhalter durch die Gegend reisen. Wieso nur hast du mich nicht angerufen?" Huch, so meine Überlegung, so soll das Telefonat nicht verlaufen. „Ich wollte dir nur eine gute Nacht wünschen", sage ich mit betont ruhiger Stimme.

„Bist du schon bei Karin in der Wohnung?" Marc gibt sich keine Mühe, seine Stimme weich klingen zu lassen, was mich nervt. „Ich bin noch im Kunstmuseum. Karin räumt noch auf und muss sich um ein Taxi für den Künstler kümmern, danach fahren wir zu ihr." Zu meiner Freude kann ich Marc besänftigen und das Telefonat auch ohne Ärger beenden. Was für ein Tag, denke ich, beim Betreten des Museums. Meine Aufmerksamkeit wird sogleich auf eine Ecke des Museums gelenkt, in der ich Hermann Josef und Karin erblicke. Wortfetzen dringen bis zu meinen Ohren und ich erschrecke sogleich. „Lügner" ist nur ein Wort aus Karins Mund, das ich aufschnappe. „Schlampe" kontert Hermann Josef. Mit aufgerissenen Augen verfolge ich die Szene bis zu dem Moment, als Hermann Josef auf mich bzw. den Ausgang zusteuert.

Dieser Tag hat schon genug Aufregung gebracht und mir scheint, der Abend wird mir auch keine Ruhe schenken. An einen erholsamen Schlaf glaube ich schon nicht mehr. Ohne ein Wort eilt Hermann Josef an mir vorbei und verlässt das Museum. Karin steht mit Tränen in den Augen noch in derselben Ecke wie zuvor. An ihrer Seite erblicke ich Lotte, die unentwegt auf Karin einredet. Beim Näherkommen höre ich Lottes Worte. „Hermann Josef hat sich nie um dich gekümmert. Diesen Mann hättest du schon lange verlassen müssen", betont Lotte.

„Hetzen hilft jetzt auch nicht weiter", geselle ich mich dazu. Kurz herrscht Schweigen, jedoch nur für wenige Sekunden. „Typisch, unser Fräulein Perfekt muss sich mit guten Ratschlägen einmischen, wie immer!" Lottes Blick ist voller Zorn und ich bin überwältigt von der Situation, in der ich stecke. Das hier sollte unser Wochenende werden, auf das wir uns alle schon seit Tagen gefreut haben. Jetzt aber wünschte ich mir, wieder zu Hause bei Marc zu sein.

„Hermann Josef hat heute Abend versehentlich von meinem kurzen Ausrutscher mit dem Direktor vom Kunstmuseum erfahren." Karin sieht mich aus verweinten Augen an. Ihre Wimpertusche ist verlaufen. „Wie konnte das passieren?" Meine Frage bleibt nicht unbeantwortet. „Hermann Josef hat mich gereizt. Sein Getue am heutigen Abend mit Maja ist mir nicht entgangen und da habe ich ihm auf den Kopf zugesagt, dass ich auch meine Geheimnisse habe."

Ina fällt mir ein. Wie sie jetzt wohl reagieren würde? Heimlich beneide ich die Freundin dafür, nicht hier bei uns zu sein. Egal, was ich jetzt sage, es wird verkehrt sein. „Soll ich uns ein Taxi rufen?" Weder Lotte noch Karin geben mir eine Antwort. Lotte steckt sich eine Zigarette an, was nicht lange ohne Belehrung des noch anwesenden Personals bleibt. Aufgebracht geht sie mit der Zigarette im Mund zum Ausgang. „Die frische Luft wird ihr aufgeheiztes Gemüt hoffentlich abkühlen." Diesen

Kommentar kann ich mir nicht verkneifen. Karin scheint es egal zu sein, sie schnieft laut hörbar in ihr Taschentuch.

„Lieben Dank, Karin! Meine Frau wird mir schon die Koffer vor unsere Wohnung gestellt haben", zieht ein Mann meine Aufmerksamkeit auf sich. Das wird sicherlich Karins Museumsdirektor sein, vermute ich.

Zwei Minuten später verlasse ich auch die Räumlichkeiten, zu peinlich ist die Auseinandersetzung zwischen Karin und dem Direktor. Das die beiden einmal ein Verhältnis hatten, davon ist gerade nichts zu spüren.

Mein Handy zücke ich automatisch beim Verlassen des Museums. Lotte habe ich nicht mehr gesehen, was eventuell auch gut so ist.

„Petra!" Anton Wall eilt mir 20 Minuten später am Eingang seines Hotels entgegen. „Vincenz ist auch noch wach und wartet auf dich. Wir gehen an die Bar", höre ich im Anschluss. „Gib mir fünf Minuten!", schiele ich auf das Schild mit der Aufschrift Toiletten. Anton ist sehr feinfühlig. „Mach dich etwas frisch, meine Liebe", eilt er davon.

Meine Überlegung beim Verlassen des Waschraums, noch einmal Marc anzurufen, verwerfe ich. Bis er hier ist, wäre es schon Zeit zum Frühstücken und dann habe ich schon einen Weg gefunden, um nach Hause zu fahren. Wie dankbar ich bin, noch Vincenz und Anton erreicht zu haben. Die beiden sind gerade wie Engel auf Erden für mich.

Vincenz

In meinem Alter braucht man diese Aufregung nicht mehr. Lotte ist wie ein Vulkan. Sie kann ein so liebenswürdiger Mensch sein, doch schon im nächsten Augenblick legt sich in ihrem Kopf ein Schalter um und Lotte flippt aus. „Sie hat es bestimmt nicht so gemeint", bemüht sich Anton Wall, Petra zu beruhigen. Sie sitzt wie ein Häufchen Elend auf ihrem Stuhl und nickt nur. Ich bestelle für uns Rotwein und einen Teller mit Käse, in der Hoffnung, die Stimmung wieder zu heben. „Wo soll ich nur diese Nacht schlafen?" Petra wühlt in ihrer Tasche herum. „Das Kleid steht dir sehr gut", lobe ich, ohne wirklich darüber nachgedacht zu haben, was ich damit auslöse. „Für Morgen habe ich nichts Frisches zum Anziehen. Meine Tasche liegt noch in dem Auto von Rudi, der Lotte und mich mitgenommen hat", jammert Petra. Die Frage, ob sie eine Handynummer von Rudi habe, verneint Petra. „Was soll ich jetzt machen? Wo komme ich für diese Nacht nur unter?"

„Für ein Hotelzimmer habe ich schon gesorgt und eine Zahnbürste sollte kein Problem sein", tätschele ich die Hand von Petra. Ein Strahlen erhellt ihr Gesicht. „Lieben Dank. Nun habe ich immerhin schon einen Schlafplatz. Morgen, beim Frühstück, sitze ich dann im Abendkleid neben euch", sie lacht, doch es klingt verkrampft.

„Auch das Problem lösen wir. Gleich morgen früh werde ich aus der Boutique des Hotels eine Auswahl auf dein Zimmer bringen lassen. Mit deiner Figur, liebe Petra, wird dir sicherlich die halbe Auswahl passen und hoffentlich auch gefallen." Petra prostet mir erleichtert zu. „Lieben Dank, Vincenz. Auch dir, Anton, danke ich für deine Freundschaft. Heute Nacht möchte ich unter keinen Umständen zwischen Lotte und Karin schlafen."

Es gelingt, mir Petra mit einigen Fragen zu ihrer Arbeit abzulenken und ich kann sehen, ihre Gesichtszüge entspannen sich. Anton Wall bemüht sich ebenfalls um Petra, zumindest bis zu dem Moment, als der Künstler des Abends an der Bar erscheint. „Ihr entschuldigt mich kurz?" Ohne auf unsere Antwort zu warten, springt Anton Wall auf.

„Anton werden wir bis zum Frühstück sicherlich nicht mehr an unserem Tisch sehen", lächelt Petra ihm nach. „Es tut so gut, in meinem Freundeskreis so unterschiedliche Charaktere zu haben, das beflügelt mich", sagt Petra und steht von ihrem Sitz auf. „Darf ich dich allein lassen, Vincenz? Ich bin sehr müde und geschafft von den heutigen Ereignissen."

„Um halb zehn lasse ich dir aus der Boutique eine Auswahl bringen und danach frühstücken wir", verabschiede ich Petra. Eine Weile bleibe ich noch allein am Tisch sitzen, trinke meinen Rotwein aus und kann nicht verhindern, dass meine Gedanken auf Wanderschaft gehen. Lottes Verhalten stimmt mich traurig und doch weiß ich, sie ist eine erwachsene Frau.

Lotte

Mein Auftritt Petra gegenüber war unüberlegt und einmal mehr sind mir die Nerven durchgegangen. Leider gehöre ich zu den Menschen, die gleich aussprechen was sie denken, ohne noch einmal nachzudenken. „Wo ist Petra? Ich kann sie nirgends finden. Selbst auf den Toiletten habe ich schon nachgesehen", hebe ich resigniert meine Schultern, um sie gleich wieder fallenzulassen. Karin sieht mich aus verweinten Augen an, sagt kein Wort. Sie hat Kummer mit Hermann Josef, ebenso mit dem Direktor vom Kunstmuseum, der nun um seine Ehe bangt. „Du bist aber auch sehr forsch gewesen mit deinem Auftritt", kann ich mir nicht verkneifen zu sagen. Karin schnappt nach Luft, macht den Mund auf, sagt aber dann doch keinen Ton.

„Soll ich euch nach Hause fahren? Wo ist Petra?" Rudi steht plötzlich neben uns. „Petra und ich haben gezankt und jetzt ist sie weg." Meine Worte wirken irritierend auf Rudi. „Heute ist Chaos-Queen-Tag bei euch?" Ein Lachen schickt er nach, es wirkt hämisch auf mich.

„Maja ist mit meinem Freund einfach auf und davon. Weißt du eigentlich, wohin sich die zwei verzogen haben?" Karin wird wieder munter und aktiv. Mit ihrem Zeigefinger trommelt sie auf die Brust von Rudi. Ich schiebe ihr Verhalten auf die Menge an Champagner, da ich Karin ansonsten anders kenne. „Mein Angebot steht, Ladys", lässt Rudi nicht locker, uns nach Hause zu fahren. Karin ist besorgt, in der Wohnung auf Hermann Josef zu treffen, was sie offen anspricht. „Ein Hotelzimmer werdet ihr um diese Uhrzeit nicht mehr bekommen", schielt Rudi erst auf seine Armbanduhr, dann zu mir. Sein plötzliches Lächeln bringt mich durcheinander. Mein Bauch reagiert sogleich und ich überlege, ob es noch eine Möglichkeit gibt, Rudi besser kennenzulernen.

„Ihr könnt heute Nacht mit zu mir kommen", keck blickt mich Rudi an. Karin ist mit sich beschäftigt und zeigt keine Anstalten auf Gegenwehr zu dem Vorschlag.

„Dann hole ich dein Gepäck", sagt Rudi und geht in die kleine Küche des Museums. Beim Zurückkommen sieht er besorgt aus. „Ich habe vorhin auch die Tasche von Petra hier abgestellt." Die Worte von Rudi erschrecken mich. Die Freundin ist ohne frische Kleidung und ohne Kulturbeutel auf und davon. Karin hört mir nicht mehr zu, als ich von Petras Tasche erzähle. Rudi meint, ich sollte die Tasche lieber hier stehen lassen. „Sie wird einen netten Mann getroffen haben", öffnet Rudi mir die Wagentür. So ganz kann ich ihm nicht glauben, daher wähle ich Petras Nummer.

„Lass mich bitte in Ruhe schlafen", höre ich Petra mürrisch sagen. „Deine Tasche liegt noch im Kunstmuseum", berichte ich aufgeregt, dann ist das Telefonat auch schon beendet. Immerhin ist ihr nichts passiert, so mein nächster Gedanke. Mein Versuch, Anton Wall zu erreichen, scheitert, daher rufe ich Vincenz an, auch wenn es schon kurz vor Mitternacht ist.

„Dein Verhalten ist mir fremd, Lotte! Wirklich! Petra ist ein lieber Mensch und hat deine Anfeindungen nicht verdient", wirft mir Vincenz mit Nachdruck in der Stimme entgegen. Beruhigt höre ich, Petra schläft im Hotel und Vincenz hat sich um die nötigsten Dinge für sie schon bemüht. „Wir sehen uns aber doch morgen?", jetzt kommt die Stimme von Vincenz zögerlich an meine Ohren. So ganz gefällt mir die Idee nicht, morgen gemeinsam durch Dresden zu schlendern und auf Freundschaft zu machen, was ich auch sage. „Du kneifst nicht, Lotte! Wenn ich dir noch einen Rat geben darf, entschuldige dich bei Petra!", damit ist unsere nächtliche Unterhaltung vorbei.

Karin schläft auf dem Sofa von Rudi ein, kaum dass wir die Wohnung betreten haben. Die Flasche Sekt, die Rudi noch für einen Gute-Nacht-Trunk öffnet, bekommt sie schon nicht mehr mit. Mir ist es lieb so. Mein Augenmerk ruht gerade auf dem knackigen Hintern von Rudi und ich fange an, den Rest der Welt zu vergessen. Mein Handy macht sich bemerkbar, gerade in dem Moment, als Rudi zu mir kommt und mir ein Glas Sekt entgegenhält. „Musst du das Telefonat nicht annehmen?" Rudis Stimme holt mich in die Realität zurück. Kurz schiele ich auf mein Handy und muss überrascht feststellen, Theo versucht mich zu erreichen, ausgerechnet jetzt. Mein Handy lasse ich, ohne das Telefonat entgegenzunehmen, in meine Tasche gleiten. „Worauf trinken wir?" Ich blicke Rudi in seine Augen, die mir vom ersten Moment an gefallen haben. „Ich habe irgendwo schon einmal ein Foto von dir gesehen, da bin ich mir ganz sicher, Lotte. Nur, ich komme im Augenblick noch nicht darauf, wo das war." Mich interessiert das Gerede nicht. Was, so denke ich mir, ist ein Foto? Jetzt und hier spielt die Realität und die gefällt mir gerade sehr gut. Schmetterlinge im Bauch, wie ich sie gerade empfinde, ich spüre sie seit langer Zeit endlich einmal wieder. „Mir geht es gut", säusele ich und frage mich unvermittelt selbst, was ich mir dabei gedacht habe. „Trotz der ganzen Widrigkeiten des Tages, des heutigen Abends?" Skeptisch sieht mich Rudi an und ich spüre tief in mir, er soll nicht glauben, ich bin ein Mensch ohne Tiefgrund. Noch bemüht um die richtigen Worte, kommt Rudi ein Stück näher. Wieder stößt sein Glas an meines und wir nippen an der prickelnden Brause für Erwachsene. Meine Freundinnen und meine Freunde kommen mir in den Kopf. Ich schüttele ihn kurz, um mir den Moment nicht nehmen zu lassen. Jetzt und hier will ich das Leben genießen und einmal mehr meiner verstorbenen Tante Lydia Lowere nahe sein. „Auf das Leben!", hebe ich mein Glas. Rudi schaut mir zu, wie ich erneut einen kräftigen Schluck nehme, dann greift er nach meinem Glas, stellt es neben sich auf eine Ablage.

„Ich will dich, Lotte", verschließt er meine Lippen mit seinen und ich spüre unvermittelt seine Zunge in meinem Mund. Meine Augen flackern auf und zu, das schlechte Gewissen fängt an, sich eine Plattform in meinem Kopf zu erobern.

„Du bist eine sehr sinnliche Frau, Lotte", höre ich Rudi sagen, dann küsst er meinen Hals, während seine Hände sich einen Weg unter mein Kleid suchen. Keine Minute später spüre ich sie auf meinem Rücken und schon ist mein Reißverschluss offen. Mein Kleid fällt zu Boden. Oh, erschrocken blicke ich an meinem Körper hinunter. Wie konnte ich nur so nachlässig sein und vergessen, dass ich Shape-Unterwäsche trage? Peinlich berührt und mit gesenktem Kopf nehme ich Abstand zu Rudi. „Was ist los, Lotte?" Ich sehe ihm in seine Augen, bleibe stumm. „Deine Wäsche? Kein Problem für mich", zieht er mich wieder an seine inzwischen nackte Brust. „Du bist keine zwanzig mehr und ich ebenfalls nicht, was soll‘s?" Wirklich zufrieden bin ich noch nicht mit dem, was ich gerade gehört habe. Rudi hat die Wahrheit gesagt, so meine Gedanken. Mein Kopf ist plötzlich frei von unnötigen Sorgen und ich gebe mich dem wunderschönen Gefühl hin, hier, mitten im Wohnzimmer von Rudi, geliebt zu werden.

Erst zart, dann immer fordernder und heftiger dringt er in mich ein. Verschwitzt und glücklich liegen wir eine gefühlte Ewigkeit später auf seinem Teppich. „Karin?", erinnere ich mich an meine Freundin und bin beruhigt zu sehen, sie schläft noch immer und hat von unserem kleinen Spiel nichts mitbekommen. „Das Universum meint es doch auch gut mit mir", drehe ich mich zu Rudi um. „Soll ich heute Nacht hier auf dem Teppich schlafen?"

Rudi nimmt mich an seine Hand, zuvor sammle ich noch unsere Kleider auf. Nicht, dass Karin wach wird und gleich darüber fällt. „Ich soll in deinem Bett schlafen?" Kurz überlege ich mir, was Karin nur am nächsten Morgen dazu sagen wird. Dann aber sind auch diese Gedanken aus meinem Kopf. Ich falle auf die angenehm weiche Matratze und lege meinen Kopf in das Kissen. Meine Augen fallen zu. Ich bin müde und möchte jetzt wirklich nur noch schlafen, da spüre ich die Hände von Rudi erneut an meiner Brust. „Bist du nie müde?" Meine Fragen waren auch schon besser. Mit zwanzig hätte ich über mich selbst gelacht und insbesondere gedacht, was für eine alte Frau!

Die Lust kommt von allein wieder in meinen Körper und ich lache in mich hinein bei dem Gedanken, alles aber noch nicht alt zu sein. Gegen halb vier blicke ich das letzte Mal auf den Wecker neben dem Bett. Zufrieden in der Gewissheit, gerade den schärfsten Sex in diesem Jahr erlebt zu haben, schlafe ich ein.

Der nächste Morgen
Samstag

Petra

Meinen Wecker hatte ich für halb neun gestellt. Beim Öffnen meiner Augen habe ich noch einmal die Ereignisse des letzten Tages im Kopf. Mein Handy, das auf dem Nachttisch liegt, schaue ich kurz an, entscheide mich aber zunächst dafür, ins Badezimmer zu gehen und mich erst im Anschluss den neuen Nachrichten zu widmen. Eine richtige Wohltat ist das Wasser unter der Dusche, das ich genüsslich über meine Haut fließen lasse. Nach dem Duschen wickele ich meinen Körper in ein weiches Badetuch und blicke in den Spiegel. Unter meinen Augen liegt ein Schatten, ansonsten habe ich die gestrigen Ereignisse gut weggesteckt. Leider habe ich noch keine frische Kleidung zur Hand, daher schnappe ich mein Handy und darf unvermittelt sehen, Lotte hat mir erst vor wenigen Minuten geschrieben.

Liebe Petra,

ich möchte mich für mein Verhalten entschuldigen. Der gestrige Tag sollte in unserer Freundschaft gelöscht werden. Sorge bereitet mir die Gewissheit, du hast deine Tasche noch im Kunstmuseum stehen, dir fehlen also frische Kleidung und Make-up. Mir ist bewusst, liebe Petra, für dich dürfte diese Tatsache einer Katastrophe nahekommen. Wenn wir uns später sehen, gemeinsam mit Vincenz, darf ich auf eine Versöhnung hoffen?

Ich freue mich auf unser Wiedersehen

Lotte

Neugierig male ich mir aus, wie der gestrige Abend noch für Karin und Lotte geendet hat. In meine fantasievollen Überlegungen klopft es an der Zimmertüre. „Ich sollte Ihnen eine Auswahl an Kleidung bringen", lächelt mich eine junge Frau an. Ihr Blick huscht über meinen Körper, der noch immer im Badetuch steckt. „Die Größen müssten Ihnen passen, soweit ich das beurteilen kann", sie schickt ein Lächeln nach. „Wo darf ich die Auswahl ablegen?" Neugierig wandert ihr Blick durch mein Zimmer, bis sie mit einem Lächeln den kleinen Tisch ansteuert, um alles abzulegen. „Diese Tasche habe ich für Sie aus unserer Wellnessabteilung zusammenstellen lassen", nimmt sie eine große Papiertüte von der Schulter. „Beneidenswert, wie Sie verwöhnt werden. So einen Verehrer wünsche ich mir auch", legt sie mir die Träger der Tasche in die Hände und geht wieder. Verehrer, denke ich, und blicke der jungen Frau nach. Mir fällt mit einem Male ein, ich habe ihr kein Trinkgeld gegeben, was mir peinlich ist. Sicherlich, so mein nächster Gedanke, hat Vincenz schon im Vorfeld daran gedacht und auch diesbezüglich alles großzügig für mich geregelt. Was für ein wunderbarer Mann und lieber Freund, wie ich denke. Lotte sollte Vincenz täglich danken für seine Unterstützung in ihrem Leben. Seit sie ihren väterlichen Freund an der Seite hat, hat sich vieles für Lotte wie von Zauberhand geregelt. Vincenz bringt die Dinge auf den Weg, er packt an, organisiert und zieht gerne die Strippen im Hintergrund. Für mich, so darf ich gleich beim Sortieren der neuen Kleidung sehen, hat sich sein Engagement mehr als nur gelohnt.

Die Entscheidung, was ich nun zu unserem Frühstück anziehe, fällt mir schwer. Geschmackvoll und in der richtigen Größe liegen gleich vier Outfits vor mir. Jedes ist in meinen Augen ein Gewinn für meinen Kleiderschrank. In der Tüte finde ich edle Cremes für mein Gesicht, den Körper, meine Hände und Make-up. Vom Sehen her kenne ich diese Marken, leider habe ich mir noch nie ein so teures Produkt gekauft. Bisher dachte ich immer, das kommt erst dann in meinen Einkaufskorb, wenn ich etwas älter bin und meine Haut diese Pflege wirklich nötig hat. Begeistert schnuppere ich an einer Creme, die für mein Gesicht ist. Diese riecht angenehm und lässt sich leicht im Gesicht verteilen. Für diesen Moment sind alle Sorgen und der Ärger des gestrigen Tages vergessen. Auch die Farbe des Make-ups ist wie für mich gemacht.

Marc ruft an, als ich gerade mein Zimmer verlassen möchte. Rasch erzähle ich ihm von den Ereignissen des letzten Abends. „Nein!", echauffiert er sich. „Mit Lotte lasse ich dich niemals mehr in den Urlaub fahren. Das, was ich gestern am Abend von dir gehört habe, es hat mich kaum ruhig schlafen lassen. Das Lotte dem ganzen noch einen i-Punkt aufsetzt, damit habe ich nicht gerechnet", fügt er besorgt nach. Kurz berichte ich von der Hilfe, die ich durch Vincenz erfahren habe. „Wir werden ihm dafür danken, ich lasse mir etwas einfallen, Petra. Ohne die Hilfe von Vincenz, nicht auszudenken, was alles hätte passieren können."

Nach dem Telefonat bin ich nachdenklich. Mir hat gefallen, wie sehr sich mein Freund um mich sorgt und durch seine Worte ist mir meine gestrige Situation noch einmal bewusst geworden. Ohne das Hotelzimmer hätte ich auf der Straße gestanden.

Karin

Meine Augen öffne ich und blicke auf eine Lampe an der Decke, die mir nicht bekannt ist. Kurz schließe ich meine Augen wieder, öffne sie dann aber neugierig und blicke mich in dem Zimmer um, wo ich gerade liege. Meine Erinnerung hat einen Riss. Erleichtert nehme ich zur Kenntnis, bekleidet zu sein. Vorsichtig setze ich mich auf. Ich liege auf einem Sofa in einem mir fremden Wohnzimmer, so viel steht bereits fest. Der Kunstdirektor, überlege ich kurz, verwerfe den Gedanken aber wieder. Wieso sollte ich dann auf dem Sofa liegen, das ergibt keinen Sinn. Der Blick auf meine Armbanduhr zeigt, es ist bereits 9 Uhr.

„Karin? Guten Morgen! Wie hast du geschlafen?"

Unvermittelt drehe ich meinen Kopf in die Richtung, wo ich Lottes Stimme gehört habe. „Du bist auch hier?" Hinter Lotte erscheint ein Mann, was mich doch verwundert. „Rudi? Wer bitte ist noch hier in der Wohnung und wem gehört diese?" Meine Frage bringt beide zum Grinsen. Lotte setzt sich, mit der Zahnbürste in der Hand und bekleidet mit einem viel zu großen Shirt, zu mir auf das Sofa. Wenige Minuten später bin ich im Bilde über die Lücke in meinem Kopf. „Champagner rühre ich für mindestens vier Wochen nicht mehr an", vergrabe ich mein Gesicht hinter meinen Händen. „Ein Kaffee, die Damen?" Rudi klingt schon sehr wach und ich erkenne an dem Blick, den Lotte ihm beim Entgegennehmen der Tasse zuwirft, da läuft etwas. „Hattet ihr zwei Sex?"

Lotte lacht, jedoch eine Spur zu laut. „Du kannst ruhig lauter sprechen", mischt sich Rudi ein. „Ich habe dich gehört. Und ja, Lotte und ich hatten Sex. Wir haben eine sehr erotische Nacht miteinander verbracht." Ich nicke müde. „Seid ihr jetzt ein Paar?" Lotte blickt verlegen auf ihre Hände, was mir sofort auffällt. Rudi strahlt über sein Gesicht, nippt in aller

Ruhe an seiner Tasse, bevor ich eine Antwort erhalte. „Nimm das Leben doch mal lockerer. Gestern im Kunstmuseum habe ich von dir den Eindruck erhalten, die liebe Karin genießt das Leben und nascht selbst gerne einmal über den Tellerrand hinaus an den süßen Köstlichkeiten, die Männer so zu bieten haben."

Mir wird schlecht. Einzelne Szenen des gestrigen Abends kommen wieder in mein Gedächtnis zurück. „Ist das Badezimmer frei?", verlasse ich das Sofa. Unsicher schielt mich Lotte an. „Ich komme mit dir ins Badezimmer, ich muss mich auch noch etwas zurechtmachen für das Frühstück mit Vincenz." „Wir sind keine pubertierenden Teenager mehr", drehe ich mich im Badezimmer zu Lotte um. „Was wird hier gespielt und welche Ziele verfolgst du?" „Hör doch mit den Fragen auf, Karin!" Lotte spuckt den Rest der Zahnpasta, der noch in ihrem Mund war, aus. „Möchtest du?" „Ja, wir sind zurück in der Pubertät", ergreife ich ihre Zahnbürste.

„Willst du Wäsche von mir?" Lotte zeigt auf ihre Tasche, die sie für das Wochenende mitgenommen hat. Mir fehlt in der Tat alles für die Morgentoilette und ich nehme daher dankend ihr Angebot an.

11 Uhr

Pünktlich auf die Minute betreten wir die Lobby des Hotels, in dem Vincenz und Anton, jetzt auch Petra, übernachtet haben. Beeindruckt sehe ich mir im Foyer die Gemälde an, die an den Wänden hängen. „Mich beeindruckt der Gleichklang der Farben", lenke ich Lottes Augen auf die Gemälde. „Heb dir deinen Enthusiasmus für gleich auf", höre ich Lotte resigniert sagen. „Wie Petra nur auf mich reagieren wird?"

Schon von Weitem kann ich Vincenz sehen, als wir den Raum betreten. Anton Wall sitzt neben ihm, beide unterhalten sich angeregt und nehmen unsere Ankunft erst wahr, als wir am Tisch stehen. „Ich bin entzückt", springt Anton auf und begrüßt erst mich, dann Lotte. Sein Blick fällt noch einmal über meinen Körper. „Du hattest schon einen besseren Kleidungsstil, liebe Karin." Diese Bemerkung kann sich unser Künstler nicht verkneifen. „Dafür siehst du ausgesprochen frisch aus", sage ich, was mir gerade durch den Kopf geht. Täusche ich mich oder wird Anton Wall rot im Gesicht? Eine Gelegenheit darüber nachzudenken, bekomme ich nicht. Vincenz begrüßt mich nun ebenfalls. „Hat Lotte dich eingekleidet?" Seinem Blick nach zu urteilen, ist er über meine Aufmachung nicht begeistert. „Du hast nicht in deiner Wohnung geschlafen?" Scharf kommen diese Worte über seine Zunge. „Wir können sehr gerne das Treffen verschieben", will ich wieder gehen, als Vincenz mich an der Hand festhält. „Von Lotte bin ich einiges gewöhnt, bei dir, Karin, war ich sehr überrascht zu hören, was sich am gestrigen Abend alles abgespielt hat. „Und dein lieber Neffe? Er ist mit Maja auf und davon. Hast du ihm auch schon einen moralischen Vortrag erteilt?"

Hüsteln ist die einzige Antwort, die ich erhalte. Anton Wall bemüht sich im Anschluss, das Thema zu wechseln und für Ablenkung zu sorgen.

„Mit Hermann Josef und mir lief es in den letzten Monaten nicht richtig gut. Wir hatten wunderschöne Momente, in denen ich dachte, er ist der Mann meiner Träume. Leider aber hatten wir auch sehr viele Augenblicke, die weniger schön waren. Ansonsten hätte ich mich niemals dem Direktor des Kunstmuseums hingegeben."

Vincenz trinkt seinen Kaffee schweigend und ohne mir eine Antwort zu geben. „Wieso sagst du nichts?"

„Ich wünsche einen guten Morgen!" Statt Vincenz' Stimme höre ich die von Petra, die nun bei uns steht. „Warst du im Wellness-Tempel? Neue Kleidung? Im Lotto gewonnen?" Lottes Stimme klingt hoch.

Petra lässt sich von Vincenz umarmen und nimmt neben ihm Platz. „Mir scheint die letzte Nacht besser bekommen zu sein als euch", wirft Petra mir an den Kopf und ihr Blick über meinen Körper spricht Bände. „Keinen Streit, bitte. Ich zumindest bereue die Auseinandersetzung mit dir, Petra, und möchte mich entschuldigen", sprudeln die Worte hektisch aus Lottes Mund. Das wird ein entspanntes Frühstück, denke ich und spüre einen Druck in meinem Kopf. „Ich brauche eine Aspirin", werfe ich ein. Die gesamte Aufmerksamkeit ist mir gewiss. Vincenz will nun eine Auskunft haben, wo Lotte und ich übernachtet haben.

„In meiner Jugend war das anders", kommt eine Reaktion auf meine Erklärung rasch über seine Lippen. „Das hätte es nicht gegeben."

„Wir sind doch alle keine Engel und kleine Sünden gab es auch in deiner Jugend", wirft Lotte ein. Mir gefällt der kleine Schlagabtausch. Anton Wall hat mir unterdessen eine Kopfschmerztablette besorgt und in Wasser aufgelöst.

An unserem Tisch kehrt Ruhe ein. Nur das Herunterschütten der aufgelösten Kopfschmerztablette ist zu hören. „Muss das sein?" Vincenz sieht mich strafend an.

„Ich bestelle Frühstück für uns alle", eilt Anton Wall davon. „Petra, ich möchte wirklich wissen, wieso du so gut heute morgen aussiehst. Woher hast du diese schicke Kleidung?" Beneidenswert ergänze ich im Stillen meine Frage.

Mit Anton kommt ein Kellner zurück an unseren Tisch und innerhalb von wenigen Minuten ist der Tisch mit Köstlichkeiten eingedeckt, die mich staunen lassen. Mit jedem Bissen, den ich mir gönne, kehren etwas Ruhe und Gelassenheit in meinen Körper zurück. Was soll's, so meine Gedanken, meine Situation ist verfahren, aber ändern kann ich sie jetzt nicht.

„Langeweile gibt es bei uns nicht", amüsiert und kauend strahlt Lotte über den Tisch hinweg zu Vincenz. „Du sagst die Wahrheit, meine Liebe. Allerdings muss ich mich erst daran gewöhnen, ansonsten leidet mein Herz darunter", blinzelt er Lotte an. „Für einen alten Mann, wie ich es bin, seid ihr als turbulent einzustufen. Ein gutes hat das Zusammensein mit euch aber, ich bleibe bei dem ganzen Trubel jung, zumindest empfinde ich es so!"

Schöne Worte, so denke ich. „Kann ich deinen Schlüssel vom Kunstmuseum haben", will Petra später von mir wissen. Sie möchte sicher ihre Tasche abholen. „Mich von Vincenz einkleiden zu lassen, ist natürlich sehr viel erstrebenswerter als meine eigene Garderobe wiederzuholen", lässt Petra uns wissen und legt dabei kurz ihre Hand auf die von Vincenz, der sichtbar strahlt und ihr gutgelaunt ins Wort fällt. „Die Auswahl auf deinem Zimmer musst du mir zuliebe behalten, Petra. Ich habe mir am Morgen richtig Mühe gemacht, alles zusammenzustellen", betont Vincenz. Petra prustet. „Nein! Du hast wahrhaft selbst alles ausgesucht für mich? Was für ein wunderbarer Mensch du nur bist!"

Lotte, das entgeht mir nicht, wirkt eifersüchtig. Oh, weh! Unser heutiger Mädelsabend ist mehr als nötig. Nur traurig, Ina fehlt am heutigen Abend und in der nahen Zukunft. Wir drei Freundinnen müssen uns zusammenreißen, um wieder eine gute Basis zu finden. Unter keinen Umständen möchte ich auf diese Frauenfreundschaft verzichten. Mitten in meine Gedanken geht eine Nachricht von Hermann Josef ein, er bittet mich um ein Treffen.

Lotte

Ich muss einmal mehr an meine Tante Lydia Lowere denken. Gerade kommt eine Nachricht auf mein Handy, von Rudi.

Liebste Lotte,

die Stunden mit dir waren prickelnd und erotisch. Noch immer habe ich den Moment vor Augen, als du mich geküsst und gestreichelt hast, überall und ohne Tabus. Selten bin ich einer Frau begegnet, die den Sex so auslebt, wie ich es mit dir in der vergangenen Nacht erleben durfte. Spontan hast du mich eingeladen, dich einmal zu besuchen, was ich gerne annehmen möchte. Vorausgesetzt, die Einladung gilt noch? Nächste Woche bin ich wieder bei meinem Freund zu Besuch. Er wohnt, das habe ich schon recherchiert, in deiner Nähe.

Fühle dich lieb umarmt und geküsst
Rudi

Tja, das Leben kann so schön sein, strahle ich vor mich hin. Unser Frühstück am Morgen verläuft zu meiner Freude harmonisch, was mich sehr beruhigt. Richtig Angst hatte ich vor dem Treffen mit Petra. Der gestrige Abend ist in der Tat nicht geeignet, um aufgeschrieben und dokumentiert zu werden. Vielmehr möchte ich ihn vergessen. Nein! So mein nächster Gedanke. Vergessen möchte ich nicht den gesamten Abend, lediglich den Streit mit Petra, Karins Auseinandersetzung mit Hermann Josef und den Auftritt des Direktors vom Kunstmuseum.

„Kennst du eigentlich den Namen des Direktors vom Kunstmuseum?" Petra holt mich aus meinen Gedanken heraus. Sie war so lieb, mich mit in ihr Zimmer zu nehmen. Karin ist für ein Treffen mit Hermann Josef spontan in ihre Wohnung gefahren. Vincenz hat um eine kleine Auszeit gebeten und Anton schien auch etwas vorzuhaben.

„Ich glaube, er heißt Domenik", sehe ich Petra an. Wir prusten beide los. „Ob wir uns den Namen merken sollten?" Petra schminkt ihre Lippen nach. „Du siehst heute hübsch aus", betone ich mit Anerkennung in der Stimme.

„Trotz der letzten Nacht", tadelt Petra. Unvermittelt huscht wieder ein Lachen über ihr Gesicht. Das liebe ich so an der Freundin. Sie ist so ein Mensch, der ausgeglichen durch das Leben geht und sich sehr schnell wieder fängt, wenn es einmal Ärger gab.

„Wir sollten durch die Stadt gehen", rafft Petra ihre Tasche vom Bett. „Einkaufsbummel?", will ich wissen und verlasse meine Komfortzone auf Petras Bett.

„Wieso hat Anton so über Karins Outfit geredet? Sie hat doch gut in meinen Kleidern ausgesehen?" Meine Frage kommt über meine Lippen, da stehen wir gerade vor einer schicken Boutique. „Karin hat wie ein Bauernmädchen ausgesehen", sagt Petra, ohne sich von den Auslagen abzuwenden. Kurz bin ich auf 100 und möchte Petra in ihre Schranken weisen, da aber sehe ich, meine Freundin hat nur gesagt, was sie wirklich denkt. Ist es nicht schön, Menschen an der Seite zu haben, die mich lieben und in der Lage sind zu sagen, was sie denken? Kritik anzunehmen, fällt mir schwer, das konnte ich schon als Kind schlecht verarbeiten.

„Das Kleid finde ich perfekt für dich", hebt Petra ihre Stimme und zeitgleich lenkt sie meinen Blick auf eine Schaufensterpuppe. „Wow! Das Kleid ist ein Traum. Wo aber soll ich damit herumlaufen? Wir fahren sicherlich nicht jedes Wochenende nach Dresden zu einer Ausstellung." Petra schüttelt kaum merkbar ihren Kopf. „Genieße dein Leben, Lotte, nicht

nur mit den Männern der Schöpfung." Peng! Der neue Seitenhieb sitzt. „Kannst du bitte auf deine Sticheleien verzichten?"
Petra zieht mich mit in die Boutique. Als ich mich überreden lasse, das Kleid anzuprobieren, strahlt sie. „Du wirst dich
selbst nicht wiedererkennen", nehme ich ihre Worte mit in die
Kabine.

„Petra, du bist ein Genie! In dem Kleid sehe ich fantastisch
aus. Wieso gehst du nicht öfter mit mir einkaufen?"

Die nette Verkäuferin öffnet eine Flasche Prosecco, als ich
ihr sage, das Kleid ist gekauft. Für den ersten Moment möchte ich die Brause für Erwachsene ablehnen, dann jedoch denke ich an einen Spruch von Lydia:

Wer den Verrücktheiten im Alltag aus dem Weg geht,
versäumt die wahren Freuden des Lebens.

„Darf ich dich auf einen Kaffee einladen?", verlasse ich
wenig später beschwingt und gut gelaunt mit Petra die Boutique. „Wir haben uns gut zwei Stunden in der Boutique
aufgehalten", töne ich erstaunt, beim Blick auf meine Armbanduhr. „Es hat sich doch gelohnt, für uns beide", trällert
Petra, die ebenfalls fündig geworden ist. „Ich reise mit Über-
gepäck nach Hause", wirft sie nach. „Die hübsche Bluse für
Karin wird ihr hoffentlich gefallen", betone ich und werfe
einen Blick in die Tüte für unsere Freundin. Mein Handy
klingelt in dem Moment, als wir ein Café ansteuern. „Der
Anruf ist von Rudi", unsicher sehe ich zu Petra. Sie signalisiert mir, schon in das Café zu gehen und dass ich in Ruhe
telefonieren solle.

„Du willst mich sehen? Jetzt?" Mein Blick eilt Petra nach,
die gerade das Café betritt. „Ich muss erst mit Petra sprechen", füge ich unsicher nach.

„Und Mami willst du auch noch fragen, bevor ich dich ver-
führe?" Ein helles Lachen untermalt die Worte von Rudi. „Ich
freue mich, Lotte, dass du mit Petra wieder im Reinen bist",

darf ich im Anschluss hören. Erleichtert beende ich das Telefonat und eile Petra nach.

Freudig winkt sie mir beim Betreten des Cafés entgegen. „Ich habe für uns schon bestellt. Die Apfeltorte wird deinen Geschmack treffen", schwärmt Petra. „Für mich habe ich einen Obstsalat bestellt", lächelt sie mich zufrieden an. „Vielleicht isst du heute auch den Apfelkuchen? Oder wir lassen den Kuchen einpacken?"

„Was genau ist passiert? Du wirkst sehr verspannt auf mich. Setz dich doch endlich auf deinen Stuhl und hample nicht so herum, Lotte!", grinst Petra nach ihrem kleinen Tadel.

„Rudi will mich sehen. Jetzt!", bleibe ich stehen.

„Aha!"

„Ist das alles, liebe Petra, was du dazu sagen willst?"

„Dann geh schon zu deinem Rudi. Den Apfelkuchen bringe ich Karin mit, sie wird sich schon freuen. Wir sehen uns aber zum Mädelsabend?"

„Selbstverständlich. Ich werde pünktlich bei Karin erscheinen. Ehrenwort!"

Auf meiner Fahrt mit dem Taxi zu Rudi bin ich aufgeregt. Mir ist bewusst, ich tue gerade etwas wirklich Verrücktes, jedoch fühlt es sich sehr gut an. Ich will diesen Mann noch einmal lieben, bevor ich Dresden wieder verlasse und zurück nach Bremberg fahre. Was danach kommt, mir ist es gerade egal.

Rudi öffnet mir die Tür zu seiner Wohnung.

Nicht nur mit einem Strahlen im Gesicht, er zeigt sich mit einem Badetuch bekleidet an der Tür. „Sehr sexy", raune ich ihm zu. Das nächste, das ich spüre, sind die Lippen von Rudi, die meinen Mund umschließen, die Hände von ihm, die über meinen Busen streicheln.

Sein Badetuch habe ich rasch von seinem Körper gerissen. „Nicht schlecht", wandert mein Blick über seinen Körper der wohlgeformt vor mir steht.

„Ich will dich, Lotte", zieht mich Rudi mit in sein Schlafzimmer. Immerhin registriere ich noch, das Bett ist frisch gemacht. Mir gefällt, was ich sehe. Dann aber spüre ich seine Hände, die meine Hose öffnen und mich im Anschluss entkleiden. Voller Leidenschaft und Lust gebe ich mich dem wunderschönen Moment der Zweisamkeit hin, ohne an morgen zu denken.

19 Uhr

Fast pünktlich erreiche ich die Wohnung von Karin. Meine Wangen glühen noch immer. Innerlich aufgewühlt, aber sehr glücklich, drücke ich die Klingel und höre schon Sekunden später den Summer, der mir signalisiert, ich kann eintreten. Einen kleinen Wehmutstropfen habe ich im Hinterkopf. Beim Aufsuchen des Badezimmers in der Wohnung von Rudi habe ich, neugierig und ohne zu fragen, einige Schubladen geöffnet. Die Packung mit Tampons sowie die Haarspangen und Haargummis, die ich entdeckt habe, wollte ich nicht sehen, ebenso nicht das Foto im Wohnzimmer. Angesprochen habe ich den Fund nicht, viel zu schön war der Moment und ich wollte einmal mehr meiner Tante Lydia nacheifern und das Leben genießen, so wie es mir vor die Füße fällt.

In Karins Flur angekommen, will ich rufen und mich freudig bemerkbar machen, doch die Stimmen aus dem Wohnzimmer, die ich höre, halten mich davon ab. Unvermittelt bleibe ich stehen und lausche. Ist das nicht die Stimme von Maja? In meine Frage hinein kommt Petra in mein Blickfeld. „Was ist hier los?" Meine Frage geht in dem Gelächter unter, das aus dem Wohnzimmer zu hören ist. Karins Wohnung ist klein und sehr offen zugeschnitten, Privatsphäre ist hier nicht zu erwarten.

„Leben und leben lassen", grinst mich Petra an. „Hast du schon Prosecco getrunken, ohne auf mich zu warten?" Mein Versuch belustigt zu klingen, missglückt gründlich. „Komm einfach mit ins Wohnzimmer, dann bist du sehr rasch im Bilde. Dieses Wochenende, Lotte, das hat es in sich", tönt Petra und verdreht kurz ihre Augen.

„Überraschung!", werfe ich als Begrüßung im Wohnzimmer in die fröhliche Runde. Auf dem Tisch steht eine leere Flasche Prosecco, was mir direkt auffällt. Karin sitzt mit Maja auf dem Teppich vor dem kleinen, aber sehr edlen Sofa und wirkt aufgekratzt. „Willkommen im Paradies der Wunder", ruft Karin mir entgegen. „Kümmerst du dich mit Petra bitte um etwas zum Essen, das würde mir jetzt guttun." Die leere Flasche greife ich vom Tisch und nehme diese mit zur Einbauküche, wo Petra schon am Hantieren ist. „Würstchen finde ich, auf euren geliebten Kartoffelsalat müsst ihr verzichten. Ich kann als Alternative Pommes anbieten?" Petra sieht mich fragend an. „Für mich habe ich schon eine Paprika und drei Tomaten gefunden, das ist in Ordnung." Auf meiner Zunge liegen Worte wie: Vorsicht, zu viele Kalorien, doch angesichts der komischen Situation schweige ich. Petra wartet nicht auf meine Antwort, sondern werkelt vor sich hin, steckt die Würstchen in einen Topf und die Pommes legt sie in den Ofen. Dann sehe ich zu, wie sie sich einen Salat zubereitet. „Was genau habe ich verpasst?" Meine Frage kommt über meine Lippen, als Karin und Maja zu uns kommen. „Für mich ist das Leben gerade bunt", trällert Karin. „Du bist angetrunken", kommentiere ich. „Kleines Biest", lacht mir Karin ins Gesicht. „Denke doch bitte einmal an Lydia Lowere. Für mich gibt es gerade zwei Möglichkeiten. Nummer eins: Ich verfalle in Trübsinn, weil mein Freund mit Maja eine Nacht verbracht hat oder aber ich gewinne in Maja eine neue Freundin und schone meine Nerven."

Die Aussage von Karin verwundert mich, was ich auch sage. Maja sieht mich gleichgültig an, sie lehnt lasziv an der Kühlschranktüre und scheint mich für eine Spießerin zu halten.

„Ausgerechnet du, Lotte, willst hier den Stab der Moral brechen? Wer hat letzte Nacht mit Rudi verbracht und den Nachmittag ebenso? Händchen halten wird doch nicht die einzige Annäherung gewesen sein?" Zynisch kommen Karins Worte an meine Ohren.

„Nein! Heute Abend wird es keinen erneuten Streit geben", ruft Petra und unvermittelt sind wir anderen still. Petra wird nie laut, daher sind wir auch überrascht.

„Unser Plus war immer, wir haben uns vertraut und miteinander geredet. Ja, es gibt hin und wieder einen kleinen Streit, eine Meinungsverschiedenheit. Wir können aber auch miteinander lachen. Das vermisse ich gerade sehr. Dabei haben wir uns doch alle auf dieses Wochenende gefreut. Dich, Lotte, sollte es nicht kümmern, wenn Karin ihren Frieden mit Maja findet. Frag doch lieber Maja, wie die letzte Nacht verlaufen ist. Außerdem kannst du uns von Rudi erzählen, der letzten Nacht und dem heutigen Nachmittag und was wir in den nächsten Wochen erwarten dürfen." Petra sagt das so selbstverständlich, mit einem Male finde ich, in ihren Worten liegt die Wahrheit.

„Dann decken wir gemeinsam den Tisch und reden", füge ich nach.

Petra gießt für uns Prosecco ein, die Flasche hat Maja geöffnet. Sie kennt sich schon gut in der Küche von Karin aus, wie ich registriere, jedoch nicht betone.

„Hermann Josef und ich haben uns seit dem zufälligen Treffen in der Boutique, vier Mal getroffen. Mir war mulmig zumute vor dem gestrigen Abend, der Gewissheit auf Karin zu treffen und vor der Begegnung mit ihren Freundinnen, sprich euch. Hermann Josef hat mir gesagt, er und Karin haben Probleme und denken über eine Trennung nach, daher habe ich mir keine Sorgen gemacht. Wir haben uns gesehen und es hat gefunkt, einfach so", Maja stochert in den Pommes herum.

„Mein Outing über die kleine Affäre mit dem Direktor vom Kunstmuseum hat alles an die Öffentlichkeit gebracht. Nur …", Karin lässt ihr Besteck fallen, „Maja, das Verhalten von Hermann Josef und dir auf der Vernissage war provozierend für mich."

„Ja", blickt Maja schuldbewusst in die Runde. „Es gab aber noch keinen Sex zwischen uns", betont sie anschließend. Kurz schiele ich von einer Freundin zur anderen, um die jeweilige Reaktion zu sehen. So verwundert, wie ich über Majas Worte bin, sind es die anderen nicht. „Wie wird deine Beziehung mit Hermann Josef weitergehen?" Petra kommt gerne auf den Punkt, so auch jetzt. Karin legt ihr Besteck zur Seite und hält kurz inne. „Mir liegt viel daran, weiterhin mit Hermann Josef befreundet zu sein. Es ist kein Geheimnis, Hermann Josef und ich haben in unserer Beziehung Höhen und Tiefen durchlebt. Sicherlich war die kleine Affäre mit dem Kunstdirektor nur möglich, weil ich innerlich schon Abstand zu Hermann Josef genommen hatte. Der Mann kam zu einem Zeitpunkt in mein Leben, an dem ich traurig und einsam war."

„Wird es ein Happy End mit dem Direktor geben?" Petra lässt nicht locker. Karin lacht über den Tisch und greift erneut zu ihrem Glas mit Prosecco. „Auf die Liebe und das Leben", hebt sie das Glas. Wir stoßen an, obgleich ich auch lieber eine Antwort aus ihrem Mund gehört hätte. „Dresden wird mich in den nächsten Wochen nicht mehr oft sehen, vorausgesetzt, Lotte nimmt mich in ihrem Haus für einige Tage als Gast auf."

„Selbstverständlich, Karin, ich freue mich auf dich!" Meine spontane Reaktion entspricht meinem wahren Gefühl. „Wir werden uns eine gute Zeit machen und du kannst gerne wieder in meinem Café arbeiten." Meine Wangen glühen. Karin schüttelt beharrlich ihren Kopf. „Lieb von dir, Lotte, jedoch muss ich ehrlich zu dir sein. An den Samstagen helfe ich gerne aus, mit Freuden, für die Woche muss ich mir allerdings einen Job suchen, der mit Kunst zu tun hat. Hier im Museum habe ich gespürt, ich bin angekommen, fühle mich unter all den Künstlern und ihren Gemälden und Skulpturen zu Hause", Karins Wangen sind gerötet. „Wieso bleibst du nicht hier? Wir werden alle eine gute Lösung finden. Mich stimmt es richtig traurig, Karin, das Gefühl zu haben, ich bin an deiner Flucht schuld", lehnt Maja sich im Stuhl zurück. Wie ich sehen darf, hat ihr Essen nicht ansatzweise den Weg in Majas Bauch gefunden.

„Ich brauche Zeit, Maja, und Abstand." Karins Gesichtsausdruck wirkt versteinert.

„Es ist das Beste, ich gehe jetzt", steht Maja unvermittelt auf.

„Halt! Was für eine absurde Reaktion von dir, Maja, du bleibst natürlich in unserer Runde", wirft Karin sofort Majas Worten entgegen.

Petra möchte wissen, wie die letzte Nacht für Maja war. Gerade glaube ich zu ahnen, jetzt beginnt ein Drama, da sehe ich, Karin lehnt sich in ihrem Stuhl zurück, nach außen wirkt sie gefasst.

„Nichts, wirklich überhaupt nichts ist passiert. Die Stimmung war nach dem Theater im Museum verflogen. Hermann

Josef hat sich mit Whisky betrunken und ich bin irgendwann hier auf dem Sofa eingeschlafen. Das war alles." Maja wirkt verkrampft auf mich. „Natürlich wollte ich im Vorfeld immer glauben, Karin und Hermann Josef sind schon am Ende ihrer Beziehung angekommen. Wieso ich so blöd war? Keine Ahnung. Gleich in der Boutique, als ich Hermann Josef das erste Mal gesehen habe, hatte ich weiche Knie bekommen. Mehr der Wunsch als tatsächlich das Glaube daran, dass ihr ernsthafte Probleme habt, war die Triebfeder meines Verhaltens."

Karin nickt. „Der gestrige Abend ist nicht zum Wiederholen geeignet."

Karin steckt sich den Rest der Bockwurst auf ihrem Teller in den Mund. Petra genießt unterdessen ihren Salat und hält sich mit weiteren Fragen zurück. Komisch, wie wir uns entwickelt haben, grübele ich als Karins Worte erklingen.

„Die kleine Hexe vom gestrigen Abend war ich", sagt sie und greift zu ihrem Glas. „Auf die Freundschaft!", hebt uns Karin ihr Glas zum Anstoßen entgegen. „Auf die Freundschaft", stoßen wir miteinander an. Von außen betrachtet können wir Freundinnen sein, so meine neuen Gedanken. Das Handy von Karin gibt einen Ton ab und wir wissen, sie hat eine Nachricht erhalten.

Wieder wird es ruhig am Tisch und ich glaube zu ahnen, jede von uns denkt über den gestrigen Abend nach. Maja zieht ein Taschentuch aus ihrer Tasche und schnieft laut hörbar hinein. Mich wundert ihr Verhalten. Dann sehe ich, sie weint.

„Ohne mein Auftauchen wäre diese wunderbare Frauenfreundschaft zwischen euch niemals in Gefahr gekommen. Richtig beneiden tue ich euch um diesen Bund der Freundschaft. Immer habe ich mir solch ein Bündnis gewünscht. Bei meiner Trennung stand ich allein da, ohne Freundin. Mein Bruder hat mich aufgenommen und kümmert sich rührend um mich. Zugeben darf ich aber, mit einer Freundin redet es sich anders als mit dem eigenen Bruder." Maja schnieft erneut in ihr Taschentuch.

„Keinesfalls will ich dich von aller Schuld befreien, Maja. Du kannst froh sein, dass ich in den letzten Wochen Abstand zu Hermann Josef gewonnen habe. Vielleicht habe ich diesen Ausrutscher gebraucht, das ganze Theater des gestrigen Abends, um zu verstehen was ich wirklich möchte. Unsere Bettgeschichte werde ich jedoch vermissen, dazu stehe ich."

„Tja, dann dürfte die nächste Zeit nicht langweilig werden", betone ich, ohne beachtet zu werden. Karin ergreift erneut das Wort.

„Mir hat der Direktor geschrieben. Zumindest scheint seine Ehe die nötige Grundlage zu haben, um nicht zu zerbrechen. Domenik schreibt, der gestrige Abend habe ihn und seine Frau dazu gebracht, endlich wieder einmal offen zu reden. Bis zum Morgen habe dieses Gespräch gedauert, so seine Worte, die er mir vorhin gesendet hat."

„Wie jetzt? Keine Vorwürfe? Keine Androhung, gekündigt zu werden?" Petra fängt an, die Teller abzuräumen. „An diesem Wochenende lerne ich viele Menschen neu kennen", fügt sie nach. So ganz gefallen mir die Worte von Petra nicht, mich ängstigt der Gedanke, sie sieht jetzt auch mich aus einem anderen Blickwinkel als vor der Reise. Mein Verhalten war nicht gerade freundschaftlich gewesen.

„Ich habe noch einen großen Becher mit Erdbeereis im Kühlfach", eilt Karin ihr nach. Maja sucht unterdessen ein frisches Taschentuch in ihrer Tasche. „Willst du dich im Bad etwas frisch machen?" Meinen Vorschlag nimmt sie gerne auf.

Allein am Tisch fühle ich mich nicht wohl und daher geselle ich mich zu Karin und Petra und frage beide, was ich helfen kann.

„Was kann ich noch zum Nachtisch essen?" Obligatorisch kommt Petras Frage über ihre Lippen. „Nimm dir eine Birne aus der Schale und im Kühlschrank habe ich noch einen Naturjoghurt für dich", blickt Karin amüsiert zu ihr.

Keine fünf Minuten später sitzen wir wieder zu viert am Tisch.

„Was hat der Direktor dir noch geschrieben?" Dieses Mal wird meine Frage nicht überhört.

„Seine Frau hat ihm den Ausrutscher mit mir verziehen. In der Nacht haben beide wieder einen gemeinsamen Weg gefunden und, wie er betont, beide legen Wert darauf, die Zukunft gemeinsam zu leben, als Paar."

„Wie schön, so romantisch. Keine großen Streitereien, keine Scherben und niemand, der die Koffer packt. Fast schon unrealistisch für mich", kommentiert Maja.

Ihre Worte hängen nun über unseren Köpfen und um eine Diskussion zu vermeiden, schweige ich. Petra scheint die gleichen Gedanken zu hegen. Sie löffelt ihren Joghurt und zwinkert mir kurz zu.

„Ich werde morgen schon mit Lotte nach Bremberg fahren", schiebt Karin Minuten später ihre leere Eisschale in die Mitte des Tisches. „Nachschlag?" Meine Frage erntet ein Lächeln.

„Darf ich euch einmal besuchen?" Majas Frage kommt zögerlich über ihre Lippen.

„Ja!", zeitgleich kommt die Antwort von Petra und mir über die Lippen. Karin schweigt auf Majas Frage.

„Nächste Woche am Samstag will dein Bruder mich besuchen. Theo kann dich doch mitbringen", füge ich nach.

Karin möchte noch eine Flasche Prosecco öffnen, doch Petra gähnt über den Tisch. „Für mich ist es an der Zeit, ein Taxi zu rufen", angelt sie ihr Handy und bevor ich reagieren kann, spricht sie schon. „Der Fahrer ist nur eine Straße entfernt, ich gehe schon einmal vor das Haus", greift sie nach ihrer Tasche.

„Du schläfst nicht hier?" Karin ist ebenso überrascht wie ich es bin.

„Vincenz hat mir das Hotelzimmer noch bis morgen gebucht. Ich brauche etwas Ruhe und so müde wie ich bin, ich
würde euch den Abend jetzt zerstören."

„Für mich ist es auch an der Zeit zu gehen", springt Maja
von ihrem Stuhl auf und eilt Petra nach.

Petra

Im Taxi lehne ich mich zufrieden zurück. Der Abend, das Treffen mit Lotte, Karin und Maja war besser verlaufen als ich erwartet habe. Im Hotel angekommen sehe ich, Vincenz und Anton sind noch an der Bar. Natürlich falle ich den beiden gleich ins Auge und werde mit Worten und Winken gerufen.

„So, jetzt dürftet ihr zwei informiert sein", nippe ich an meinem Wasser, nachdem ich beide Männer in den Verlauf des Abends eingeweiht habe. „Meine Kreativität ist dieses Wochenende wieder erheblich gestiegen", lässt Anton mich wissen. Erstaunt frage ich nach der Ursache, doch dann bin ich nicht einmal traurig, keine Antwort zu erhalten. Stattdessen findet Anton, es sei der richtige Zeitpunkt, noch einen Champagner als letzten Trunk vor dem Schlafen zu nehmen und eilt an die Bar, um die Bestellung aufzugeben.

„Geht es dir gut?" Vincenz sieht mich prüfend an. „Bis auf meine Müdigkeit, die ich der letzten Nacht zolle, geht es mir gut."

„Hermann Josef ist so anders als ich es bin. In meinem Neffen hätte ich gerne etwas von meiner Persönlichkeit gefunden", jammert Vincenz. Verstehen kann ich ihn, was ich auch sage. „Trotzdem musst du ihn so nehmen, wie er ist. Als Notar macht er seine Arbeit doch gut."

„Durchschnittlich gut", lässt Vincenz mich unvermittelt wissen.

„Das klingt jetzt bissig. Oder gibt es einen Grund für deine harsche Kritik?"

„Ja, ich habe etwas überzogen", grinst Vincenz mich an, erleichtert lache ich.

„Habe ich etwas verpasst? Ich möchte mit euch lachen, bitte!" Anton steht mit einem Tablett mit drei Gläsern

Champagner neben uns und blickt verwundert von Vincenz zu mir. Beide sind wir spontan ins Lachen verfallen. „Die Situation ist oft so schräg, lieber Anton, da hilft es nur noch zu lachen", erklärt Vincenz die Situation.

„Dann trinken wir jetzt auf alles Verrückte und Schöne im Leben", lässt Anton sein Glas gegen meines und dann gegen das von Vincenz klirren.

Wie sehr ich mich auf zu Hause freue, denke ich nicht das erste Mal für heute, als ich in meinem Zimmer ankomme. Mein Handy zücke ich unvermittelt aus der Tasche und erfreue mich sogleich zu sehen, Marc hat mir geschrieben. Am Morgen und am frühen Abend hatte ich ihm von Dresden, den Umständen und Begegnungen berichtet.

Meine liebste Petra,

nur ein Wochenende sind wir getrennt und doch ist meine Sehnsucht nach dir riesengroß. In erster Linie fehlst du mir als Person, als Mensch. Deine liebe Art mir zu begegnen, wenn ich von der Arbeit oder dem Sport nach Hause komme, fehlt mir schon sehr!
Mit Besorgnis habe ich deine Nachrichten gelesen und mir meine Gedanken zu Lotte und ihrem Verhalten gemacht. Das Chaos um Hermann Josef und Karin habe ich erwartet, jedoch nicht auch noch an diesem Wochenende. Vincenz hat sich einmal mehr als väterlicher Freund gezeigt, auch dir gegenüber.

Meine Sehnsucht nach dir hat mich auf eine Idee gebracht.
Ich komme nach Dresden! Mit deinem Chef habe ich telefoniert, Petra. Hoffentlich verzeihst du mir meine Spontanität. Du hast am Montag noch frei. Zum Frühstück bin ich bei dir und ich hoffe, du nimmst mich sehnsüchtig in deine Arme.

Wir haben dann noch einen Tag für uns, das Zimmer konnte ich verlängern für uns beide! Du fehlst mir so sehr!
Wenn du diese Zeilen liest, Petra, bin ich schon auf der Autobahn.

Kuss Marc

Verzückt lese ich die Worte von Marc noch einmal. Er kommt also extra nach Dresden, um mir eine Freude zu bereiten. Wie schön es doch ist, so einen lieben Menschen an der Seite zu haben, denke ich voller Glücksgefühle im Bauch. Kurz streift mein Blick die Uhr. Inzwischen ist es halb eins. Ohne lange nachzudenken, husche ich noch einmal zurück in das Badezimmer und gehe unter die Dusche. So, wie ich Marc kenne, taucht er mitten in der Nacht im Bett auf. Für ihn möchte ich gut riechen und mich frisch fühlen. Beim Einseifen spüre ich schon die Erregung in mir, die Vorfreude, endlich wieder in den Armen von Marc zu liegen.

Lotte

Am Morgen entdecke ich erst die Nachricht von Petra, die sie noch in der Nacht an mich geschrieben hat. Verwundert wecke ich Karin. „Petra wird nicht mit uns zurück nach Bremberg fahren", sage ich hektisch. Karin kümmert es nicht so sehr wie mich. „Wenn Marc nach Dresden kommt, dann ist das doch schön für Petra. Sicherlich werden beide keine Langweile haben und einen Stadtführer werden sie nicht benötigen", grinst Karin mich verschlafen an. „Ich gehe einmal unter die Dusche, dann wird gepackt", streckt sie ihre Arme aus. „Ohh! Ich brauche eine Kopfschmerztablette", jammert sie nachgefügt. Mein Gang zur Kaffeemaschine erfolgt schon automatisch. Am Morgen brauche ich das schwarze Gold, um fit zu werden. Maja ist gestern noch in die Wohnung von Rudi gefahren. Wie gerne hätte ich mit ihr getauscht und an Majas Stelle bei Rudi übernachtet. Das wäre jedoch Karin gegenüber ungerecht gewesen und gemeinsam mit Maja bei ihrem Bruder zu übernachten, fand ich auch komisch.

Vor der Abfahrt kommt ein Anruf von Rudi, den ich freudig entgegennehme.

„Wir sehen uns nächsten Samstag", höre ich ihn sagen.

„Bringst du Maja auch mit? Ich habe deine Schwester eingeladen."

„Wie groß ist dein Haus?"

Ich lache auf seine Frage. „Ich lebe in einem großen, aber sehr alten Haus auf dem Land und habe genügend Platz."

„Mein Wunsch war es immer, einmal ein Landei kennenzulernen", scherzt Rudi zurück.

„Hey! Vorsicht! Ansonsten schläfst du im Hühnerstall und nur die Frauen dürfen in ein Bett."

„Bestrafst du dich dann nicht selbst, Lotte?"

Ja! So mein spontaner Gedanke, den ich für mich behalte. „Bei welchem Freund bist du noch am Samstag zum Fußball eingeladen?" Diese Frage meine ich nicht richtig ernst, sie ist mir auch nur am Rande wichtig, die Hauptsache, Rudi verbringt die Nacht bei mir, in meinem Bett. Gerade habe ich so schöne Bilder vor Augen. Rudi, der mich umarmt. Rudi, der mich küsst und streichelt und ich sehe vor meinem geistigen Auge, wie er gerade ganz nahekommen möchte. Die Bilder in meinem Kopf sind schön.

„Mein Freund heißt Franz. Er wohnt nicht weit weg von dir", den Rest höre ich nicht mehr. Meine Ohren sausen, mir wird heiß und ich fühle mich plötzlich schlecht und schwach.

„Bitte nicht", kommt über meine Lippen und mit diesen Worten fängt die Unterhaltung an, sich in eine neue Richtung zu drehen, was mir missfällt. Die Frage, ob ich Franz glaube zu kennen, lässt mich erstarren. Rudi fragt nochmals nach und als ich meine Lippen öffne, höre ich im Hintergrund die Stimme von Karin.

„Kannst du mir bitte meine Bluse bringen?", sie ist sehr laut und singt im Anschluss noch, was schon wieder belustigend wirkt.

„Meine Freundin Karin braucht Hilfe beim Anziehen", bemühe ich mich locker zu klingen.

„Tja, dann schade! Wir sehen uns am Samstag. Ich freue mich sehr auf dich, Lotte!"

Die Gelegenheit erscheint mir als passend, daher beende ich das Telefonat mit einem wohlgemeinten: „Tschüss!"

„Lotte? Wer von uns beiden hat einen echten Grund, so verbissen auszusehen? Ist meine Beziehung gescheitert oder deine?" Karin hat sich schon eine Weile um eine lockere Konversation bemüht. „Schon beim Packen warst du mir mehr im Weg als eine Hilfe. Liegt es an dem Anruf von Rudi?

Gibt es schon Streit, bevor du den Mann näher kennenlernen durftest?"

Kurz blicke ich von der Fahrbahn rüber zu Karin, die gemütlich auf dem Beifahrersitz ihren Platz gefunden hat. „Ich habe Rudi näher kennengelernt", stoße ich hektisch aus. „Natürlich, körperlich. Ich meinte jedoch die menschliche Seite, die dürfte dir noch fremd sein", betont Karin und in ihrer Stimme klingt Selbstverständlichkeit mit. „Mir fehlt Ina", lenke ich das Thema in eine neue Richtung, was mir auch gelingt. „Ina wird sich regelmäßig melden und uns auf dem Laufenden halten. Außerdem", Karin blickt in den Spiegel und betrachtet ihr Gesicht. „Ich habe Falten unter den Augen", jammert sie, ohne den Faden zu Ina wieder aufzunehmen. „In den nächsten Tagen kannst du dich erholen und die gute Landluft wird dir wieder Farbe in dein Gesicht bringen. Dieses Wochenende wird uns allen noch eine Weile in den Knochen stecken", betone ich und lenke den Wagen zügig über die Autobahn.

„Ina fährt doch erst in zwei Tagen weg", nimmt Karin gut dreißig Minuten später das Thema wieder auf. „Dann können wir sie doch morgen noch einmal sehen." Mir gefällt, was Karin sagt. Sogleich wähle ich über meine Freisprechanlage die Nummer von Ina.

„Na, wollt ihr mir die Nase lang machen, was ich an diesem Wochenende alles verpasst habe?" Ungewohnt locker kommt uns die Stimme von Ina entgegen. „Karin ist an meiner Seite."

„Wie schön! Das heißt", Ina legt eine kurze Pause ein. „Hoffentlich ist nichts Dramatisches passiert? Du machst doch sicherlich nur ein paar Tage Urlaub bei Lotte?" Ina schweigt und wir überlegen die passende Antwort, da spricht sie schon weiter. „Dann sehe ich Karin auch noch einmal vor der großen Reise."

Karin grinst mich von der Seite an. „Hast du denn morgen noch Zeit für uns, Ina?" Karins Frage bleibt nicht lange unbeantwortet. „Selbstverständlich! Ich vermisse euch schon jetzt! Dieses Wochenende habe ich ständig an euch gedacht und mir im Nachgang auch Vorwürfe gemacht, nicht mitgefahren zu sein." „Du hast nichts verpasst, glaube es mir, Ina!", stößt Karin hervor. „Oh, das klingt nach einer kleinen Katastrophe", bemerkt Ina, ihre Stimme ist sogleich verändert. „Wir reden morgen. Soll ich zu Lotte kommen? Mit einer Schüssel Kartoffelsalat?" Diese Aussicht lässt mich strahlen. Endlich wieder ein Stück Normalität in meinem Leben. Bevor ich Ina antworten kann, übernimmt Karin das Wort. „Ich werde uns den Kartoffelsalat zubereiten, Ina. Du hast bestimmt noch genug mit der Vorbereitung für die Reise zu tun."

„Das Angebot nehme ich liebend gerne an. Soll ich um 18 Uhr mit einer Flasche Prosecco vor der Türe stehen?"

„Perfekt! Wir freuen uns auf dich!" Schon möchte ich das Telefonat beenden, da fragt Ina uns nach Petra. „Wo ist Petra? Oder will sie nicht mit mir reden?" Amüsiert wirft sie diese Frage nach. Kurz entsteht eine Pause. „Ihr habt gestritten?" Ina hört sich jetzt aufgekratzt an. „Ich bin noch nicht abgereist und schon höre ich, es gibt Probleme bei meinen Freundinnen?"

„Lass uns doch morgen darüber reden, bitte. So schlimm ist es nicht, wirklich. Petra hat überraschend Besuch von Marc bekommen und beide bleiben eine weitere Nacht in Dresden", klärt Karin die Situation auf. Wir hören Ina Luft holen. „Gut! Dann bin ich beruhigt. Nur", sie kichert plötzlich, „so spontan habe ich Marc nicht in Erinnerung."

Wir beenden an der Stelle das Gespräch mit Ina, mir scheint der Zeitpunkt ideal. „Ob Petra morgen schon aus Dresden zurück ist, wenn Ina zu uns kommt?" Karins Frage lasse ich ohne Antwort über unseren Köpfen hängen. Vom Grunde denke

114

ich, Petra wird uns in dem Glauben lassen, sie ist noch auf der Autobahn, auch wenn sie schon wieder in Limburg angekommen ist. In den nächsten Tagen wird uns die Freundin aus dem Weg gehen. „Fällt dir etwas ein, wie ich Petra wieder richtig versöhnlich stimmen kann?", steuere ich einen Parkplatz an. „Mein Auto wurde abgeschleppt, darum muss ich mich auch noch kümmern", stöhne ich beim Aussteigen aus Karins Auto. „Wir kümmern uns gleich morgen darum. Jetzt trinken wir einen starken Kaffee, essen eine Kleinigkeit und lassen die Sorgen einmal weg." Karin geht nach ihrer kleinen Ansprache auf direktem Weg in die Autobahnraststätte hinein. Rasch eile ich der Freundin nach. Karin, so fällt mir auf, hat zugenommen. Mit Sicherheit ist die Trennung von Hermann Josef auf lange Sicht eine große Befreiung aus engen Fesseln für sie. Niemand kann sich dauerhaft so verändern und anpassen, ohne sein eigenes Ich aufgeben zu müssen. Rudi kommt mir in den Kopf. Baustelle Nummer zwei, so mein Gedanke beim Betreten der Raststätte.

„Sorgen sollen hier keinen Platz haben", dreht Karin sich um. Wie tapfer sie nur ist. Wirklich glauben will ich nicht, dass sie so einfach über die Trennung von Hermann Josef hinwegkommt. Die nächsten Wochen werden zeigen, wie es wirklich im Inneren von Karin aussieht.

„Genießer-Frühstück für zwei, das sollten wir uns gönnen. Was meinst du?" Karin schaut mich mit einem Ausdruck diebischer Freude im Gesicht an. „Hermann Josef wäre ausgeflippt", kollert sie nach. „Dann nehmen wir doch das Genießer-Frühstück", gebe ich gleich die Bestellung auf. „Für mich noch eine extra Portion Rührei mit Speck in Sahne zubereitet", gibt Karin der Bedienung mit auf den Weg. „Herrlich, das fühlt sich gerade alles so richtig und gut für mich an." Meine Freundin lehnt sich im Stuhl zurück und blickt sich in den Räumlichkeiten um.

Karin

Nein, so kalt und abgebrüht, wie ich versuche zu erscheinen, bin ich nicht. Meine Beziehung zu Hermann Josef war schon sehr lange am Wackeln. Im Bett haben wir immer wieder zueinander gefunden und die Freude empfunden, die mir im Alltag an der Seite dieses Mannes verlorengegangen ist. Nur eine Bettgeschichte allein kann keine Beziehung kitten, inzwischen ist mir diese Erkenntnis gekommen. So selbstverständlich, wie Lotte mich in ihr Haus einziehen lässt, das nenne ich Freundschaft. Natürlich weiß ich, dass gerade Lotte nicht gerne allein lebt. Trotzdem bringe ich mit einem Einzug auch Veränderungen für ihr Leben mit. Spontane Treffen mit Männern sind mit mir an der Seite schwieriger. Lotte, so habe ich natürlich mitbekommen, hat Rudi für das kommende Wochenende eingeladen und somit steht die erste Bewährungsprobe für unsere Aktion „Wir leben ab heute gemeinsam unter einem Dach" auf dem Programm.

Belustigt sehe ich mich in dem Gästezimmer von Lotte um, das mir nicht unbekannt ist. Viel hat sich hier nicht verändert seit meinem Auszug. Lotte hatte mir angeboten, in ihrem Bett zu schlafen, damit wir noch bis zur Erschöpfung reden können. Heute habe ich das Angebot abgelehnt. Mir ist nach etwas Ruhe. Auf meinem Handy sind Nachrichten eingegangen, die mich bewegen und die ich zunächst, ohne mich beeinflussen zu lassen, bedenken möchte. Morgen, so meine Freude im Herzen, treffen wir Ina und versuchen zumindest, an die alten Zeiten anzuknüpfen, wenn auch ohne Petra. Sie hat sich nicht mehr bei uns gemeldet. Von unterwegs hat Lotte sich bemüht, die Freundin zu erreichen, ohne Erfolg. „Sie wird doch von Marc besucht, sicherlich planen die zwei, sich die Stadt anzusehen und Petra hat kein Auge für ihr Handy", habe ich Lotte gesagt. Innerlich war ich schon zu diesem Zeitpunkt davon überzeugt, Petra braucht etwas Abstand zu ihren Chaos-Freundinnen und den Erlebnissen an unserer Seite. Auch wenn ich nicht mit Petra gezankt habe, habe ich doch eine Verantwortung für den Ablauf am Freitagabend und somit für den Konflikt zwischen Lotte und ihr.

Gegen zwei Uhr in der Frühe fallen meine Augen zu und ich lande mitten in einem verrückten Traum. Ohne Schuhe tanze ich durch den Saal im Kunstmuseum in Dresden, hebe meine Arme in die Höhe und schwebe elfengleich durch die Räumlichkeiten. Zuschauer stehen an den Wänden und beobachten mich mit einem Ausdruck der Bewunderung. Gemälde von bekannten Künstlern ziehen an meinen Augen vorbei. Angetan von den Farben, will ich anhalten und diese in Ruhe betrachten, doch der Zwang, immer weiter zu tanzen, bestimmt mein Handeln.

Aus einer Ecke höre ich laute Stimmen und kann beim Näherkommen sehen, der Direktor hält einen Strauß mit roten Rosen in seinen Händen. Voller Freude tanze ich noch impulsiver auf den Mann zu, spitze meine Lippen in der Hoffnung, einen Kuss zu erhaschen. Ich öffne meine Hände, um die Rosen zu ergreifen. Rasch und rascher werden meine Drehungen, mir wird schwindelig und ich verliere fast das Gleichgewicht. Mit der letzten Drehung, die mich kaum mehr auf die Füße kommen lässt, erreiche ich den Direktor. Die nächste Szene lässt meinen Schlaf nicht ruhiger werden. Ich sehe, wie der Direktor mit einem bissigen Grinsen im Gesicht die Rosen in die Luft wirft. Erneut fangen meine Füße an zu tanzen und ich bin bemüht, eine der herunterfallenden Rosen zu erhaschen. Tatsächlich fange ich eine Rose auf, Blut tropft im Anschluss auf den Boden. Ich habe mich an den Dornen verletzt. Selbst meine Tränen, die über mein Gesicht laufen, sind blutrot. Noch immer grinst der

Direktor mich voller Häme an. „Domenik, ich bin es doch, Karin", rufe ich ihm laut entgegen. Ich tanze aus dem Saal heraus, in der linken Hand die rote Rose. Menschen, denen ich zu nahekomme, laufen in Scharen vor mir weg. Die große Eingangstür öffnet sich wie von Zauberhand und ich komme nicht umhin, darauf zu zu tanzen. Panik erfüllt mich wegen der Gewissheit, gleich die Stufen der Steintreppe hinunterzufallen. Die Vorahnung mich zu verletzen, nimmt mir die Möglichkeit zu schreien. Weit hinter mir höre ich Gelächter, Frauen und Männer scheinen sich gleichermaßen über mein Verhalten zu amüsieren. Die Treppe kommt näher und näher und ich kann nicht anhalten.

„Karin! Aufwachen! Karin! Du hast geträumt!" Beim Öffnen meiner Augen sehe ich Lotte, die an meinem Bett sitzt. „Ich koche für uns beide einen Kakao", lässt mich Lotte wissen und verlässt schon das Zimmer.

„Was mein Traum nur zu bedeuten hat?", will ich in der Küche von Lotte wissen. Sie zuckt mit den Schultern. „Karin, ich bin schon eine Weile am überlegen, mir wieder professionelle Hilfe zu holen und habe mir einen Termin bei Doktor Schön ausgemacht. Du erinnerst dich sicherlich an den Psychologen?"

„Allerdings. An ihn und die ganze weibliche Fangemeinschaft, die dem Mann den letzten Nerv geraubt hat, dank deiner Kolumne." Jetzt können wir beide in der Erinnerung lachen. „Meine aktuelle Kolumne muss ich auch noch weiterschreiben", lässt mich Lotte wissen. „Genügend Anregungen solltest du durch mich und deine kleine Reise erhalten haben", trinke ich den Kakao aus. Es ist halb fünf am Morgen. „Wir sollten versuchen, noch zwei, drei Stunden zu schlafen", bedanke ich mich bei Lotte für den Kakao und verziehe mich zurück in das Gästezimmer.

So ganz abwegig finde ich Lottes Idee nicht, einen Termin bei dem Doktor auszumachen. Mir kann ein Termin und ein Gespräch mit einem Fachmann nur guttun. Mit diesen Überlegungen schlafe ich ein.

Petra

Gegen fünf Uhr höre ich die Tür zu meinem Zimmer aufgehen und mit dem einfallenden Lichtstrahl des Flurs erkenne ich die Silhouette von Marc. „Habe ich dich geweckt?", lässt Marc rasch seine Kleider fallen und kommt unter meine Bettdecke. „Ich habe schon voller Sehnsucht auf genau diesen Moment gewartet", schlinge ich meine Arme um Marc und unvermittelt küsse ich ihn. „Dein Körper ist so schön warm", darf ich hören. „Und du bist erregt", hauche ich Marc entgegen. Seine Hände suchen meine Brüste, es fühlt sich perfekt an.

11 Uhr

„Guten Morgen", höre ich Marcs Stimme, als ich die Augen wieder öffne. „Allem Anschein nach war ich nach unserem Kuschelprogramm sehr müde", blicke ich auf den kleinen Wecker neben dem Bett. „So lange habe ich ewig nicht mehr geschlafen."

„Frühstück kommt in fünf Minuten auf unser Zimmer", strahlt Marc mich an. Rasch husche ich aus dem Bett in das Badezimmer. Im Spiegel kann ich sehen, meine Augen strahlen. Marc tut mir und meiner Seele so gut. Dass er extra nach Dresden gekommen ist, um mich abzuholen, ist eine große Freude für mich. Glücklich drehe ich das Wasser unter der Dusche auf und fange an mich einzuseifen.

Meine Augen halte ich eine Weile geschlossen, gerade so, als könne ich mit meinem Verhalten die Welt anhalten. Ja! Augenblicklich fühlt sich alles so grandios an, so richtig. Mit Marc, meiner Arbeit, meinem Leben, das ich führe. Mein Wunsch in Richtung Universum ist, dass sich nichts daran ändern soll.

120

„Huch!" Meine Überraschung ist groß. Mitten in meine Sentimentalität spüre ich eine Hand an meinem Körper. „Marc! Wolltest du nicht mit mir frühstücken?" Mein Freund ist ebenfalls nackt und steht schon neben mir unter der Dusche. Wieder fange ich an zu lächeln, spüre, wie gut mir der Moment bekommt, und die Tatsache, genau diesem Mann begegnet zu sein.

„Unser Kaffee dürfte kalt sein", rubbele ich mich ab, nachdem ich den Körper von Marc auch unter dem prasselnden Wasser genießen konnte. So rosig wie meine Haut gerade aussieht, muss ich nur ein paar kleine Punkte meiner getönten Tagescreme auf mein Gesicht tupfen und alles verreiben. Heute hätte ich auch komplett auf die getönte Creme verzichten können, wundere ich mich noch einmal beim Blick in den Spiegel. Die Liebe macht in der Tat hübsch.

Noch während des Frühstücks geht eine SMS von Lotte ein. Kurz stöhne ich beim Erkennen des Absenders auf. „Lotte", gebe ich Marc zu verstehen. „Leg das Handy einfach in deine Tasche, Petra. Der heutige Tag gehört nur uns beiden. Lotte, so denke ich einmal, wird wieder einen Mädelsabend vorbereiten und glaubt, damit ist alles vergessen." Mein Handy lasse ich tatsächlich, wie von Marc vorgeschlagen, in die Tasche wandern. Lotte, so gebe ich meinem Freund recht, muss sich bis zum morgigen Tag gedulden. Am Freitagabend hat sie auch keinen Gedanken mehr an mich verschenkt und ohne die Hilfe von Vincenz wäre ich sehr einsam in der Stadt gewesen, ohne eine Schlafgelegenheit. „Bist du jetzt traurig?" Marc rückt zu mir, küsst mich auf den Mund. „Nein, ich musste nur gerade an Freitag denken und wie lieb Vincenz sich verhalten hat." Marc nickt. „Sobald er, Rosalinde, Ina und Johann von der gemeinsamen Reise zurück sind, werden wir etwas organisieren. Ein kleines Essen oder wir grillen gemeinsam", Marc redet sich in Euphorie. Mir gefällt es ihm zu zusehen, wie er sich in die Vorstellung steigert. „Und unsere kleine Dachwohnung bietet den nötigen Platz für die Gäste", bemerke ich amüsiert. Mit einem Male hält Marc inne, seine Körperhaltung verändert sich. „Habe ich etwas Falsches gesagt?" Mir scheint, etwas an meinen Worten hat die Stimmung von Marc verändert. Bemüht gelassen lasse ich ihm Zeit. Marc schenkt uns noch einmal die Tassen voll mit Kaffee und scheint, so denke ich, nach den richtigen Worten zu suchen.

„Kannst du dir vorstellen, Petra, mit mir ein Haus zu kaufen?"

Mit vielem habe ich gerechnet, doch nicht mit dieser Frage.

„Ich werde dich nicht einengen, Petra. Wir können einen Vertrag unterschreiben, der uns beiden die Zukunft offenlässt. Jetzt sind wir schon so lange ein Paar, arbeiten beide in der Bank und verdienen gutes Geld."

„Wir leben auch sehr gut. Ich kaufe mir gerne neue Kleider und du, lieber Marc, liebst Tennis und Reisen. Alles ist kostspielig."

„Unter keinen Umständen will ich dich drängen, Petra. Es ist nur eine Idee, die schon längere Zeit in meinem Kopf ihren Platz eingenommen hat. Du bist die Frau, mit der ich in der Zukunft zusammenleben möchte", hält Marc meine Hände fest. „Du weinst ja, Petra? Ist die Vorstellung, mit mir ein Haus zu kaufen, so schlimm für dich?" Rasch wische ich mit der Serviette über meine Augen. „Aufregend und neu ist die richtige Bezeichnung."

„Lass uns Dresden erkunden!", zieht Marc mich von meinem Stuhl hoch. „Über das Thema Haus können wir ein anderes Mal reden, wenn du möchtest."

In meinem Bauch spüre ich Schmetterlinge der Freude. Wirklich auszusprechen, wie glücklich mich die Worte von Marc machen, schaffe ich noch nicht. Gerade nimmt mein Leben eine Wendung, wenn ich mich auf den Vorschlag von

Marc einlasse. Ein gemeinsames Haus zu kaufen, einzurichten und abzubezahlen ist mehr als nur eine kleine Dachgeschosswohnung zu mieten. Diesen Schritt geht man mit dem Menschen, den man für immer an seiner Seite wissen möchte. Zögerlich bin ich in meinem Verhalten nur, weil ich Angst habe, es könnte sich etwas ändern. Wie meine Gedanken unter der Dusche waren, so kann für mich gerade alles bleiben, wie es ist. Schöner kann ich mir die Zukunft kaum vorstellen.

„Wunderschön!", bleibe ich in der Stadt vor einem Schaufenster stehen und betrachte die Puppe, die ein Kleid trägt, das mir sehr gut gefällt. „Wieso probierst du das Kleid nicht einfach einmal an?", motiviert mich Marc. Seine Worte zeigen Wirkung und fünf Minuten später drehe ich mich vor einem Spiegel und betrachte mich skeptisch. „Passt die Farbe zu mir? Das Kleid ist auffallend", gebe ich zu Bedenken. Marc strahlt mich an. „Keiner anderen Frau würde das Kleid nur annähernd so gut stehen wie dir, Petra."

Zurück in der Kabine fühle ich einen kleinen Stich im Magen. Die Worte von Marc haben mir gefallen, das Kleid fasziniert mich und Geld genug für den Kauf habe ich im Portemonnaie. Im Hinterkopf habe ich aber auch die Idee von Marc, ein Haus zu kaufen. Sicherlich werde ich dann nicht mehr so spontan in eine Boutique gehen und mir ein Kleid kaufen können.

„Petra? Ist alles in Ordnung?"

Betont lächelnd verlasse ich die Kabine. „Ein kleines Geschenk für dich", lässt mir Marc das Kleid einpacken und bezahlt für mich. Beim Verlassen des Geschäftes bin ich euphorisch und happy, versuche die Gedanken an die Zukunft, an ein gemeinsames Haus und die Schulden zu verdrängen. „Lebe jetzt, wer kann uns schon sagen, was der nächste Tag bringt. Glück will angenommen werden", erinnere ich mich an die Worte von Lydia Lowere. Immer öfter muss ich an die Tante von Lotte denken, die zu ihren Lebzeiten so eigenwillig und lebensfroh unterwegs war.

Marc gibt sich richtig Mühe um mich. Dresden ist auch eine wunderschöne Stadt, wie ich erneut denke. „Petra?", Marc sieht mich bei unserem Abschiedsessen, für das wir einen Italiener gewählt haben, leidenschaftlich an. „Heute morgen hast du mich richtig vernascht", höre ich aus seinem Mund. Unvermittelt sehe ich mich um und frage mich, haben die Leute vom Nachbartisch etwas von unserer Unterhaltung aufgeschnappt? Was, so mein nächster Gedanke, kann daran schlimm sein? „Wieso lachst du jetzt?" Marc holt mich in die Realität zurück. „Ab und an muss ich mich ermahnen, locker zu reagieren und auf keinen Fall spießig zu werden", sehe ich ihn verliebt an. „Ich liebe dich, Marc."

Auf der Rückfahrt klingelt mein Handy unaufhörlich, es nervt mich. „Lotte! Sie kann mich nicht einmal in Ruhe lassen, obgleich sie weiß, ich bin mit dir zusammen", brummele ich los. Marc schüttelt kurz seinen Kopf, konzentriert sich jedoch direkt wieder auf die Fahrbahn. „Lotte wirst du nicht mehr ändern. Sie hat sich jetzt etwas in den Kopf gesetzt und will es sogleich in die Tat umsetzen. Sicherlich geht es um ein Treffen mit der Mädelsgruppe." Ich nicke. „Ja, das habe ich mir auch schon gedacht. Ina ist ab Mittwoch auf Reise." „Morgen habe ich mir noch einen Tag freigenommen, Petra", lässt Marc mich wissen. Kurz schiele ich zu ihm und denke nach. „Gibt es noch eine Überraschung? Habe ich morgen auch noch einen Tag Urlaub?" Marc verneint. „Ich will mich morgen einen Tag lang um Wolfi kümmern. Das habe ich mit Ina vereinbart. Wir gehen in den Zoo und später holen wir dich von der Bank ab, vielleicht kommst du im Anschluss noch mit in eine Eisdiele?" „Natürlich, wie konnte ich so dumm sein und vergessen, dass Wolfi ebenfalls für die nächsten Monate verreist ist und du ihn nicht sehen kannst. Fällt der Gedanke dir schwer?" Auf eine Antwort muss ich warten. Mir scheint, mein Freund ist heute sehr nachdenklich. Mir liegt nicht daran, ein Fass mit Problemen zu öffnen, daher schalte ich das Radio ein. „Wolltest du nie ein eigenes Kind, Petra?" Oh! Meine Alarmglocken sind am Arbeiten. Hier im Auto gibt es keine Möglichkeit, vor diesen Fragen davonzulaufen. „Wir haben doch deinen Sohn. Wolfi habe ich lieb, er gehört doch in unser Leben und somit haben wir beide einen Sohn." Gut, so mein nächster Gedanke. Meine Antwort gefällt mir selbst, ich finde, für den Moment habe ich überlegt reagiert. Unter keinen Umständen will ich emotional werden. Für mich sind die Themen Kinder, Heiraten und ewige Treue schwören beängstigend. Wenn es gut in einer Beziehung läuft, dann sollte man daran nichts ändern, so jedenfalls ist meine Einstellung, die ich aber nicht ausspreche. Vielmehr singe ich bei einem Song mit, um die Stimmung zu lockern. Für wenige Kilometer gelingt mir mein Handeln auch. „Mit dir möchte ich alt werden, Petra", höre ich Marc sagen. Die Art, wie er spricht, ist mir fremd. In der Zeit an seiner Seite habe ich Marc immer locker erleben dürfen. Sicherlich ist er so sentimental, da Ina auf große Reise geht und er Wolfi für wenige Monate nicht sehen wird. „Wir können doch einen Flug buchen und Wolfi besuchen. Ina ist sicherlich offen für diese Idee. Außerdem passen Vincenz und Rosalinde immer einmal wieder auf Wolfi auf, wenn Ina und Johann einen Trip planen, der zu gefährlich für ein kleines Kind sein könnte." Ich rede und rede, die Worte purzeln nur so aus meinem Mund heraus. Erneut bin ich zufrieden mit meinen Worten und der Idee, die dahintersteckt, eine Reise mit Marc zu planen. Vincenz zu treffen, gefällt mir ebenfalls. So lieb, wie er sich dieses Wochenende um mich gekümmert hat, sehe ich ihn gerne wieder. Lotte müsste vor Dankbarkeit Sprünge machen, zumindest etwas liebenswürdiger zu Vincenz sollte sie sein. Ich stöhne. „Habe ich dich traurig gestimmt mit meinen Worten?"

„Überhaupt nicht", trällere ich los. Mein Handy zücke ich zeitgleich und lese die Nachricht, die ich von Karin erhalten habe. Am Abend findet ein Treffen mit Ina statt, Kartoffelsalat und Bockwürstchen inklusive. Gut, auf das Essen lege ich keinen Wert. „Mir kommt in den letzten Tagen immer öfter der Gedanke, ob wir nicht an ein eigenes Kind denken sollen", mit den Händen auf dem Lenkrad trommelnd, stößt Marc diese Worte aus. Sie hängen unvermittelt über meinem Kopf und ich spüre, wie mir die Luft zum Atmen fehlt. Mir kommt eine Idee. „Ach, jetzt bekomme ich auch noch eine SMS von Karin. Heute Abend hat sich Ina zu einem spontanen Mädelsabend angekündigt. Aller Wahrscheinlichkeit nach ist dies die letzte Möglichkeit für uns vier Mädels, zusammen zu klönen, zumindest für die nächsten Monate." Bewusst locker und ohne große Betonung spreche ich meine Gedanken aus, ohne auf die Worte von Marc einzugehen. „Laut Navi sind wir gegen 21 Uhr in der Nähe von Bremberg. Ist das nicht viel zu spät für dich? Morgen musst du wieder früh aufstehen und zur Arbeit gehen?" Ein skeptischer Blick folgt seinen Worten. Glücklicherweise muss sich Marc erneut auf die Fahrbahn konzentrieren und ich kann seinem Dackelblick entweichen. „Vom Grunde gebe ich dir ja völlig recht, Marc. Es ist nur so, Ina werde ich bestimmt vermissen."

„Dann soll ich dich in Bremberg rauslassen? Wie kommst du nach Hause? Ich bin nach der langen Fahrt im Auto sicherlich zu müde, um dich später noch abzuholen." Mein Blick fällt aus dem Seitenfenster und ich grinse in mich hinein. Für den heutigen Abend habe ich die leidigen Themen Kinder und Haus kaufen vertagt. Meine Hoffnung ist, in den nächsten Tagen normalisiert sich der Gemütszustand von Marc wieder auf ein Normalmaß und wir können wie bisher zusammenleben. „Ich bestelle mir schon jetzt für halb elf ein Taxi, dann bin ich zurück, bevor du eingeschlafen bist." Zeitgleich mit meinen Worten wähle ich bereits die Nummer des Taxidienstes, um auf der sicheren Seite zu sein.

„Wann kommst du mich morgen mit Wolfi abholen? In welche Eisdiele sollen wir gehen?", überdreht bemühe ich mich im Anschluss, das Gespräch wieder ins Rollen zu bringen.

„Ich bin sehr müde, Petra." Marc hält mit diesen Worten vor Lottes Haus. „Tja, ich bin um kurz vor 23 Uhr zu Hause", werfe ich ihm einen Kuss zu und entfliehe der für mich gerade erstickenden Nähe.

Mein Blick fällt dem wegfahrenden Wagen hinterher. Marc ist meine große Liebe und ich kann und will mir nicht vorstellen, ein anderer Mann könnte diesen Platz einnehmen. Nur, so hoffe ich auf dem Weg zu Lottes Haus, hört er mit dem Wunsch, noch einmal Vater werden zu wollen, bald auf.

„Petra! Ich freue mich sehr dich zu sehen", stürmisch werde ich von Lotte begrüßt und wie eine Trophäe ins Wohnzimmer gezogen. Karin sitzt gemütlich auf dem Teppichboden und knabbert Chips. Ina hat es sich auf dem Sofa gemütlich gemacht und auch sie hat eine Schüssel mit Chips in den Händen. „Ich muss kurz auf die Toilette", fliehe ich einmal mehr aus einer Situation, die mich überfordert. Auf einen Streit lege ich keinen Wert und ich muss nicht immer sagen, was ich denke. Auf dem Weg in Lottes Badezimmer rede ich mir selbst gut zu, ruhig zu bleiben. Meine Stärke im Umgang mit meinen Mitmenschen lässt mich etwas im Stich. Wieso nur denke ich, meine Ansicht ist immer die richtige?

„Ein Glas Prosecco?", sieht Lotte mich bei meiner Rückkehr ins Wohnzimmer erwartungsvoll an. Beseelt nicke ich ihr zu. „Für dich habe ich noch eine Schale mit Erdbeeren", lässt Lotte mich wissen. Sogleich will ich in ihre Küche gehen, doch

Lotte hindert mich daran. „Setz dich doch zu Ina, ich wasche die Erdbeeren kurz unter Wasser und bringe sie dir." Welch Wunder, so meine Überlegung. „Was ist mit Lotte passiert?", frage ich leise Karin und Ina. Karin gesellt sich an meine Seite. „Der Streit mit dir ist Lotte unter die Haut gegangen. Vom Grunde dürfen wir nicht mehr zoffen, wir sind doch wie eine Familie, wir Freundinnen", kurz wirft Karin mir einen Kuss auf meine Wange und ich kämpfe unvermittelt gegen Tränen an. „Alles gut bei dir?", will Ina wissen, der meine Regung nicht entgangen ist. „Selbstverständlich, was sollte schon sein?" Mit meinem Prosecco stoße ich mit Ina, Karin und auch Lotte an, die wieder in unserer Runde ist.

„Wirklich schade!", Lotte möchte mich nicht ziehen lassen, als zur vereinbarten Zeit mein Taxi vor der Türe steht. „Ich bin doch nicht aus der Welt." Lotte nickt. „Karin wohnt zum Glück wieder bei mir", darf ich im Anschluss hören. Schon die Haustüre in der Hand drehe ich mich noch einmal zu Lotte um. „Du hast Redebedarf?" Die Freundin nickt. Wirft einen unsicheren Blick über ihre Schulter nach hinten, dann schaut sie mich wieder an. „Heute ist nicht der Tag für Probleme. Ina soll in der Gewissheit in ihren Urlaub reisen, uns geht es gut", umarmt mich Lotte. Auf dem Weg zu meinem Taxi bin ich aufgewühlt. Lotte ist tiefgründiger als ich in den letzten Tagen dachte. Sie trägt ebenso ihr Päckchen wie Karin und ich. Ina wird mit Sicherheit auch das eine oder andere Problem zu meistern haben.

Zu Hause angekommen finde ich Marc in unserem Schlafzimmer vor, er atmet ruhig und leise und scheint in seinem Traumland angekommen zu sein. Zufrieden eile ich in unser Badezimmer und kuschele mich schon wenige Minuten später an den warmen Körper von Marc, den ich so sehr liebe und begehre.

Lotte

Schon beim Öffnen meiner Augen ist mir bewusst, ich muss heute als erstes meine neue Kolumne schreiben. Diesen Job will ich weder missen noch verlieren durch mein Verhalten. Leise eile ich die Stufen meines Hauses hinunter in meine Küche. Im Haus ist es noch still, also scheint Karin noch zu schlafen. Mit einer Tasse frischen Kaffee und einer Scheibe Brot mit Butter und Käse gehe ich an meinen Schreibtisch, der mit Blick in meinen Garten im Wohnbereich steht. „Wie schön alles ist", sage ich zu mir selbst und lasse zunächst meinen träumerischen Blick über den Garten fallen. Ina kommt mir in den Sinn. Sie denkt immer noch, ich müsse den Garten mehr pflegen und formen. Wie sehr ich ihre Kommentare in den nächsten Wochen und Monaten vermissen werde, ich spüre es schon jetzt.

Meinen Laptop fahre ich hoch, nachdem mein Brot aufgegessen ist. Unvermittelt fange ich an den neuen Beitrag für die nächste Zeitschrift zu schreiben.

Liebe Leserinnen,

mit jeder neuen Aufgabe, die ich von meiner Chefredakteurin erhalte, denke ich zu ahnen, diese Frau kann hellsehen. Immer wieder kommt es mir so vor, als sei die neue Aufgabe genau für mich zugeschnitten, spiegele wider, wie ich lebe.
Lebe mit Freuden
Ja, so möchte ich leben, will ich am liebsten ganz laut in die Welt hinausschreien. Ich möchte mit Freude im Herzen leben und ich möchte ebenso intensiv lieben. Spüren, wie mein Körper aufblüht unter der Freude des Lebens, der Liebe. Schmetterlinge möchte ich in meinem Bauch spüren und bitte, ich möchte diese ganz lange behalten. Dieses wunderbare und für mich immer wieder

neue und unschuldige Gefühl des sich neuen Verliebens möchte ich spüren. Aufsaugen will ich diesen Moment und für immer festhalten. Wenn es dieses Rezept gibt, so möchte ich es kennenlernen, meine lieben Leserinnen. Meine Schwestern im Geiste, wie ich so gerne sage, ich brauche einmal mehr Solidarität und Zuspruch. Für meine treuen Leserinnen ist es nicht neu zu lesen, ich werde mich in die geschulten Hände eines Psychologen geben. Rat und Hoffnung für die Zukunft erhoffe ich mir aus den Treffen und ein Licht am Ende des Tunnels. Aber was schreibe ich nur? Nein, so dunkel ist meine Seele nicht. Das letzte Wochenende war für mich rasant, chaotisch, aufreibend, prickelnd und voller Höhen und Tiefen. Eine Achterbahn der Gefühle habe ich durchlebt. Der Mann, an dessen Seite ich ein ganz normales und bürgerliches Leben bestreiten wollte, er hat mich enttäuscht. In meinem Kopf hängt nun die Frage: Bin ich nicht in der Lage, einem Mann zu signalisieren, ich möchte genauso leben wie meine Nachbarn? So, wie die meisten Menschen es tun? Gemeinsam unter einem Dach mit einem Kind, einem Hund und vielen grünen Pflanzen, um die ich mich kümmern kann. Kochen und Backen wollte ich lernen, mir lag ernsthaft daran, dieses Leben zu leben. Theo hat mir am Telefon gesagt, er habe von Anfang an nicht daran geglaubt, mit mir alt zu werden. Ich sei auch kein Typ Mutter, das hat mich richtig verletzt und getroffen. Diese Aussage von ihm war unter der Gürtellinie. Stunden habe ich mit seiner kleinen Tochter gespielt und es ist die Wahrheit, ich habe diese Zeit genossen. Vermissen tue ich die Kleine schon jetzt, nur wenige Tage nachdem ihr Vater mir diese Beleidigungen an den Kopf geworfen hat. „Wir können gerne noch einmal reden", durfte ich hören. Wozu? Soll ich mir noch die Demütigung geben, vor ihm zu weinen? Nein, meine Lieben, das werde ich mir nicht antun. Sehnsucht hin oder her, ich muss mein Leben wieder richtig in den Griff bekommen und dazu muss ich Theo aus dem Weg gehen. Ein Mann, für den ich versucht habe, mich zu ändern, der mir dennoch so wehtut, *muss raus aus meinem Leben. „Umgebe dich mit Menschen, die gut für deine Seele sind und dir geht es gut", so meine Tante Lydia Lowere. Ihrem Rat werde ich folgen und hoffentlich schon in wenigen Tagen wieder die Sonne in meinem Herzen tragen.*

Sicherlich möchten Sie erfahren, wie mein Wochenende in Dresden war. Ja, so wie ich schon angedeutet habe, turbulent. Kurz habe ich die Liebe gespürt und die Schmetterlinge haben Einzug in meinem Bauch gehalten. Das Gefühl ist glücklicherweise noch nicht verflogen, trotzdem zeigen sich schon dunkle Wolken als Vorahnung am Himmel. Zum einen habe ich eine Fotografie gesehen, die Rückschlüsse zulässt, der neue Bekannte hat schon eine Frau an seiner Seite, auch wenn er nicht von ihr redet. Hinzu kommt noch, eine alte Liebe scheint ihren roten Faden durch mein Leben zu ziehen und bringt Unruhe mit sich. Sie glauben, ich schreibe in Rätseln? Nur fünf Buchstaben sind von Nöten, um alles zu klären: FRANZ. Ja, mir ist der Spruch ,Alte Liebe rostet nicht' wohlbekannt. Naiv bin ich nicht und wirklich an ein neues Glück mit diesem Mann kann ich ebenfalls nicht glauben. In meinem Kopf herrscht das pure Durcheinander und auch deshalb begebe ich mich in professionelle Hände und erhoffe mir Klarheit und einen Überblick, der mir aktuell fehlt. Die Liebe ist wunderschön, davon lasse ich mich nicht abbringen. Schon am kommenden Wochenende bekomme ich von dem Mann Besuch, der mir in Dresden Schmetterlinge beschert hat.

Nein, an das große und ewige Glück mit späterem Schritt vor den Altar denke ich nicht. Warum auch? Nicht jede Frau muss diesen Weg gehen, auch wenn die Großmutter es gerne sehen würde, die eigene Mutter inbegriffen.

Mit meiner kleinen Ersatzfamilie, meinen Freundinnen, gab es ebenfalls Turbulenzen. Nicht wirklich unschuldig bin auch ich an dem Durcheinander. Eines, liebe Leserinnen, ist mir gewiss:

Zumindest diese Baustelle in meinem Leben werde ich so schnell als möglich aufräumen. Nicht einmal vorstellen kann ich mir, auf die Nähe von Ina, Petra oder Karin zu verzichten. Ja, es ist die Wahrheit, meine Freundinnen sind mir wichtiger als die Männer, die mir regelmäßig begegnen, mein Leben bereichern aber auch durcheinanderwirbeln. Geblieben ist in all den Jahren die Verbundenheit zu meinen Freundinnen. Wir sind durch dick und dünn gegangen, haben viele Stürme gemeinsam überstanden. Nicht zu vergessen, die vielen Stunden, in denen wir gemeinsam lachen und uns einfach an den Kleinigkeiten im Leben erfreuen konnten. Dem Glas Prosecco, dem Kartoffelsalat mit Würstchen oder meiner Marzipantorte.

Bleibt zum Schluss wieder einmal die Frage: Wieso nur kann die Verbindung mit einem Mann nicht ebenso einfach sein?
Sicherlich erhalte ich in den nächsten Tagen viele Rückmeldungen von Ihnen, auf die ich mich schon heute freue.
Erzählen Sie mir aus Ihrem Leben und falls Sie den goldenen Tipp für den richtigen Umgang mit einem Mann haben, den nehme ich gerne an.

Jetzt kümmere ich mich um meine Seele und freue mich auf einen Termin bei dem „schönen Doktor." Die Leserinnen, die mich schon seit einigen Jahren kennen, wissen um die Botschaft hinter diesen Worten. Ja, ich war schon einmal in der Behandlung des Doktors und es hat mir gutgetan.

Ich umarme Euch, meine Schwestern im Herzen
Lotte

Karin

Meine Freundin sitzt bereits an ihrem Laptop, als ich die Treppe hinunterkomme. „Soll ich uns frischen Kaffee kochen?" Von Lotte kommt ein begeistertes Ja als Antwort. „Frühstücken wir im Garten?" Diese Worte deute ich richtig, meine Freundin möchte mich motivieren, den Tisch zu decken und alles vorzubereiten, was ich gerne übernehme. Mit einer Portion Rührei ist das Frühstück perfekt, so meine Überlegung beim Öffnen von Lottes Kühlschrank.

„Das sieht so lecker aus, Karin", sitzt mir Lotte eine halbe Stunde später gegenüber am Gartentisch. „In meiner Kolumne habe ich schon davon geschrieben, mir psychologischen Rat zu holen. In knapp neun Wochen habe ich einen Termin und dir, liebe Karin, rate ich ebenfalls einen Termin zu vereinbaren."

Lotte lässt nicht locker und so telefonieren wir mit dem Vorzimmer von Doktor Schön, dem Psychologen, der uns helfen soll. Meine Erinnerung an die ersten Begegnungen mit dem Arzt spielen sich sogleich in meinem Kopf ab. Ich erinnere ich mich auch sehr gut an meine letzte Begegnung mit diesem Mann. Für wenige Wochen war ich in diesen Mann verliebt gewesen und ich darf sagen, er hat mir und meinem Ego sehr gutgetan. Fraglich ist nur, wird er sich auf ein Wiedersehen mit mir freuen oder ist es ein fataler Fehler, nach so langer Zeit wieder an die Vergangenheit anknüpfen zu wollen? Ja, er hat mir gefallen, nicht nur als Arzt. Seine liebe Art, mit den Menschen umzugehen, hat mich fasziniert. Seine schwärmerische Ader für mich gab mir den Impuls, mich aus meinem Kokon herauszuarbeiten. Jetzt also will Lotte unbedingt, dass wir diesem Mann erneut unsere Probleme offenbaren, ihn mit in unsere Herzen nehmen und Einblicke in unsere Seele gewähren. Lotte beobachte ich in ihrem Handeln. Richtig zuhören tue ich ihr nicht. Lediglich registriere ich, Lotte telefoniert.

„Wie schön, lieben Dank, auch im Namen von Karin." Lotte, die kurz aufgestanden und durch ihren Garten gelaufen war, lässt sich auf dem Stuhl mir gegenüber nieder und mit einem Male bin ich wieder ganz aufmerksam. „Habe ich auch einen Termin bekommen?"

Lotte nickt. „Leider musst auch du noch auf deinen Termin warten. Die nächsten Wochen weilt unser Doktor in den USA." „Immerhin hat sich der Anruf schon gelohnt, jetzt habe ich auch einen Termin!", bewege ich mich in Richtung der Küche, als mein Handy klingelt. „Hallo Anton!", begrüße ich erfreut unseren Künstler. Ein kleiner Smalltalk, prallgefüllt mit Nettigkeiten schüttet sich über meinem Kopf aus und ebenso über dem von Anton Wall. „Genug gesäuselt", beendet er in meinen Augen etwas zu forsch die Schmeicheleien. „Willst du bei Lotte wohnen bleiben, Karin?" Anton kommt rasch auf den Grund seines Anrufes. „In diesem Fall kann ich dir einen kleinen Job anbieten, meine Liebe." Verzückt zwinkere ich Lotte zu, die mir gefolgt ist und meinen Part an der Kaffeemaschine übernommen hat. „Ich möchte eine neue Vernissage organisieren und brauche Unterstützung an meiner Seite", klärt mich Anton Wall auf. „Findet die Ausstellung bei Lotte im Café statt?" Wirklich verwundert nehme ich sein Ja auf. So ein großes Event ist dann nicht vorzubereiten, denke ich mir, sage es aber nicht, um Lotte nicht zu beleidigen. „Ich komme später mit nach Limburg und wir können in Ruhe alles besprechen", beende ich freundlich unser Telefonat. Lange Zeit zum Nachdenken bleibt mir nicht. Maja hat inzwischen ebenfalls versucht, mich zu erreichen. Nervös starre ich auf mein Handy und überlege, ob ich zurückrufen soll oder lieber nicht. „Karin? Hallo? Träumst du? Etwa von unserem Künstler? Muss ich mir Sorgen machen?", betont amüsiert dringen

Lottes Worte an meine Ohren. „Komm doch wieder mit raus in den Garten, Karin. Es ist wunderschönes Wetter heute."

„Maja hat versucht anzurufen", gebe ich Auskunft. Lotte nickt. „Dann sprich mit ihr." „Erst möchte ich noch ein Brötchen essen", bemühe ich mich, die Angelegenheit zu verschieben. Lotte grinst. „Wie du willst." Kaum hat sie diese Worte gesagt, klingelt schon ihr Handy und meine Freundin nimmt das Telefonat natürlich direkt an. „Hallo Maja", höre ich sie sagen. Dumme Kuh, fällt mir spontan ein. Zu meiner Freude lasse ich die Worte in meinem Kopf.

Lotte wechselt Belanglosigkeiten mit Maja aus, ebenso, wie ich es zuvor mit Anton Wall getan habe. Unser Netzwerk funktioniert, grübele ich. „Maja möchte dich sprechen", hält mir Lotte ihr Handy vor mein Gesicht. Mit gemischten Gefühlen nehme ich das Handy entgegen.

„Ja, das können wir gerne so machen", beende ich Minuten später das Telefonat. Mein Versuch, jetzt mein Brötchen zu essen und den Kaffee zu trinken, misslingt. Lotte brennt vor Neugierde. „Was wollte Maja von dir?"

„Lotte! Das Wort Privatsphäre ist dir fremd?"

„Natürlich, zumindest, liebe Karin, wenn es um eine meiner liebsten Freundinnen geht." Ich gebe mich geschlagen. Gegen so viel Charme kann ich nicht ankommen. Grinsend fange ich an, Lotte mit in den Inhalt des Telefonates zu nehmen.

„Maja hat schon den ersten Kummer mit Hermann Josef?" Lotte lehnt sich in ihrem Stuhl zurück, in der Hand hält sie ihr Brötchen. Gedankenverloren knabbert sie weiter. „Du siehst belustigt aus", angele ich mir ebenfalls mein Brötchen vom Teller und beiße nun doch beherzt zu. „Wie verrückt ist das alles? Ausgerechnet mit dir möchte Maja sprechen."

„Vielleicht erhofft sie sich Tipps von mir im Umgang mit Hermann Josef?"

Lotte grinst. „Wir können ihr das Diätbuch schenken, das uns Petra aufs Auge gedrückt hat", lacht Lotte los. Ich komme nicht umhin und muss herzhaft mitlachen. „Wieso nur fängt Hermann Josef immer wieder ein Verhältnis mit Frauen an, die nicht gertenschlank sind, obgleich er im Anschluss versucht, die Frau zum Abnehmen zu begeistern." Lotte ist in ihrem Element.

„Wir müssen nach Limburg fahren", schiele ich auf meine Armbanduhr. Zu meiner Freude reagiert Lotte auf meine Bemerkung und fängt an ihre Tasche zu holen. Erleichtert bin ich für den Augenblick, dass die Unterhaltung um Maja und Hermann Josef beendet ist.

Ina

Mir fällt der Gedanke, meine Freundinnen für mehrere Monate nicht zu sehen, schwer. Marc hat am Mittag Wolfi abgeholt und wird ihn gegen 20 Uhr zurückbringen. Diese Zeit nutze ich noch einmal, um die Koffer zu kontrollieren. „Es gibt kein Problem, Ina, wenn wir etwas vergessen sollten. Mit Geld können wir auch einkaufen gehen", höre ich Johann schon zum zweiten Mal sagen. Es stimmt ja, das ist mir bewusst und doch hilft mir die ständige Kontrolle, meine Nervosität zu überspielen. „Willst du nicht lieber noch einmal nach Limburg fahren und Lotte im Café besuchen?", nimmt Johann mich in den Arm. Diese Idee beflügelt mich, stimmt mich glücklich. Schneller als ich wollte, sitze ich im Auto und starte in Richtung Limburg. Unterwegs frage ich mich, war ich mit meinem Verhalten unhöflich Johann gegenüber? Diese Gedanken verwerfe ich wieder, als ich in Limburg angekommen bin und vor Lottes Café einen Parkplatz finde.

„Ina!" Lottes Stimme dringt an meine Ohren, kaum dass ich das Café betreten habe. Strahlend eilt sie auf mich zu. Das Tablett, das zuvor in ihren Händen weilte, hat Lotte unachtsam auf einem der Tische abgestellt. „Ich freue mich so sehr, dich zu sehen", umarmt sie mich. „Hey, ich komme doch wieder", schniefe ich an ihrem Hals. Die Tränen kullern und ich kann mich nicht dagegen wehren. „Meine Freundinnen möchte ich am liebsten in den Koffer packen und mitnehmen", halte ich Lotte im Anschluss ein Stück von mir weg. „Möchtest du mit mir ein Stück Marzipantorte genießen?" Strahlend nehme ich Lottes Angebot an. „Und eine Tasse Cappuccino", schniefe ich hinterher. Kaum sitze ich mit Lotte an einem freien Tisch, höre ich hinter mir Anton Wall sagen: „Ina, Schätzchen! Was für eine Freude!"

Neben ihm taucht auch Karin auf, die mich ebenfalls lieb in die Arme nimmt und drückt. „Marzipantorte für alle!", eilt Lotte zum Tresen.

„Ich werde mich regelmäßig melden. Es wird kein Mädelsabend geben, an dem ihr mich nicht anruft, versprochen?" Lotte und Karin geben mir ihr Wort.

„Soll ich dich in den nächsten Wochen vertreten?"

Antons Frage lässt kurz Schweigen an den Tisch kommen. „Natürlich, das ist eine gute Idee, Anton. Einen würdigeren Vertreter kann ich mir nicht vorstellen", unterbreche ich die Ruhe.

„Kurz hatte ich schon Sorgen, Maja würde diesen Part ausfüllen", höre ich Karin sagen. Sie sieht traurig aus und mit Sicherheit liegen hinter ihren Worten auch viele Gedanken, die ich jetzt vor meiner Abreise leider nicht mehr erfahren werde. Zu gerne möchte ich für Karin die Freundin sein, die sie jetzt braucht. „Mir ist es unangenehm so abzureisen", lege ich meine Hand auf die von Karin. „Anton wird sich an deiner Stelle um uns Mädels kümmern", sagt sie und in ihren Augen sehe ich, dass sie daran glaubt.

„Jetzt fehlt nur noch Petra", meint Lotte mit Blick auf das letzte Stückchen Marzipantorte auf ihrem Teller.

„Lieb von dir, an mich zu denken", höre ich hinter mir eine Stimme, die ich Petra zuordne und mich unvermittelt umdrehen lässt. „Wie wunderschön", strahle ich Petra an. „Jetzt haben wir uns noch alle gesehen", betone ich zufrieden. „Anton nimmt meinen Platz in eurer Runde ein, bis ich zurück bin", weise ich Petra in den Plan ein. Kurz wandert ihr Blick zu Anton. Sie scheint zu grinsen, wie ich sehe. „Prima! Dann wird es nicht langweilig werden, bis zu deiner Rückkehr", betont Petra. Sie ist eine Diplomatin, denke ich und greife traurig nach meiner Tasche. „Ich muss fahren. Ein paar Kleinigkeiten sind noch zu erledigen", bleibe ich am Tisch stehen. „Auf die stürmische Verabschiedung möchte ich verzichten, sonst komme ich mit einem verheulten Gesicht zu Hause an", will ich mich davonschleichen. Dann aber drehe ich mich noch einmal um. „Karin? Willst du in den nächsten Monaten in meinem Haus wohnen? Du bist doch gerade ohne feste Bleibe?"

„Karin wohnt doch bei mir!" Lotte bringt sich sofort ein. Geduldig hebe ich meine Hände. „Das ist nur ein Angebot."

„Ina, ich kümmere mich um die Blumen, den Garten und falls Lotte in den nächsten Wochen den Mann ihres Herzens bei sich einziehen lässt, dann ziehe ich in dein Gästezimmer", höre ich Karin freudig sagen, als ich mich wirklich auf den Weg mache. An der Tür will ich mich noch einmal umdrehen. Doch meine Augen sind voll mit Tränen und daher eile ich einfach ins Freie und bin froh, als ich in meinem Auto sitze. Mit einem Male wundere ich mich, Petra getroffen zu haben. Marc hat mir zuvor von dem Plan erzählt, Petra nach der Arbeit mit Wolfi abholen zu wollen, um ein Eis zu essen. Ob sich die Planung geändert hat? Lotte, Karin und Petra werden mir so sehr fehlen in den nächsten Monaten, das spüre ich schon jetzt. Auf meiner Fahrt kommt mir Anton Wall in den Sinn. Ich denke unvermittelt an die Anfänge, als ich ihn mit den Freundinnen in seiner Villa in Frankfurt kennenlernen durfte. Wie verrückt diese Zeit doch war und überhaupt, mit Anton Wall kam eine Lebendigkeit in unser Leben, die ich so nicht kannte.

Für Karin, so glaube ich zu ahnen, ist die Lösung, Anton Wall kommt in der Zukunft mit zu den Mädelstreffen, eine gute Alternative. Maja hat in dieser Runde keinen Platz, so meine Gedanken, beim Aufschließen meines Hauses.

Lotte

Die Tatsache, dass wir heute noch einmal ein spontanes Treffen mit Ina hatten, macht mich happy. Nach meiner Schicht im Café muss ich allein in mein Haus fahren. Karin will noch mit Anton Wall an der neuen Vernissage planen und lässt sich später von ihm zurückfahren. Eigentlich habe ich auf ein gemeinsames Abendessen mit Karin gehofft. Zu Hause angekommen, hege ich keine Lust, für mich allein zu kochen und lege nur eine Pizza in den Backofen. Um die Wartezeit zu überbrücken, öffne ich mein Laptop. Tatsächlich sind schon fünf Beiträge auf meine Kolumne eingegangen.

Spontan entscheide ich mich, die Rückmeldung von Luisa zu öffnen.

Liebe Lotte,

es vergeht fast keine Woche, in der ich nicht sehnsüchtig auf Ihre neue Kolumne warte. In Ihren Worten spiegelt sich das wahre Leben wider und ich kann immer öfter Parallelen finden zu meinem Leben oder dem meiner Freundinnen. Wie Sie, Lotte, habe ich einen kleinen Kreis mit meinen besten Freundinnen und auch wir treffen uns regelmäßig zum Austausch. Ohne diese Abende mit meinen Freundinnen könnte ich mir mein Leben nicht mehr vorstellen. Zugeben muss ich allerdings auch, dass diese Treffen nicht immer so ganz harmonisch verlaufen. Eifersüchteleien, welches Kind der beste Schüler ist, wer die beste Diät entdeckt hat, den besten Ehemann an der Seite hat und das schönste Outfit am Leibe trägt, inklusive. Trotz dieser kleinen Reibereien lieben wir uns auf eine ganz eigene Art. Wann immer eine von uns Probleme hat, die wirklich ernsthaft sind, halten wir zusammen. Männer spielen in unserer Runde nur die Rolle, dass wir über sie sprechen, genau wie bei Ihren Mädelsabenden. Leben in Frieden, das wün-

*sche ich mir. Zum einen sind meine Freundinnen mein Anker,
sie helfen mir nicht unterzugehen, wann immer ich glaube, mein
Boot wackelt und meine Seele schreit nach Hilfe. Die Treffen, an
denen wir miteinander kabbeln, auch schon einmal streiten, gehören ebenfalls dazu. Oft steckt hinter den Worten einer Freundin eine Botschaft. Nicht selten habe ich am Abend nach einem
Treffen wach im Bett gelegen und nachgedacht. Für mich ist es
sehr wichtig, dass meine Freundinnen auch einmal den Finger
in die Wunde legen und mir unverblümt zu verstehen geben, was
sie an mir und meinem Verhalten nicht gut finden. Menschen,
die uns immer nur lächelnd begegnen, halte ich für gefährlich.
Unsere Partner tragen auf ihre Weise zu dem privaten Glück bei,
was ich nicht leugnen möchte. Auch hier ist nicht immer Sonnen-
schein angesagt und es gibt Momente, da möchte ich mit Porzel-
lan werfen, so regt mich mein Mann auf. Vielleicht habe ich Sie
jetzt zum Lächeln gebracht und Sie kennen diese Momente aus
Ihrem Privatleben. So turbulent wie in Ihrem Leben geht es bei
mir und meinen Freundinnen nicht zu, zumindest empfinde ich
es so. Wir sind als gut bürgerlich oder, vielleicht böse gesagt, spießig
zu betiteln. Wir leben ein Leben, in dem es natürlich ebenfalls
die klassischen Höhen und Tiefen zu finden gibt, wir sprechen im
Gegensatz zu Ihnen, liebe Lotte, nur im engsten Kreis darüber.
Die Wahrheit ist, mit Ihren Kolumnen treffen Sie oft den richtigen Nerv bei uns. Bei jedem Treffen von uns Freundinnen ist
Ihre neuste Kolumne Gesprächsthema Nummer eins. Es tut gut zu
lesen, mit den Beziehungsproblemen nicht allein auf der Welt zu
sein. Oft schon habe ich Sie im Stillen beneidet und bewundert
für Ihre Stärke, immer wieder das Leben umzukrempeln und neu
anzufangen. Mir macht der Gedanke Angst und diese Erkenntnis
lässt mich immer wieder einlenken und nachgeben.*

*Ich wünsche Ihnen jetzt, dass Sie wieder einmal an einem neuen
Weg stehen, dass der richtige Pfad vor Ihre Füße kommt.*

Mit Sehnsucht warten wir schon auf die nächste Kolumne von
Lotte und dem turbulenten Leben, das uns in der Woche viel Stoff
zum Reden und Nachdenken schenkt.
Für uns gehören Sie schon dazu, in unseren Kreis der Freundin-
nen, zumindest virtuell. Eine aus unserer Runde sagte, mit Lotte
im Freundeskreis würde ihre Ehe in Gefahr geraten. „Lotte lässt
nichts anbrennen", war auch zu hören. Vielleicht gibt es diese
Gefahr in Ihrer Nähe wirklich, aber dann, so meine Überlegung,
ist die Beziehung auch nicht wirklich stabil.

Bis bald und Grüße
Luisa

Puh, so mein erster Gedanke nach dem Lesen, ich werde
also von anderen Frauen als Gefahr für ihre Männer gesehen?
Soll ich jetzt stolz sein? Bedeutet dies für mich, ich bin noch
immer super attraktiv und kann jeden Mann erobern? Im
Umkehrschluss kann es auch bedeuten, mir ist nicht über den
Weg zu trauen als Freundin, was mich ärgerlich stimmt. In
unserem Freundeskreis bin ich weder Petra noch Karin oder
Ina jemals in den Weg gekommen, was Männer betrifft. Meine
Leserin scheint eine andere Ansicht zum Leben zu haben als
ich, so mein Resümee. Etwas zögerlich entschließe ich mich,
noch eine zweite Rückmeldung zu lesen.

Liebe Lotte,

wie recht doch Lydia Lowere hatte: Männer sind wie Kaugum-
mi, erst schmecken sie lecker und danach werden sie klebrig und
fade. In Deinen Kolumnen finde ich mich immer wieder selbst.
Ja, mein Leben ist nicht als einfach zu bezeichnen, nicht als lang-
weilig einzustufen und doch gefällt es mir. Natürlich möchte ich
eine beständige Beziehung haben und von diesem einen Mann

auf Händen durch den Alltag getragen werden. Welche Frau wünscht sich nicht diesen einen Prinzen, der um sie kämpft und sich dennoch nicht zu schade ist, auch einmal im Haushalt Hand anzulegen. Darüber hinaus sollte der Mann noch eine Granate im Bett sein, was ich als wichtig einstufe.

Liebe Lotte, den Mann fürs Leben, meinen persönlichen Prinzen habe ich noch nicht gefunden. Den Mann, der mir kurz als Prinz ins Auge gefallen war, er hat sich als Kröte entpuppt. Mit zwanzig hätte mir der Mann das Rückgrat gebrochen, heute jedoch bin ich selbstbewusst genug, um zu wissen, auch mit ein paar Pfunden mehr auf den Rippen bin ich sexy und schön. Der Mann, der mir gerade das Herz bricht, Hermann Josef, hat den Charme eines Trampeltiers, was mir leider zu spät aufgefallen ist.

Auch wenn mich die Suche nach dem richtigen Mann noch beschäftigen wird, so gebe ich nicht auf. Aktuell halte ich jedoch eine Freundschaft zwischen Freundinnen für erstrebenswerter. So, wie Lotte, Karin, Ina und Petra zusammengehören, so möchte ich gerne meinen Part in einer Frauenrunde finden.

Liebe Lotte, kann ich einen neuen Anlauf nehmen und die Hoffnung hegen, in eurer Runde Einzug zu finden?

Ich freue mich auf unser Wiedersehen!
Maja

Überrascht stehe ich von meinem Schreibtisch auf. Maja will in der Tat in unsere kleine Runde aufgenommen werden. Ziemlich abgebrüht ihr Verhalten, wie ich finde. Was Karin dazu sagen wird?

Von oben höre ich Schritte. „Karin? Kommst du bitte einmal?"

Verwundert steht Karin schon wenig später neben mir. Meine Bemerkung, wir müssten reden, nimmt sie gelassen auf.

„Wir können uns in den Garten setzen und in Ruhe reden", lächelt Karin mir zu. Automatisch drehe ich mich um und gehe in die Küche. Mit gemischten Gefühlen bereite ich für uns eine Schüssel mit Chips vor und hole Getränke.

„Wie schön, Karin, dass du wieder bei mir wohnst. Möchtest du frischen Orangensaft?", nehme ich die Kanne mit Saft in meine Hände. „Das sieht doch sehr lecker und einladend aus", strahlt mich Karin an, nachdem ihr Blick über mein Tablett geschweift ist.

„Ina ist nun für mehrere Monate weg. Maja kommt am Wochenende. Ich fühle mich komplett durcheinander mit dem ganzen Wirrwarr um mich herum", beißt Karin später in ein Chips. „Ab Freitag nehme ich das Angebot von Ina an und ziehe zumindest für das Wochenende in ihr Haus."

Kurz überlege ich, wie ich auf Karins Worte reagieren soll. Sie nimmt mir eine Antwort ab. „Der Gedanke, Maja will sich hier festsetzen und als Ersatz für Ina in unsere Mädelsrunde kommen, er schmeckt mir nicht." Mit mulmigem Gefühl nehme ich die Worte von Karin auf. „Sie will nur Rudi begleiten, für dieses eine Wochenende."

Karin blickt mir in die Augen. „Ich lege Wert darauf, dass es eine Ausnahme bleibt", kommt die rasche Antwort aus ihrem Mund. „Soll ich Maja ausladen? Das ist kein Problem", versuche ich, Karin zu besänftigen. Karin schüttelt energisch ihren Kopf. „Nein, Lotte. Mir ist schon bewusst, Maja kam in mein Leben als meine Beziehung schon Risse hatte." Karin nimmt einen weiteren Schluck Orangensaft. Ich lehne mich in meinem Stuhl zurück und schaue in das Blau des Himmels. Bedrückt denke ich schon an das kommende Wochenende und sorge mich um die allgemeine Stimmung zwischen uns Freundinnen.

Das nächste Wochenende

Petra

Der Abschied von Wolfi war mir auch schwergefallen. In den letzten Monaten habe ich mich an den Jungen gewöhnt. Marc scheint jetzt schon zu leiden und ich kann nur hoffen, das Wochenende und sein Tennisturnier lenken ihn ab. Seine erneute Frage, gestern am Abend, ob ich nicht doch ein Kind mit ihm möchte, sie hat mich genervt. Bis jetzt war unsere Beziehung so perfekt. Körperlich finde ich den absoluten Einklang mit Marc und kann für mich sagen, so wurde ich noch nie von einem Mann geliebt wie von Marc. Die Tatsache, er hat schon ein Kind mit Ina, war mir auch egal. Marc, so dachte ich, kann seine Liebe zu einem Kind ausleben und ich muss nicht Mutter werden, um ihm und der Umwelt zu demonstrieren, als Frau ticke ich richtig. Kinderlieb bin ich, trotzdem möchte ich keine eigenen Kinder haben, die mein Leben auf den Kopf stellen. Hoffentlich hört Marc in den nächsten Tagen damit auf, mich zu bedrängen. Auf Dauer würde es für mich nur den Weg geben, mich zu trennen. Nein, so mein Gedanke, daran möchte ich nicht einmal denken, ich liebe Marc. Vielleicht sollte ich den Mut aufbringen und offen mit ihm reden.

Für heute Abend hat Lotte zu einem Mädelsabend eingeladen, was mich wundert. Rudi, so habe ich gehört, ist über das Wochenende ihr Gast. Bisher hat Lotte keine Angst vor Männern gezeigt. Wieso sie nun Karin und mich eingeladen hat, ich werde es bestimmt noch erfahren. Karin, so hat Lotte mir gesagt, wohnt jetzt in dem Haus von Ina, was ich für gut halte. Ständig mit Lotte unter einem Dach zu leben, kann schon nerven. Sie ist eine herzliche Freundin aber doch sehr in ihre

145

eigenen Abläufe verliebt und kann sich nur schlecht auf die Bedürfnisse anderer einstellen, so mein Empfinden. Gastfreundlich bietet Lotte jedem neuen Menschen direkt an, bei ihr zu wohnen, was wiederum zeigt, sie kann nicht gut allein sein. Wahrscheinlich haben wir alle zwei Seelen in unserer Brust, da bin ich ja nun wirklich keine Ausnahme, wie ich mir selbst eingestehen muss. Marc hat sich vorhin lieb von mir verabschiedet und am liebsten hätte ich ihn noch einmal mit ins Bett gezehrt. Allein meine Angst, er könne dies als Einladung zum Kinder zeugen sehen, hielt mich zurück. Hoffentlich kann ich diese Ängste rasch wieder ausblenden, denke ich und drücke zeitgleich den Klingelknopf von Lottes Tür.

„Du bringst dir dein Essen mit?" Lotte blickt skeptisch auf die Schüssel mit grünem Salat und Tomaten, die ich in den Händen halte. „Deiner Frage darf ich entnehmen, du hast bereits an mich gedacht? Eventuell muss ich jetzt zwei Schüsseln Salat essen?" Lotte lässt mich in ihre Küche kommen und ich sehe außer dem obligatorischen Kartoffelsalat und dem Topf mit Würstchen auf dem Herd nichts Essbares für mich. „Hey, Petra!", höre ich eine weibliche Stimme hinter mir rufen. „Maja? Du bist hier? Ich dachte, nur Rudi sei über das Wochenende Gast bei Lotte", sage ich leicht verwirrt.

Die Klingel kündigt in dem Moment einen weiteren Gast an. Maja dreht sich belustigt um und eilt zur Tür. Lotte klärt mich kurz über den Besuch auf. „Rudi will einen Freund hier besuchen? Wer soll das sein? Kennen wir den Freund?", hake ich nach. Lotte rührt heftig in dem Kartoffelsalat.

„Nette Begrüßung", keift Karin vom Flur her. Oh, nein, so denke ich, ausgerechnet Maja hat ihr die Türe geöffnet. Maja scheint es nichts auszumachen. Munter und betont gutgelaunt kommt sie zurück in die Küche und greift Lotte unter die Arme. „Den Tisch im Esszimmer habe ich schon für uns gedeckt", schüttet sie die Bockwürstchen ab. Karin zieht eine Schnute. Der Abend, so mein Gedanke, wird alles aber nicht entspannend für mich werden. Kurz überlege ich mir eine Ausrede, um schnell wieder aus der Situation zu kommen. In einem geeigneten Moment schreibe ich meiner Kollegin eine SMS. Wir haben in den Jahren, in denen wir gemeinsam in der Bank arbeiten, ein kleines Abkommen ausgemacht. Wann immer eine von uns in einer Situation ist, der sie lieber entfliehen möchte, helfen wir uns.

Mein Plan geht auf. Mein Handy klingelt, als wir gerade am Tisch sitzen. Maja hat gerade die Würstchen auf die Teller von Karin und Lotte gelegt, als meine Kollegin sich bei mir meldet.

„Das tut mir ja sehr leid. Kann ich dir helfen?", meine Stimme lasse ich besorgt klingen. „Das ist doch kein Problem. Ich habe noch nicht einmal Alkohol getrunken und hole dich sehr gerne ab. In einer halben Stunde? Gerne!"

Lotte sieht mich skeptisch an. „Du willst gleich wieder fahren?" Kurz kläre ich die Freundinnen auf. „Meine Kollegin hat eine Panne und ich habe mich angeboten, sie in einer halben Stunde abzuholen."

Karin blinzelt mich an, schweigt aber. Maja legt sich zwei Würstchen auf ihren Teller, greift beherzt zum Kartoffelsalat und quasselt los. „Mit Hermann Josef das hätte ja etwas werden können. Seine Vorliebe jedoch zu dünnen Frauen hat mir fast den Appetit verdorben", lacht sie laut los. Es folgen noch einige Peinlichkeiten, die mich nicht interessieren und Karin, so kann ich beobachten, ebenfalls nicht. Lotte scheint von Majas Berichten angetan zu sein, sie hört ihr mit lebhafter Freude zu. „Wir können morgen alle gemeinsam frühstücken", schlägt Lotte euphorisch vor. „Petra, du hast doch gesagt, Marc hat ein Tennisturnier, dann hast du sicherlich Zeit", fügt sie bestimmend nach.

„Jetzt muss ich mich auf den Weg machen, meine Kollegin wartet." Im Aufstehen drehe ich mich noch einmal um. „Wolltest du nicht Zeit mit Rudi verbringen?"

„Er kommt bestimmt erst am Mittag von dem Treffen mit Franz zurück. Wenn die zwei zusammen sind, endet das immer mit einem Totalausfall", kichert Maja. Ich glaube, nicht richtig gehört zu haben. „Franz? Rudi und Franz kennen sich? Der Franz, liebe Lotte? Dein Ex?"

„Du hast dich auch schon gewählter ausgedrückt", stammelt Lotte und zieht ihr Glas heran. Panoptikum, denke ich mir und gehe in Richtung Türe. „Wir telefonieren", rufe ich und eile zeitgleich aus der Tür. Am Auto angekommen, ich will gerade einsteigen, höre ich Karin meinen Namen rufen. „Warte auf mich, Petra!" Sie hüpft, ohne zu fragen auf den Beifahrersitz. „Komm schon, fahr los!"

„Kannst du mir dein Verhalten erklären?" Meine Frage stelle ich Karin, gut hundert Meter von Lottes Haus entfernt. Ich bremse und will Karin am Haus von Ina herauslassen. „Fahr doch bitte weiter." Karins Verhalten irritiert mich und doch folge ich ihrer Bitte.

Eine halbe Stunde später

„Verrückt sind wir ja beide", prostet Karin mir zu. Unsere Fahrt hat uns zu einem Italiener gebracht. „Mit dir an meiner Seite schmeckt mir die Pizza heute besser als mit Lotte." Oh, weh, denke ich mir. Bisher galt ich mit meiner schlanken Figur immer als Spaßbremse. „Du willst sagen, mit Maja an der Seite schmeckt dir das Essen heute nicht." Karin nickt und beißt beherzt zu.

„Müssen wir ein schlechtes Gewissen haben, Lotte gegenüber?" Meine Frage stelle ich Karin, als wir unsere Teller zur Seite schieben. „Immer nur Salat, Petra, das kann ich nicht verstehen."

148

„Auf diese Bemerkung habe ich schon gewartet", proste ich Karin zu.

„Ich bin zu Ina ins Haus gezogen, um Maja zu entkommen. Für mich war es eine Zumutung von Lotte, mit Maja unter einem Dach zu sein. Wenigstens für ein paar Tage möchte ich meine Ruhe. Gut, ich habe in meiner Beziehung mit Hermann Josef Fehler gemacht, er aber auch. Mir jetzt aber Maja vor die Nase zu setzen, sie bei unserem Mädelsabend so miteinzubeziehen, das finde ich geschmacklos."

Karins Worte kann ich nachvollziehen. „Hier in der Pizzeria hatte ich einen unvergesslich gruseligen Abend mit Lotte und später noch mit Franz", nippe ich an meinem Rotwein. „Nur gut, dass ich kein Hausverbot bekommen habe." Karin nickt und strahlt mich an. „Davon habe ich natürlich gehört. Unsere Lotte. Du willst mir damit auch sagen, sie hat mich nicht verletzen wollen mit Maja? Du findest, Lotte ist einfach von uns so zu nehmen, wie sie ist?"

„Genau! Lotte denkt nicht so weit. Sie mag Maja, in Rudi ist sie aktuell verknallt und du bist ja schon lange ihre Freundin. In ihren Augen können sich doch alle verstehen und gemeinsam an einem Tisch sitzen. Gefühle kennt Lotte nur aus ihrem Leben", kurz hole ich tief Luft. „Jetzt war ich aber gemein. Nein, so denke ich nicht wirklich über Lotte", füge ich nachdenklich hinzu. „Sie ist eben etwas eigen in ihrem Handeln", probiere ich erneut, die Freundin und so, wie ich nun einmal Lotte sehe, in Worte zu fassen. Karin lacht, sie wirkt gelöst auf mich. „Lass uns anstoßen Petra! Auf das Leben, die Männer und besonders auf unsere Freundschaft!"

„Ich vermisse Ina schon jetzt", werfe ich kurz vor dem Bezahlen Karin meine Gedanken entgegen. Sie nickt. „Verrückt, ausgerechnet du sagst das. Wie schön, wie ich finde, dass Ina und du euch inzwischen so gut versteht", Karin legt noch ein saftiges Trinkgeld auf den Tisch. „Der heutige Abend hat mir sehr gutgetan, dank dir, Petra!"

„Schreib mir bitte noch eine WhatsApp, wenn du im Haus angekommen bist", verabschiede ich mich von Karin, die vor der Pizzeria in ein Taxi steigt. Mein Auto lasse ich auf dem Parkplatz stehen. Die wenigen Meter bis zu unserer Wohnung nehme ich in der Gewissheit, mich in der Gesellschaft von Karin sehr gut gefühlt zu haben. Marc ist noch unterwegs, was mir gerade lieb ist. Von Lotte geht eine Nachricht auf meinem Handy ein. Sie fragt nochmals nach, ob ich nicht morgen zum gemeinsamen Frühstück kommen möchte.

Erst, als Karin mir geschrieben hat, sie ist gut angekommen, gehe ich ins Badezimmer, um mich auszuziehen. Beim Abschminken kommt mir eine Idee in den Kopf, die mir so gut gefällt, dass ich direkt Ina eine Nachricht sende.

Ina

Jetzt bin ich gerade erst abgereist und darf schon lesen, meine Freundinnen vermissen mich. Wie schön! Die Hektik der Abreise, die Tatsache, Vincenz und Rosalinde begleiten Johann, Wolfi und mich auf einem Teil der Reise, haben mich abgelenkt. Johann sitzt mit den anderen bereits beim Frühstück, als ich dazukomme.

„Was haltet ihr davon, Lotte, Karin und Petra kommen uns in vier Wochen in Afrika besuchen?", meine Stimme klingt aufgeregt, was ich nicht verbergen kann. Zu sehr gefällt mir meine eigene Idee, die ich am liebsten sofort den Freundinnen mitgeteilt hätte. Mir ist jedoch bewusst, das erste Gespräch muss mit Johann verlaufen, bevor ich voreilig handele.

„Muss das sein?" Johann verdreht seine Augen, legt das Brötchen, in das er gerade reinbeißen wollte, zur Seite.

„Mir gefällt der Gedanke sehr gut, Ina! Ein alter Mann wie ich es bin, sollte jede Gelegenheit für Besuche nutzen, solange es gesundheitlich noch einen Genuss darstellt." Vincenz Worte sind an seinen Sohn Johann gerichtet, was mir nicht entgeht. Dieser Mann, das darf ich sehen, versteht es, andere Menschen zu manipulieren.

„Vielleicht ist es ja doch eine nette Abwechslung für dich und auch für Ina, die Mädelsrunde zu sehen", lenkt Johann ein. Ich freue mich wie ein kleines Mädchen und versuche, mir meine Aufgeregtheit nicht direkt anmerken zu lassen. In einem unbeobachteten Moment drückt Rosalinde meine Hand. „Ich freue mich sehr für dich, für Vincenz ebenfalls."

Was für ein Glück ich nur mit meiner zukünftigen Schwiegermutter habe, so meine Überlegung. Nach dem Frühstück suche ich mir ein ruhiges Fleckchen und wähle sogleich die Nummer von Petra.

„Möchtet ihr in vier Wochen nach Afrika kommen?"

„Ja!" Der Jubelschrei dringt in mein Ohr und kurz muss ich das Handy ein Stück zur Seite nehmen. „Schickst du mir bitte eine Anschrift? Wie sehr ich mich freue, Ina!" Petra hüstelt. „Marc vermisst den kleinen Wolfi und er redet in meinen Augen zu oft davon, noch einmal Vater werden zu wollen."

„Oh!"

Kurz herrscht Schweigen.

„Bring Marc mit, er kann sich um Wolfi kümmern, während wir uns einen netten Abend machen."

„Ich danke dir! Hoffentlich finden wir auch eine Gelegenheit für einen Tagesausflug", wirft Petra nach.

„Sprichst du bitte mit Karin?"

„Wenn du Lotte informierst und bitte", Petra macht eine Pause und ich ahne schon, ihr liegt etwas auf dem Herzen. „Lotte muss unbedingt ohne Maja diese Reise antreten. Für Karin wäre es sonst keine Erholung."

„Dann sieht Lotte schon in Maja meine Nachfolgerin?" Meine Stimme klingt beleidigt, was mich selbst ärgert. Viel zu spontan habe ich meine Gedanken ausgesprochen. „Nein, Ina! Nur, Lotte hängt sich gerade an Maja und sie tut ihr bestimmt nicht wirklich gut. Außerdem ist Rudi mit Franz befreundet", gibt mir Petra zu verstehen. „Unsere Freundin Lotte sorgt einmal mehr für das nötige Chaos in unserem Leben."

„Den Mädelsabend haben wir wirklich nötig", sage ich rasch. Mein Telefonat mit Petra beende ich, als Johann näherkommt. Wir Freundinnen haben alle unser Päckchen zu tragen, denke ich und schaffe es trotzdem, lächelnd Johann entgegenzugehen. Ich liebe diesen Mann. Meine Freundinnen gehören aber auch zu meinem Leben.

Lotte

Wie sehr habe ich mich über den Anruf von Ina gefreut. Die Tatsache, wir sehen uns bereits in vier Wochen in Johannesburg wieder, macht mich glücklich. Bisher kenne ich Afrika nur aus dem Buch oder dem TV. „Mir liegt aber am Herzen, Lotte, dass Maja nicht mitkommt", hat Ina betont. So ganz haben mir diese Worte nicht gefallen, was ich auch gesagt habe. „Maja ist eine sehr nette Frau und mit ihrer Trennung hat sie noch jede Menge Ärger am Hals. Sie wünscht sich so sehr eine Verbindung zu gleichgesinnten Freundinnen." Meine Einwände haben nicht gefruchtet und später habe ich Ina versprochen, nur mit Karin und Petra anzureisen.

Die Neuigkeiten teile ich Maja sogleich mit.

„Ist Ina eifersüchtig auf mich?" Maja reagiert aufgekratzt auf die Neuigkeit. In meinem Garten habe ich uns ein schönes Plätzchen ausgesucht und extra eine Flasche Prosecco geöffnet. „Wir sollten anstoßen", halte ich Maja mein Glas entgegen. Sie reagiert nicht. „Ich reise wieder nach Dresden", trotzig fügt sie nach: „Hermann Josef hat sich wieder bei mir gemeldet." Auf diese Information gehe ich nicht ein. Jetzt fange ich an zu verstehen, warum Ina unter keinen Umständen Maja bei dem Ausflug dabeihaben möchte. „Behalte diese Neuigkeit für dich, bitte. Karin muss davon nichts erfahren." Zu meiner Erleichterung nickt Maja mir zu, auch wenn sie nicht so wirkt, als würde sie auf mich hören. Ein Geräusch am Gartentor weckt meine Aufmerksamkeit.

„Hier habe ich schon viele schöne Abende verbringen dürfen", kollert eine mir sehr bekannte Stimme in den Garten. Männerlachen dringt nach. „Nächte ebenfalls", muss ich mir anhören. Mir ist bewusst, dass gleich mit Rudi auch Franz vor mir stehen wird. Wirklich auf ein Wiedersehen bin ich nicht vorbereitet. Wieso nur muss mein Leben so ungeordnet verlaufen? Mit all diesen Höhen und Tiefen?

„Lotte! Steckst du einmal mehr in deiner Traumwelt?" Franz taucht vor meinen Augen auf. Er sieht gut aus, sehr gut, zu gut, wie ich spontan denke.

„Wie hübsch du doch bist, Lotte", kommt er näher und zur Begrüßung folgt nach einer Umarmung auch ein Kuss auf jede Wange. Muss ich darüber groß nachdenken, frage ich in mich hinein? Machen das nicht Freunde im Allgemeinen so bei einer Begrüßung? Erst jetzt fällt mein Blick zu Rudi. Belustigt beobachtet er mich und Franz. „Darf ich Franz ein Bier aus deinem Kühlschrank holen?" Ohne auf mein Ja zu warten, geht er schon in Richtung Küche los. Ziemlich unverfroren und selbstbewusst, denke ich und spüre einen leichten Unmut in mir.

„Bleib ruhig, Süße!", flüstert Franz in mein Ohr. Jetzt erst merke ich, Franz steht noch immer ganz nah neben mir. „Die Situation überfordert mich." Franz greift nach meinen Händen. „Darf ich mich neben dich setzen?" Mein Blick wandert zu dem Gartenstuhl, auf dem vorhin noch Maja saß, er ist leer. „Wieso? Wo ist …", erschöpft lasse ich mich auf meinem Stuhl nieder. „Hier Franz, fang", kommt Rudi zurück in den Garten und wirft Franz eine Flasche Bier entgegen, die dieser geschickt auffängt. Natürlich, so meine Gedanken, mit Bier hat Franz seine Erfahrung.

„Man sieht sich wieder", hebt Rudi seinen Arm zum Gruß oder zum Abschied? „Die liebe Familie verlangt nach mir", greift er nach einer Tasche, die Maja ihm bringt. Auch Maja hat ihre Tasche gepackt. „Für mich wird es Zeit, mein Leben zu sortieren", kommt eine rasche Erklärung von ihr. Mein Blick scheint Bände gesprochen zu haben. „Nicht sauer sein, Lotte, das mit uns war schön, aber ich bin noch gebunden." Rudi grinst mich an. Die Fotografie fällt mir ein und ich denke mir, wie dumm ich in Dresden nur in meinem Verhalten war. Natürlich habe ich sofort geahnt, dass Rudi eine Freundin hat oder eine Ehefrau. Warum nur sonst steht die Fotografie in seinem Wohnzimmer herum. Ein kleiner Teufel in meinem Kopf sagte damals, vielleicht entspringt alles nur deiner Fantasie? Ein anderes Teufelchen aber sagte, bestimmt hat er auch Kinder! Ruckartig springe ich auf, eile ihm und Maja nach.

„Was bitte mache ich immer wieder falsch?" Zehn Minuten später sitze ich ausgerechnet mit Franz in meinem Garten, Maja und Rudi sind abgefahren. Nicht nachdenken, ermahne ich mich seitdem, was mir nicht gelingt.

„Du denkst zu viel über alltägliche Dinge nach", wirft mir Franz entgegen. Meinen Prosecco trinke ich in einem Zug aus, eile in meine Küche und schenke das Glas nach. „Das muss jetzt sein", lasse ich mich wieder in meinen Gartenstuhl fallen. „Soll ich für dich kochen?" Spätestens nach diesen Worten fühle ich mich völlig durcheinander. Mir fehlt gerade Ina, zu der ich in Momenten wie diesem immer gelaufen bin. „Lass es doch einfach geschehen und versuche, nicht alles im Leben im Griff zu haben, Lotte. Du bist keine Frau für ein geregeltes Leben mit Kindern und einem Ehemann, der immer pünktlich um 18 Uhr nach Hause kommt." Überrascht nehme ich die Worte von Franz auf. Kurz sinniere ich über das Verhalten von Rudi. Hat er von Anfang an in mir nur eine Affäre gesehen?

„Nimm das Leben leichter", höre ich Franz sagen. Meine Tante Lydia Lowere kommt in meinen Kopf und plötzlich habe ich ein Lächeln im Gesicht. „Leben und leben lassen." Mit diesen Worten eile ich Franz nach in meine Küche.

Der nächste Morgen

Meine Augen öffne ich und ahne sofort, was, beziehungsweise wen ich sehen werde: Franz! Wir haben die Nacht miteinander verbracht, in meinem Bett. Es muss an der Flasche Prosecco gelegen haben, die ich ausgetrunken habe. Der Sex, daran erinnere ich mich genau, war, wie zu erwarten, traumhaft schön und sehr schmutzig, was ich sehr vermisst hatte. Wieso nur bin ich so anders als meine Freundinnen in meinem Handeln? Erschöpft von den Ereignissen und doch auch auf Wolke sieben, schleiche ich in mein Badezimmer. Im Spiegel kann ich sehen, heute strahlen meine Augen. Ich sehe wunderschön aus, trotz verwüsteten Haaren, die als Erinnerung an die letzte Nacht noch übriggeblieben sind. Abgesehen von dem Bettlaken, das sicherlich auch das eine oder andere Zeichen der Nacht auf sich tragen wird, wie ich denke. Grinsend putze ich meine Zähne und dusche. Franz schläft noch, als ich angezogen bin. Kurz überlege ich, ihm ein leckeres Frühstück mit Rührei vorzubereiten. Dann aber lasse ich diese Idee fallen. Nein, Franz kann mir später bei der Vorbereitung zur Hand gehen, jetzt kümmere ich mich erst einmal um meine Kolumne.

Mit einer Tasse Kaffee und einer Banane bestückt, fahre ich den Laptop hoch. Zunächst schaue ich mir die Reaktionen auf meine letzte Kolumne an. Schon erwartet habe ich eine neue Antwort von Maja, die ich auch tatsächlich finde und öffne.

Liebe Lotte,

das Leben, die Liebe und die Freundschaft sind individuell und doch für jeden Menschen kostbar und erstrebenswert zugleich. Für einen kurzen Augenblick war ich eingetaucht in den Kreis von Frauen, die ich gerne als meine Freundinnen gesehen habe. Mein Wunsch war zu groß. Vielleicht auch falsch für den Moment. Oder es lag an mir, meinem Verhalten, das eine tiefe Freundschaft zerstört hat, bevor es die Gelegenheit gab, diese aufkeimen zu lassen. Ja, ohne Umschweife suche ich die Fehler bei mir und kann Ansätze, zumindest kleine, hierfür erkennen. Man nascht nicht an dem Teller der Freundin, ebenso wenig an deren Mann. Wobei zweites bestimmt ausschlaggebend für den Bruch der aufkeimenden Freundschaft war. Einmal wollte ich egoistisch sein, mir nehmen, wozu ich Lust hatte, das war leider falsch. Übriggeblieben sind Scherben in meinem Herzen, auf meiner Seele.

Jetzt bin ich wieder allein, ohne Mann, ohne neue Freundinnen. Lügen ist so einfach und nach der zweiten Lüge kommt die dritte und vierte Lüge und mit einem Male gibt es kein Zurück mehr. Wieso muss ich gerade jetzt ans Stricken denken?

Meine Maschen sind von der Nadel gefallen und ich finde gerade keinen Anfang, um diese wieder aufzunehmen. Vielleicht gibt es zu einem späteren Zeitpunkt die passende Gelegenheit hierfür? Zumindest möchte ich die Hoffnung nicht verlieren.

Liebe Lotte,

in den nächsten Wochen werde ich die neuen Kolumnen lesen und mir, wie schon so oft, vorstellen, ich gehöre in die Runde der Frauen, die so wunderbar zusammenhalten. Ihr lacht, weint, zankt auch mal, trotzdem steht ihr euch so nahe. Wie deine Liebe weitergehen wird, Lotte? Danke für den kurzen Einblick in dein Leben und die Gastfreundschaft, die ich genießen durfte. Männer sind mir noch immer ein Rätsel. Nicht nur die Männer, denen ich mein Herz schenke, auch mein Bruder gehört zu der Spezies. Seine Familie zu verleugnen, ist für mich kein Pluspunkt. Trotzdem bin ich überzeugt, viele Männer gehen mit einem großen Geheimnis in eine neue Beziehung. Versuchung, Leidenschaft, der

Augenblick der Gefühle … , es wird für jeden Mann die richtige
Ausrede geben.
Die nächste Kolumne erscheint in wenigen Tagen und ich freue
mich schon sehr, von Lotte, Karin, Petra und hoffentlich auch Ina
zu lesen. Eventuell spielt auch Franz wieder eine Rolle in deinem
Leben?

Eine liebe Umarmung zum Gruß
Maja

Meine Banane habe ich vergessen zu essen, so haben mich
die Worte von Maja überrascht. Ja, Rudi hat mich angelogen,
wie ich schon am gestrigen Abend von Franz erfahren durfte.
Eine Frau und drei Kinder hat der Mann, das musste ich zunächst verdauen. Meine Gefühle fahren Achterbahn mit mir
und plötzlich weiß ich, was zu tun ist. Rasch ist mein Entschluss gefasst, die neue Kolumne zu schreiben. Einmal mehr
schreibe ich meinen Kummer von der Seele.

Meine lieben Leserinnen,

wie schillernd und bunt einmal mehr mein Leben verläuft. Meine
Tante Lydia Lowere hat mit ihren Sprüchen viel Weisheit bewie-
sen.
„Nasche Schokolade und du wirst dick, nasche an den Män-
nern und du wirst enttäuscht, zumindest seelisch." Wie oft meine
Tante wohl von einem Mann enttäuscht wurde? Zumindest im
hohen Alter schien sie die Männer in der Hand gehabt zu ha-
ben, eine Begabung, die mir leider fremd ist. Ina hat zu einem
Treffen eingeladen und gemeinsam mit Karin und Petra werde
ich nach Afrika reisen. Zum einem finde ich diese Idee grandios,
zum anderen auch verrückt. Unsere Mädelsabende sind uns hei-
lig und wenn wir dafür um die halbe Welt reisen müssen! Diese

Vertrautheit bei den Gesprächen ist für mich unverzichtbar. Für alle treuen Leser, die schon regelmäßig Einblicke in mein Liebesleben bekommen haben, lasse ich eine kleine Bombe hochgehen. Franz hat die letzte Nacht bei mir verbracht. Gerade schlummert er noch in meinem Bett, während ich hier sitze und schreibe. Wie es sich für mich anfühlt, das möchten sicherlich viele von Ihnen wissen. Gut, komisch, vertraut, dennoch etwas fremd sind meine spontanen Worte zu meinen Gefühlen. Als richtig klasse kann ich unseren Sex bezeichnen, was wirklich immer so mit Franz für mich war. Er berührt meinen Körper und ich explodiere. Mein Kopf schaltet ab, die Gefühle sind sensibilisiert und ich spüre und genieße den Körper von Franz mit einer Intensivität, die mich fast schwindelig werden lässt. Bis zur Erschöpfung liebe ich seinen Körper, spiele mit dem Mann und entdecke selbst bei mir immer wieder neue Wünsche, die nur Franz mir erfüllen kann. Wir sind als tabulos im Bett zu bezeichnen. Meine Freundinnen haben einen anderen Sex, wie ich aus deren Berichten bei unseren Mädelsabenden weiß. Mir jedoch macht es Spaß mit Franz und ich denke inzwischen, das Leben hat mir diesen Mann an die Seite gebracht, alles sollte so sein und mit uns passieren.

Ja! Einige meiner treuen Leser werden die Hände über dem Kopf zusammenschlagen und sind sich schon sicher, diese neuerliche Verbindung mit Franz hat schon heute ihr Ablaufdatum, das unweigerlich kommen wird.

Mit der letzten Nacht habe ich wieder das Gefühl zurückerhalten, begehrt zu sein. Meine kleinen Speckröllchen auf den Hüften haben in der letzten Nacht keine Rolle gespielt, zumindest keine, die sich auf den Sex ausgewirkt hat. Franz ist kein Mann für jeden Tag, das muss ich für mich verinnerlichen. Wirklich, ich bin gerade emotional so gut gefestigt, ich bin mir sicher, ohne große Blessuren aus der Nummer wieder aussteigen zu können. Die Zeit der großen Verletzungen ist ein Teil der Vergangenheit. Meine Idee, wieder einmal zum Psychologen zu gehen, darüber kann ich gerade lächeln. Guter Sex ist Balsam für Körper und Seele, dafür gebe ich Ihnen eine Garantie.

Männer haben mir in den letzten Jahren oft das Herz gebrochen. Ich glaube aber, daran gewachsen zu sein. Oder bin ich in den letzten Jahren unterkühlt geworden? Lachen darf ich bei diesem Gedanken. Warum nicht den Augenblick genießen, so wie er sich zeigt? Wenn es mir schlecht geht, muss ich doch auch aushalten und durchstehen, was mir auferlegt wurde. Bei diesem Satz, den ich gerade geschrieben habe, kommt in mir eine neue Lust auf Franz und auf seinen Körper auf, den ich lieben möchte. Lydia Lowere sitzt in meinem Kopf und vor meinem geistigen Auge kann ich sehen, meine Tante schüttelt ihren Kopf über mein Verhalten. Oben, in meinem Bett liegt der Mann, der mir großartigen Sex beschert und ich weile hier am Computer, schreibe brav meine Kolumne, die ich auch am Nachmittag weiterschreiben kann. Verzeiht mir, meine lieben und treuen Leserinnen. Die Lust in mir nimmt Überhand.

Alarmglocken, die aktuell nur kleine Glöckchen in meinem Kopf sind, schalte ich auf dem Weg zum Schlafzimmer aus. Abschalten, genießen und den Augenblick der Zärtlichkeit zulassen ohne Reue an Morgen. Mir ist bewusst, nicht jeder, der meine Zeilen liest, wird mit mir und meinem Verhalten im Reinen sein. Leben und leben lassen! Diesen Spruch meiner Tante gebe ich Ihnen mit auf den Weg!

Auf die vielen Rückmeldungen meiner Leser und Leserinnen freue ich mich schon jetzt. Geht nicht zu hart mit mir ins Gericht und erlaubt einer Schwester im Geiste, einmal verrückt zu sein, den Moment zu genießen.

Liebe Umarmung
Lotte

Wieder im Schlafzimmer angekommen, ist Franz aufgewacht und blickt mich zufrieden an. „Komm doch wieder zu mir, Lotte!", zeigt er auf den Platz neben sich. Meine Kleidung lasse ich schneller fallen als ich nachdenken kann. Dieser Moment gehört mir, folge ich einer Stimme in meinem Kopf, die mir den Rat gibt zu genießen. Was morgen kommt, keine Ahnung, falle ich zurück in die starken Arme von Franz. Sein Körper zeigt auch rasch die gewünschte Reaktion auf meinen Körper und so kommen wir uns wieder ganz nah. So selbstverständlich ich inzwischen weiß, was Franz beim Sex liebt, so fremd ist mir der Mann, den ich gerade in den Armen halte. Schalte endlich deinen Kopf ab, beschwöre ich mich selbst. Ein kleiner innerer Kampf in meinem Kopf beginnt. Ich will einerseits den Mann lieben, doch ein kleines Teufelchen in meinem Kopf warnt mich andererseits davor, Franz erneut zu verfallen. Was ist nur los mit mir?

„Lotte? Bist du mit deinem Kopf woanders? Was ist los heute Morgen mit dir?" Oh, weh! Das möchte ich unter keinen Umständen. Stress oder dumme Diskussionen, außerdem begehre ich den Mann, der in meinem Bett liegt. Zwei Minuten später ist mein Kopfkino ausgeschaltet und die Gefühle sind auf Hochtouren. Franz streichelt mich gefühlt in den Wahnsinn, ich explodiere förmlich unter seiner Hand. „Du bist eine Granate im Bett, Lotte", lässt Franz seinen Kopf in das weiche Kissen fallen, nachdem auch er auf seine Kosten gekommen ist. Franz ist verschwitzt, wie ich lächelnd sehen kann. „Willst du duschen?" Mein Atem ist noch außer Takt.

„Bekomme ich noch ein Frühstück bei dir oder muss ich hungrig dein Haus verlassen?" Die Stimme wirkt locker und doch kenne ich Franz inzwischen so gut, um zu verstehen, hinter seiner Frage liegt mehr, viel mehr als ich hören und wahrhaben möchte. Franz will einmal mehr raus aus meinem Leben, zumindest für wenige Tage oder Wochen. Nach außen bleibe ich locker und schicke ihn belustigt unter die kalte Dusche, wie ich ironisch betone. „Die kleine Abkühlung wird dir guttun, mein Lieber."

Franz geht gekonnt über meine Worte hinweg. „Wie ich meinen Kaffee trinke, wirst du noch wissen", verzieht sich Franz in mein Badezimmer. Langsam gehe ich runter in meine Küche. Der Zauber der letzten Nacht hat nicht mehr die Kraft, die ich mir wünsche. Ja, sexuell ist Franz mein Traummann und ich wünsche mir, er würde sich verändern und zu einem treusorgenden Partner werden, auf den ich noch immer hoffe und warte. Beim Befüllen meiner Kaffeemaschine frage ich mich, wieso ich diese Gedanken überhaupt hege. Wieso nur bin ich unzufrieden mit meinem Leben? Letzte Nacht hatte ich so guten Sex, wie ihn andere Frauen ein Leben lang nicht haben. Vor mir liegt noch ein Frühstück, dessen Verlauf, falls ich jetzt endlich mal lockerer im Kopf werde, lustig werden kann. Lotte Wolke hat keinen Grund für trübe Gedanken, ermahne ich mich selbst beim Befüllen des Tabletts. Neben Butter und Erdbeermarmelade, die Sorte liebt Franz, bereite ich noch Rührei vor. Wie einfach es doch ist, den Mann zum Frühstück einzuladen, dessen Vorlieben mir bekannt sind. Meine Tante Lydia Lowere kommt mir in den Kopf und spätestens jetzt weiß ich, was zu tun ist. Leben und Lieben, wann immer ich die passende Gelegenheit und den richtigen Mann an der Seite habe. Ob Lydia jemals so zögerlich im Verhalten war, wie ich es gerade aufzeige?

Franz kommt in die untere Etage. Er singt, wie ich belustigt hören kann. „Ich bin schon im Garten", rufe ich ihm entgegen. Im nächsten Augenblick kann ich in zwei strahlende Augen sehen. Franz, so stelle ich spontan fest, sieht umwerfend gut aus. Nach dem Sex hat er immer schon so gestrahlt, wie ich mich erinnern kann.

„Erdbeermarmelade und Rührei", lässt er sich auf dem Gartenstuhl mir gegenüber nieder. Kurz steht er noch einmal auf und kommt zu mir. „Danke dir, Lotte! Die Nacht war wunderschön mit dir und ich kann nur hoffen, wir erleben noch oft so traumhafte Momente und Nächte zusammen." Seinen Worten folgt ein Kuss auf meinen Mund. Verwundert spiele ich mit, gebe mich ebenfalls locker und bin bemüht, mir meine aufkeimende Wehmut nicht anmerken zu lassen. Für die nötige Abwechslung sorgt mein Bericht, zu Ina fliegen zu wollen. „Nach Afrika fliegst du? Klasse! Am liebsten möchte ich dich begleiten", steckt Franz eine Gabel mit Rührei in seinen Mund. Wie wunderschön geformt seine Lippen nur sind, denke ich und schmachte ihn an. In mir steigt die Lust, diesen Mann noch einmal zu verführen, bevor sich unsere Wege unweigerlich wieder trennen. Aus Lotte wird mit einem Male Lydia Lowere und ich fange an, mit Franz zu flirten. Berühre wie zufällig seine Hände, lasse die Strickjacke fallen, die ich über meine Schultern gelegt habe, grinse ihn frech an. „Du bist so verändert, Lotte", lacht er mir entgegen. „Vielleicht habe ich einfach nur Hunger nach einem zweiten Frühstück", sage ich und lecke mir über die Lippe, die wirklich mit Marmelade verschmiert ist. Filmreife Szene, wie ich mich schweigend selbst anerkennend lobe. „Was soll ich sagen?" Sein Blick gleitet für Sekunden über seine Armbanduhr, was mich erschreckt. Wie, so der nächste Gedanke von mir, kann Franz jetzt auf seine Uhr sehen? „Eigentlich muss ich zu einem Termin", er schnalzt mit der Zunge. „Ich werde absagen, die Zeit mit dir ist viel zu kostbar, um auf das zu verzichten, was ich in deinen Augen als Ankündigung habe erkennen können." Mein Herz schlägt nach den Worten von Franz höher. Keine fünf Minuten später liegen wir uns erneut in den Armen. Im Garten noch streift mir Franz meine Kleidung aus und ich denke nicht einen Augenblick daran, es könnte unerwartet Besuch in meinen Garten kommen. Viel zu sehr bin ich schon damit beschäftigt, Franz zu entkleiden. Sanft zieht er mich auf meinen Rasen. Kurz lächele ich über das Gefühl im hohen Gras zu liegen. Es kitzelt an meinem Rücken und ich denke, Inas Rasen ist sicherlich noch immer kürzer als meiner, obgleich sie schon im Ausland weilt.

Der anschließende Kuss von Franz, meine Hand, die über seinen Körper wandert, lassen mich alles vergessen. Für den Moment gehören unsere Körper zusammen, ohne Tabus.

Zwei Stunden später

„Lotte? Du warst wieder mit Franz im Bett?" Karin hört sich überrascht an. Meine Freundin habe ich gleich im Haus von Ina aufgesucht, nachdem Franz mich verlassen hat. „Die kleine Einlage zum Schluss war es wert, rückfällig zu werden. Die Nacht ebenfalls, Karin. Mir tut Franz gut und er schadet mir gleichzeitig. Ich komme nicht los von diesem Mann."

„Hoffentlich kannst du bald mit der Therapie anfangen", sagt Karin und fragt im Anschluss, ob ich Hunger habe.

„Ja, Mami, ich habe Hunger", blicke ich Karin strafend an. „Es ist doch mein Leben", werfe ich nach.

„Natürlich, das ist auch kein Vorwurf. Mit Sicherheit habe ich auch kein Anrecht dazu, dich zu kritisieren", Karin verfällt in lautes Lachen. „Nein, ich bestimmt nicht. Mein Leben verläuft doch auch nicht geradeaus und ohne die Freundschaft zu Ina und Petra würde ich den Glauben an eine langfristige Beziehung zwischen Mann und Frau verlieren." Mir gefällt, was Karin sagt. „Lotte? Bitte verfalle in den nächsten Tagen nicht in Selbstmitleid, wenn sich Franz nicht bei dir meldet." Kurz möchte ich zicken. Worte, die auf meinen Lippen liegen, schlucke ich hinunter. Karin sagt die Wahrheit und um ehrlich zu sein, ich habe selbst Angst davor, was mir die nächsten Tage in Sachen Gefühle bevorsteht.

„Hermann Josef hat mir geschrieben", verwundert höre ich Karins Worte. „Deine Reaktion? Hast du ihm geantwortet? Was hat er dir geschrieben?" Karin lacht mir ins Gesicht. „Schöne Worte", dreht sie sich um und geht zum Kühlschrank. „Wir Freundinnen sind immer für eine Überraschung gut", blicke ich ihr nach.

Vier Wochen später

Lotte

Meine Kolumne hat einmal mehr für Aufregung gesorgt. Frau Krautwinkel meine Chefredakteurin hat mich angerufen und sich nach meinem Seelenheil erkundigt. „Liebe Frau Lotte", trällerte sie mir am Telefon entgegen. „Sie sind verrückt?" Es folgte eine Pause, die ich schweigend über mich habe ergehen lassen. „Wir werden Abbestellungen bekommen, jede Menge! Daran werden nur Sie Schuld haben. Wieso habe ich mich immer wieder auf Sie eingelassen und mich nicht schon vor langer Zeit beruflich von Ihnen getrennt? Können Sie mir das beantworten?" Dumme Kuh, so mein erster Gedanke, den ich nicht ausgesprochen habe. „Sie verkaufen die Zeitschrift auch dank meiner Kolumne sehr gut. Die Leser und Leserinnen warten auf meine Zeilen, sie antworten mir regelmäßig und bisher konnte ich doch immer beweisen, wie sehr die Einblicke in mein Leben von den Lesern geschätzt werden."

Das Telefonat war nach meinen Worten durch Frau Krautwinkel rasch beendet worden. Unsicher blieb ich zurück und in der Ungewissheit, wie es für mich als Kolumnistin weiter gehen würde. Dieses Telefonat liegt ebenfalls schon vier Wochen zurück. Am Tag, nachdem ich Franz so geliebt habe, kam der Rüffel meiner Chefredakteurin. Was sich in den wenigen Wochen alles ereignet hat!

Zu meiner Freude waren die Rückmeldungen auf meine Kolumne so zahlreich, dass Frau Krautwinkel sich eine Woche später bei mir entschuldigte und mich inbrünstig darum gebeten hat, weiterzuschreiben. Die Entschuldigung ist ihr nicht leichtgefallen, das war nicht zu überhören. Franz hat sich in den letzten Wochen gemeldet, nur leider nicht regelmäßig und ich habe die ersten Tage wieder gelitten. Selbstzweifel an mir als Frau kamen zu Tage, ebenso meine schlechte Laune, die meine Aushilfe im Café dazu bewog, ihre Stelle zu kündigen. Erst in diesem Moment habe ich die Augen geöffnet und verstanden, so geht es nicht weiter. Zum Glück hat meine Aushilfe meine Entschuldigung angenommen.

„Lotte! Beeilung! Wir verpassen noch den Flieger!" Petras Worte hallen durch meinen Flur. Hektisch bespreche ich den Anrufbeantworter, inzwischen schon zum dritten Mal. „Jeder, der dich näher kennt, Lotte, hat deine Handynummer. Wir verreisen nicht für ein Jahr, sondern nur für zehn Tage", lässt mich Karin wissen, die ebenfalls nervös im Flur wartet. „Wenn Frau Krautwinkel mich erreichen will?" Beide stöhnen, immerhin kommt kein Kommentar nach. Im Auto lehne ich mich erschöpft zurück. „Ich bin schon vor dem Abflug k.o." Marc ist so nett und fährt uns Freundinnen zum Flughafen, allerdings nicht uneigennützig. Wir werden ihn im Schlepptau haben, die komplette Reise über. Anfangs war ich sauer, als Petra uns mitteilte, Marc komme mit.

„Meine Beziehung steht auf dem Spiel", hat Petra uns bei einem Treffen anvertraut. Karin und ich waren geschockt. „Wieso nur?" Karin war schneller mit dem Formulieren der Frage als ich. „Marc nervt mich täglich mit dem Wunsch nach einem Kind, seit Ina mit Wolfi auf Reisen ist. Ich denke mir einfach, wenn Marc wieder die Gelegenheit hat, sich um Wolfi für wenige Tage zu kümmern, dann lässt der Wunsch nach einem gemeinsamen Kind mit mir nach", zog Petra ihr Resümee. Gegenüber diesem Argument konnten wir keinen Widerstand leisten und so wurde an jenem Abend beschlossen, Marc fliegt mit uns, obgleich mir eine richtige Mädelsreise viel lieber gewesen wäre.

Im Flughafen entdecke ich eine Nachricht von Vincenz, der bereits in Johannesburg weilt und sich ebenfalls auf ein Wiedersehen freut.

Liebe Lotte,

ein alter Mann, wie ich es bin, kann dankbar sein, so viel Trubel zu erleben. Johannesburg ist lebendig. Meine Rosalinde hält mich ebenfalls auf Trapp und wenn ich dann doch zu einer ruhigen Minute komme, steht Ina mit dem kleinen Wolfi in der Türe. Jetzt kommst du auch nach Johannesburg und ich kann mir vorstellen, mein lebendiges Leben dreht sich weiter, was gut so ist. Langeweile passt so wenig zu mir wie zu dir, meine Liebe. Ich habe dich tatsächlich schon vermisst, Lotte! Inzwischen gehörst du fest zu meinem Leben und daher freue ich mich, dich zu sehen und zu sprechen. Von deiner Trennung hast du mir geschrieben, ebenso davon, wieder Kontakt zu Franz zu haben. Meinen ersten Gedanken hierzu möchte ich nicht offen zu Papier bringen, es würde dich verletzen.
Rosalinde hat mich besänftigt und mir gesagt, ich solle dich dein eigenes Leben leben lassen, einfach an deiner Seite sein, als väterlicher Freund.
Diesen Rat möchte ich auch befolgen. Franz hat sich bei mir gemeldet, sich nach meinem gesundheitlichen Zustand informiert und wir haben nett geplaudert. So ist der „Junge" wirklich patent. Jetzt wünsche ich dir eine gute Anreise, meine liebe Lotte.

Dein
Vincenz

Franz hat Vincenz angerufen? Wie verrückt finde ich diese Tatsache? Meine Frage an mich selbst bleibt unbeantwortet. Es ist an der Zeit, zum Boarding zu gehen und meine Freundinnen plus Marc drängen mich zum Aufbruch. Im Flieger nehme ich meinen Sitz neben Karin ein, was mir gefällt. Petra und Marc sitzen zwei Reihen vor uns. Plötzlich fallen mir die Worte von Petra ein, bezüglich des Wunsches von Marc nach einem Kind. Für mich ist das Thema Kind abgeschlossen. Ich finde die Gesellschaft von Kindern sehr schön und habe immer das Gefühl, mich viel jünger zu fühlen in deren Nähe. Für ein eigenes Kind bin ich aber nicht mehr jung genug, so zumindest mein Empfinden. Petra wird sicherlich die gleichen Bedenken wie ich hegen. Eventuell geht es ihr auch um die Freiheit im Leben, die sie sich nicht nehmen lassen möchte. Viel zu schnell treffen wir Vorurteile und denken, es ist unser Recht, über das Verhalten von Freunden zu urteilen. In den letzten Jahren bin ich gelassener geworden, was dieses Thema anbetrifft. Leben und leben lassen, meine Tante Lydia Lowere hat auch in diesem Punkt einmal mehr das Leben richtig eingeschätzt und den Blick auf das Wesentliche gelenkt. Wie gut mir meine Tante noch immer tut.

„Lotte? Du grinst vor dich hin? Muss ich mich sorgen?" Von Karin bekomme ich einen Knuff in die Seite. „Ich habe gerade an Lydia gedacht", gebe ich offen Auskunft. Karin grinst nun auch. „Sehr gut, das sollte ich auch öfter wieder tun." Kurz blickt Karin verträumt vor sich hin. „Weißt du, Lotte, wie oft ich noch an den kurzen Aufenthalt in der alten Villa denken musste? Die Zeit, als wir in das Leben von Lydia Lowere haben eintauchen können. Niemals zuvor und auch danach nicht mehr, durfte ich mich in solch einem außergewöhnlichen Anwesen mit einem ähnlich imposanten Ambiente aufhalten. Wir hätten diese Zeit intensiver nutzen müssen", schwärmt Karin und ich kann ihr nur zugestehen, sie sagt die Wahrheit. „Ina benutzt noch immer das Service, das du ihr damals in der Villa geschenkt hast." Versonnen nicke ich. „Sie hatte so davon geschwärmt und mir war bewusst, ich würde diese Kostbarkeit niemals so gut pflegen und hegen wie Ina es tut. Ich freue mich sehr auf die Freundin", blicke ich kurz aus dem Fenster. Begeistert beobachte, ich wie wir an Höhe gewinnen. Innerlich nehme ich Abstand zu meinen Problemen, die ich noch gestern als unüberwindbar angesehen habe. „Wie klein doch die Probleme des Alltags werden, sobald man sich über den Wolken befindet", höre ich von Karin und blicke sie erschrocken an. Meine Freundin hat ausgesprochen, was ich gerade gedacht habe. „Wir sind uns wirklich sehr nahe", lege ich kurz meine Hand auf die von Karin.

„Hoffentlich geht der Plan von Petra auf", betont Karin, als wir das Essen bekommen. Zuvor war Petra kurz zu uns gekommen und wir haben etwas geplaudert. Mit dem Austeilen des Essens musste sie wieder an ihren Platz. „Jede Art von Beziehung verlangt und schreit förmlich nach ihren ganz eigenen Kompromissen." Meine Worte werden von Karin aufgenommen, jedoch nicht kommentiert. „Das sieht doch köstlich aus. Schade nur, die Portionen sind sehr übersichtlich", leckt Karin mit der Zunge über ihre Lippen. Kurz schließe ich meine Augen und wünsche mir, die Stimmung bleibt auch in den nächsten Tagen entspannt für uns alle. Jede von uns ist mit einem Päckchen auf Reise gegangen und hoffentlich lösen sich in den nächsten Tagen Fragen und Probleme für uns wie von Zauberhand.

„Lotte? Träumst du? Falls du jedoch einfach keinen Appetit hast, ich habe noch Platz in meinem Bauch", greift Karin auch schon nach meinem Menü, das ich gerade noch festhalten kann. „Auf keinen Fall!" Rasch packe ich mein Besteck aus und in weniger als fünf Minuten habe ich die kleine Köstlichkeit aufgegessen. „Lecker aber viel zu wenig", strahle ich Karin an. „Schokolade?" Karin fingert aus ihrer Tasche zwei Tafeln Vollmilchschokolade. „Wir möchten doch mit guten Nerven in Johannesburg ankommen", fängt sie an zu knabbern. Noch einmal fällt mein Blick auf die Reihen vor uns, insbesondere auf Petra. Die Freundin scheint schon zu schlafen, wie ich aus ihrer Kopfhaltung schließe.

Johannesburg

„Mein Zimmer ist ein Traum! Ich will hier niemals mehr abreisen", falle ich in die Arme von Vincenz. Einmal mehr hat mein väterlicher Freund alle Vorbereitungen für mich getroffen, so auch mein Hotelzimmer gebucht. „Die Frage ist nur, kann ich mir eine solch noble Unterkunft überhaupt erlauben? Am Ende muss ich hierbleiben und die Teller abputzen, um meinen luxuriösen Aufenthalt abzutragen", meine Worte scheinen Vincenz zu amüsieren. „Meine Lotte! Mach dir bitte um Geld keine Sorgen. Dein Zimmer übernehme ich, das von Karin und Petra ebenfalls. Für mich gehört ihr zu meiner erweiterten Familie, somit auch in meine Nähe." Beruhigt schmiege ich mich an Vincenz und kann für wenige Sekunden sein Aftershave einatmen, das mir so vertraut ist. „Lotte? Begrüßt du mich nicht?" Rasch entziehe ich mich der Umarmung von Vincenz. „Ina! Du siehst grandios aus! Deine Haare, der absolute Wahnsinn. So eine Veränderung!" Kurz halte ich inne, betrachte Ina ausführlicher und dann eile ich auf die Freundin zu, die mit ausgebreiteten Armen auf mich wartet. „Du siehst wunderschön aus." Ina lockert unsere Umarmung und blickt mir in mein Gesicht. „Wie geht es dir, Lotte? Franz, so durfte ich hören, ist wieder in deinem Leben?"

„Unser Sex ist nach wie vor grandios", grinse ich sie an. Ina nickt. „Verstehe", mehr sagt sie nicht. Karin taucht ebenfalls in der Hotel Lobby auf und die Begrüßungszeremonie geht weiter.

„Heute Abend treffen wir uns allein, nur Karin, Petra und du, Lotte", trällert Ina zufrieden. „Ich habe schon alles vorbereiten lassen. Dank Vincenz gibt es nicht nur Sekt, wir bekommen aus der Küche einen Kartoffelsalat nach meinem Rezept zubereitet."

Petra

Das Hotel, die Stadt, alles, was ich bisher sehen durfte, hat mich begeistert. Im Zimmer habe ich rasch geduscht. Nun, so ganz schnell war mein Aufenthalt im Badezimmer dann auch nicht vorbei. Marc war ebenso von dem Zimmer angetan wie ich und unsere Stimmung war gelöst wie lange nicht mehr. Endlich war Marc wieder der Mann, in den ich mich so sehr verliebt habe. Noch immer kann ich lächeln bei dem Gedanken an unseren spontanen Sex unter der Dusche.

Beschwingt und fröhlich bin ich später zu dem Treffen auf Inas Zimmer.

„Petra? So kenne ich dich nicht. Du wirkst heute wie Lotte, so verträumt."

Inas Worte holen mich zurück in die Realität. Für Minuten habe ich vergessen, inzwischen im Kreise meiner Freundinnen zu weilen. Das Zimmer von Ina ist noch größer als meines und bietet auch genügend Platz für einen gemütlichen Tisch mit vier Stühlen. Versonnen blicke ich über den Tisch. „Wie schön, ich erfreue mich an dem Anblick von Kartoffelsalat und Würstchen", glucksend hebe ich mein Glas mit Prosecco: „Auf die Freundschaft!" Ina sieht mich kurz fragend an. „Habe ich etwas verpasst, liebe Petra? So wie du dich heute zeigst, ich erkenne dich nicht wieder. Wenn du jetzt noch zu Würstchen und Kartoffelsalat greifst, statt zu dem Tomatensalat, den ich dir habe zubereiten lassen, bekomme ich Angst." „Auf die Freundschaft!", Lotte hebt fordernd ihr Glas und wir stoßen übermütig an. Die Aufmerksamkeit der Freundinnen liegt ganz auf mir. „Ja, ich fühle mich gut, sehr gut. Die Idee, hierher zu reisen, sie war richtig, goldrichtig für mich." Karin nimmt noch einen Schluck Prosecco und stellt hörbar ihr Glas auf dem Tisch ab. „Du hattest Sex." Von Ina kommt ein wohlbekanntes Oh über ihre Lippen. Lotte sieht mich begeistert an. „Ich bin so froh, euch Freundinnen zu haben. Jede einzelne von euch tut mir gut. Ja, ich hatte vorhin Sex, unter der Dusche und ich bin glücklich", kurz blicke ich zu Ina. Sie sieht mich entspannt an. „Dir geht es gut?" Ina lacht. „Wolltest du nicht gerade von dir berichten?" Kurz warte ich und Ina scheint zu spüren, ich brauche eine genaue Antwort von ihr. „Mir geht es gut. Diese Reise, dem Wunsch von Johann zu folgen und einfach einmal den Alltag zurückzulassen, es war das Beste für mich. Meine Beziehung ist so prickelnd geworden, endlich kann ich verstehen, wovon ihr so oft geschwärmt habt." Jetzt kommt mir ein Oh über die Lippen. „Marc wollte ein Kind von mir", die Worte sprudeln aus meinem Mund. „Ich sehe für mich und für meine Beziehung aber ein Leben ohne Kind. Ich meine, wir haben doch Wolfi", plötzlich höre ich auf zu reden. Mein Kopf ist heiß und ich denke schon, mich versteht niemand. Wie kann ich nur von Ina erwarten, mich zu verstehen. Diese Frage liegt mir auf der Seele. „Umso besser für euch, dass Marc jetzt Zeit mit Wolfi verbringen kann", kommen Inas Worte an meine Ohren. Ich blicke die Freundin verwundert an. „Mir tut es auch einmal gut, nur an mich zu denken. Als Mami fehlt mir oft die Zeit, spontan zu sein. Diese Auszeit mit euch, die Tatsache, ihr seid um die halbe Welt geflogen, um mich zu sehen, sie macht mich glücklich." „Wie schön, ihr Lieben. Jetzt, da wir uns so herzlich begrüßt haben, sollten wir doch endlich den Kartoffelsalat beachten." Karin zieht auch schon die Schüssel ein Stückchen zu sich heran. Prustend vor Lachen kommen mir die Tränen. „Welcome back at home!" Den Tomatensalat ziehe ich aus der Mitte des Tisches zu mir. Ein kleines Nicken werfe ich schweigend zu Ina. Ich bin sehr froh über die Geste mit dem Salat. Zeigt sie mir doch, Ina mag mich. „Wer möchte von meinem Liebesleben erfahren?" Lotte stellt die Frage, da hat sie gerade eine Gabel

Kartoffelsalat in ihrem Mund. Zwei Minuten später tauchen wir ein in Szenen, die uns schon aus der Vergangenheit bekannt sind. „Wenn mich Franz anfasst, es ist wie eine Explosion unter meiner Haut. Die kleinen Härchen stellen sich auf und ich bin elektrisiert. Hungrig nach mehr", hören wir. Im Anschluss greift Lotte zu der Schüssel mit Kartoffelsalat und schaufelt eine neue Portion auf ihren Teller. „Wie gut das tut! Ina, du bist klasse. Wir sind in Johannesburg und doch fühle ich mich zu Hause." Lotte steht auf und küsst spontan Ina auf die Wange. „Was macht bei dir die Liebe?" Diese Frage stellt Ina an Karin, als wir gerade unsere Teller zur Seite stellen. Kurz zucke ich zusammen und denke, oh, nein, die Leichtigkeit des Abends wird nun schwinden. Doch weit gefehlt. „Ich bin in Liebesdingen verpeilt, leider. Hermann Josef ist ein Traummann in vielen Punkten und doch ist er für mich wie …", Karin hält inne und sieht zu Lotte. „Wie Franz für dich, Lotte. Ich liebe den Sex mit diesem Mann, doch im Anschluss kommt die Wehmut über mich. Im Alltag gibt es so viele Punkte, die ich an diesem Mann nicht mag. Die Art, wie er seine Kleidung zusammenlegt, so pedantisch und genau. Ich kann meine Kleidung über einen Stuhl werfen, ohne darüber nachzudenken." „Geht mir genauso", wirft Lotte belustigt ein. Meine Gedanken bezüglich Karins Worte behalte ich für mich. Unordnung hasse ich ebenfalls, da kann ich das Verhalten von Hermann Josef nachvollziehen. „Was ist mit dem Direktor vom Kunstmuseum?" Ina lässt nicht locker. Mich wundert es, wie offen Ina das Liebesleben von uns hinterfragt. „Der Mann hat mich eine Frau sein lassen. Auch mit ihm hatte ich eine wunderschöne Zeit im Bett. Allerdings war er wenig begeistert von meinem Outing unserer Affäre bei der Vernissage. Seine Frau war meinen Erinnerungen nach ebenfalls nicht amüsiert." Kurz fange ich an zu lachen. „Wir sollten den Abend aus unserer Erinnerung ausblenden, bitte."

Karin nickt. Lotte hebt wie zu einer Beschwörung ihr Glas. „Auf unsere Freundschaft!"

Karin lehnt sich im Stuhl zurück. „Gibt es einen Nachtisch?" Ina steht auf und greift zum Telefon. Mit gutem Englisch bestellt Ina für uns Eis. „Wie schön es hier im Hotel nur ist." Automatisch sehe ich mich in der Suite von Ina um. Mein Blick bleibt an einem roten Kleid haften. „Ina? Ist das dein Kleid? In Rot?" Ina nickt zufrieden. „Mein Leben hat sich verändert. Für mich ist gerade wieder Jugendzeit. Verrückt, wie sehr ich in meinem eigenen Korsett gelebt habe. Johann hat mich befreit. Mein Kokon war eng und bedrückend. Jetzt spüre ich die Freiheit." Wieder ein Grund anzustoßen, wie Lotte bemerkt. „Der Prosecco ist leer", hebt sie enttäuscht die Flasche. „Große Suite und kein Geld für eine zweite Flasche", kichert Lotte nach. „Für uns gibt es gleich eine Flasche Champagner, gesponsert von Vincenz", gibt Ina gewichtig Auskunft. „So viele Veränderungen", sage ich leise. „Für dich wird die Reise mit Sicherheit ein Gewinn, Petra." Erneut bin ich über Ina verwundert. „Wie schön das Leben doch sein kann", unterdrücke ich eine Träne. Zu meiner Freude klopft es in diesem Moment an der Tür und Ina springt rasch auf.

„Wie sieht es nun mit neuen Einblicken rund um deine Liebe aus?", nimmt Karin den Faden wieder auf, mehr von Lotte zu erfahren. „Bisher warst du nie zu bremsen, wenn Franz wieder in deinem Leben war. Wir haben uns beide richtig verändert."

„Zumindest arbeite ich an mir, nicht wieder in alte Verhaltensmuster zurückzufallen", gibt Lotte offen Auskunft über ihre Gefühle. Ina öffnet mit einem Plopp die Flasche Champagner. Vincenz hat sich einmal mehr als sehr spendabel gezeigt. „Auf Vincenz!", klirren die Gläser aneinander. „Wir können auch auf den Direktor anstoßen", hebe ich meine Stimme und blicke Karin aufmunternd an. „Wir sprechen von einem

Mann, liebe Petra, der auf die richtigen Rundungen steht", zwinkert Karin mir zu. „Ich stehe deinem Glück also nicht im Wege und daher kannst du mich, ohne mit der Wimper zu zucken auch in die Abgründe deiner Seele mitnehmen. Ich bin hungrig auf Details."

Lachend stoßen wir erneut die Gläser aneinander. „Hoffentlich gewöhnen wir uns nicht an den edlen Geschmack." Ina schenkt nach. „Ich bin vorrübergehend in dein Haus gezogen", wechselt Karin das Thema. Ina nickt. „Sex aber bitte nur im Gästezimmer", sie grinst Karin frech an. „Dein Haus ist jetzt mein Haus", kommt von Karin hinterher.

Wie schön, wie gut wir uns doch verstehen! Der Gemütlichkeit halber ziehen wir mit dem Champagner um auf Inas Bett. Unsere Schuhe streifen wir unachtsam ab und legen uns nebeneinander. „Wie früher", sagt Lotte. „Wie in der alten Villa von Lydia Lowere", meint Karin. Kurz herrscht Schweigen. „Karin, wirst du den Direktor wiedersehen?" Ina hakt nach.

„Er ist verheiratet. Ja, es ist nur ein kleiner Schönheitsfehler am Horizont, doch ich kann es nicht ignorieren. Außerdem schreibt mir Hermann Josef in den letzten Tagen wieder. Seine kleinen Botschaften sind richtig schön." Lotte setzt sich auf und ich denke sogleich, bitte halte deinen Mund. „Lotte, bitte nicht!" Meine Warnung wird nicht erhört. „Maja hat mir auf meine Kolumne geantwortet", fängt sie an zu reden. Als Karin aufspringt, glaube ich zu ahnen, der Abend ist vorbei und die Stimmung zerstört. „Karin? Bitte bleib doch hier!", rufe ich ihr nach, als sie aus dem Bett springt. Überrascht dreht sie sich zu mir. „Ich muss nur Pipi", wendet sie sich wieder um und eilt zum Badezimmer. „Das schreit nach einer neuen Flasche Prosecco", eilt Lotte zum Telefon. „Wie ist noch mal deine Zimmernummer?", dreht sie sich zu Ina um.

Zwei Stunden später ist auch die neue Flasche Prosecco leer und wir liegen glücklich auf Inas Bett. Inzwischen haben wir uns bis auf die Unterwäsche ausgezogen und es uns gemütlich unter der Decke gemacht. „Was wohl Johann denkt, wenn er kommt und uns so sieht?", will ich wissen, kurz bevor meine Augen zufallen. „Ihm habe ich vorhin geschrieben und geraten, bei Marc zu übernachten", unser Lachen ist laut und herzlich, wenig später schlafen wir ein.

Vincenz

Wie schön für mich, das alles noch aktiv erleben zu dürfen. Gut, etwas weniger Chaos wäre ausreichend für meine Gesundheit. Doch keine Minute an der Seite meiner Lieben möchte ich missen. Jahre musste ich auf Rosalinde warten. Immer dann, wenn ich traurig war in meiner Ehe, dann habe ich an Rosalinde gedacht. Heute frage ich mich, ob es Egoismus war, nur in den schweren Minuten noch an diese Frau gedacht zu haben, der mein Herz von Anfang an gehörte. Nur mit Rosalinde habe ich den Gleichklang, den ich in meiner Ehe immer vermisst habe. Meine Frau war herzensgut und ich will auch keine Minute mit ihr mehr missen. Trotzdem war diese Ehe auf einer Lüge aufgebaut. Nach dem Unfalltod meiner Frau und meiner Tochter habe ich hinterfragt, ob es eine Gerechtigkeit zu Lebzeiten gibt, eine Vergeltung für meine Fehltritte, wie ich die Zeit mit Rosalinde sah. In meiner Jugend war Fremdgehen ein großer Fehltritt und wurde geächtet. Ich hätte sicherlich meine gute Stellung in der Firma verloren. Heute sind die Menschen anders, sie sind mit viel mehr Leichtigkeit unterwegs, wobei ich, gerade was Lotte anbetrifft, oft den Kopf schütteln muss. Ein gewisses Maß sollte immer noch eingehalten werden, besonders dann, wenn es um das Miteinander von zwei Liebenden geht. Heute Morgen hat Franz sich erneut bei mir gemeldet. Der Kerl hat doch gefragt, ob er nach Johannesburg nachfliegen darf. „Bin ich dein Kindermädchen?" Schroff habe ich ihm diese Worte an den Kopf geworfen. Im Nachgang hat es mir leidgetan. Mein eigenes Verhalten war mir peinlich und ich habe mich dazu durchgerungen Franz anzurufen.

„Vincenz, wie ich mich über deinen Anruf freue", hat er mich freudig begrüßt. Kein Wort kam über seine Lippen, dass ich zuvor ungehalten zu ihm war, das hat mich verwundert.

Wirklich Zeit, um über mein Telefonat mit Franz nachzudenken, bleibt mir nicht. Rosalinde kommt mit Wolfi zu mir und bittet mich, gemeinsam zum Mittagessen zu gehen. „Ina ist mit den Freundinnen unterwegs, das tut ihr gut", lächelt Rosalinde. „Johann zeigt unterdessen Marc die Stadt." „Wieso kümmert sich Marc nicht um Wolfi? Ihm ging es bei der Reise doch darum, Zeit mit seinem Sohn zu verbringen?" Rosalinde kommt ein Stück näher. „Wir werden jetzt nicht bissig." Ihre Worte zeigen Wirkung. „Ich bin ja glücklich, den Kleinen in meiner Nähe zu haben", räume ich ein, Rosalinde nickt. „Die Jugend muss auch einmal Luft holen und die Zeit hier in Johannesburg genießen. Mir ist es auch lieber so, dass Wolfi bei uns im Hotel bleibt. Hier kann ich gut auf den Kleinen aufpassen und zu viel Trubel einer Großstadt sind noch nicht das Richtige für ein Kind."

Ina

Gegen neun Uhr wach ich auf. Kurz schiele ich zur Seite, schließe meine Augen, um sie dann wieder zu öffnen. „Guten Morgen, meine Liebe", höre ich Petra trällern. Ihre Stimme kommt nicht aus meinem Bett, wie ich rasch feststellen kann. „Du bist schon geduscht?" Petra lacht mir entgegen. „Ich war schon eine Runde im Schwimmbad und unter deiner Dusche", die Freundin sieht wie das blühende Leben aus. Unvermittelt lasse ich mich zurück in die Kissen fallen. Karin und Lotte werden in diesem Moment wach. „Wer macht so einen Krach, mitten in der Nacht?" Lotte öffnet ihre Augen und setzt sich kurz im Bett auf. „Petra? Du bist ein Tyrann. Wie kann man nur um diese Uhrzeit schon so frisch aussehen?"

„Ich sollte mich um Wolfi kümmern", gebe ich besorgt von mir. „Keine Sorge, ihm geht es bei Rosalinde und Vincenz sehr gut. Ich habe vorhin noch Marc getroffen, er und Johann erkunden heute Johannesburg." Petra kommt ein Stück näher. „Solltet ihr in der nächsten halben Stunde das Bett verlassen, können wir auch die Stadt erkunden." Ich gebe mich geschlagen. Petras Worte sagen die Wahrheit. „Ich gehe zuerst unter meine Dusche", hüpfe ich beherzt aus dem Bett. Karin streckt die Arme und gähnt laut. „Ich habe Hunger!" „Aufstehen, meine Liebe. Das Frühstücksbüfett wartet auf uns." Petras Worte zeigen Wirkung. Kaum, dass ich unter der Dusche weile, kommen Lotte und Karin in das Badezimmer. Ungeniert nimmt Lotte auf dem WC Platz. Eine Angewohnheit, die ich nur missbilligend akzeptiere. Johann und ich haben eine feste Absprache, wann immer einer von uns die Toilette aufsuchen muss, ist er allein im Badezimmer oder geht auf die Gästetoilette. Von Lotte weiß ich, sie hat auch keine Berührungsprobleme mit diesem Thema vor Franz und umgekehrt er nicht vor ihr. Nur gut, so meine Überlegung, dass wir alle eine eigene Wohnung haben. Entspannt halte ich meinen Kopf unter das Wasser.

„Wow! In weniger als 25 Minuten habt ihr drei geduscht, in einem Badezimmer, das ist krass." Petra sieht uns amüsiert an, als wir endlich bereit sind, in den Frühstücksraum zu gehen. „Ich möchte mir ein neues Kleid kaufen", gibt Petra auf der Treppe nach unten Auskunft. Dank ihr ignorieren wir den Fahrstuhl und gehen ebenfalls die Treppe hinunter. „Jeder Schritt macht rank und schlank", begleitet uns dabei Petras Stimme.

„Du musst krank werden, Petra!", stöhnt Karin vor dem letzten Treppenabsatz. „Sport ist Mord, das habe ich immer gesagt", keucht sie hinterher.

„Gut, was sehen wir uns heute als Erstes an?" Unternehmungslustig wirft Petra diese Frage auf, kaum dass wir mit gefüllten Tellern am Tisch sitzen. Karin hat die Begabung, alles zu ignorieren, was sie nicht mag, und übergeht gekonnt die Worte von Petra. „Ina, was ist mit dir?" Ich beiße gerade in mein Brötchen, kaue im Anschluss gemütlich und blicke Petra an. „Wir genießen, Petra!" Meine Worte locken der Freundin nur einen schiefen Blick ab. „Sehr witzig. Später müssen wir in die Übergrößenabteilung gehen." Kurz schlucke ich. Mein Blick wandert über meinen Bauch, der seit einigen Monaten an Größe gewonnen hat. „Die wenigsten Frauen sind mit vierzig noch schlank." Lotte legt ihre Hand auf meine. „Kein Streit, meine Lieben. Wir haben uns doch alle auf diese kleine Auszeit gefreut und haben diese auch bitter nötig." Unerwartet wird es ruhig am Tisch. Selbst Petra beschäftigt sich mit Gurken und Knäckebrot, nippt an ihrem Kaffee und schweigt.

Drei Stunden später

„Ich bin sooo happy! Das Kleid ist der Wahnsinn!" Karin dreht und wendet sich vor dem Spiegel einer Boutique. Johannesburg hat viel für uns Mädels zu bieten. Von weiten Freizeitkleidern, die ideal zum Verstecken kleiner Röllchen sind, bis zu hübschen Taschen ist alles im Angebot. Überall laufen Menschen herum und an Lebendigkeit mangelt es hier nicht. „Ich kann nicht oft genug betonen, wie dankbar ich bin, diese Reise mit Johann angetreten zu haben." Petra kommt in dem Moment aus einer Kabine und ich kann für den Moment keinen Ton sagen, so wunderschön sieht die Freundin in ihrem neuen Kleid aus. „Petra! In dem Kleid werden alle Männer hinter dir herlaufen", lobt Lotte. Kurz spüre ich in der Magengegend einen Stich. Das, was Lotte ausgesprochen hat, ist die Wahrheit. Petra ist eine Schönheit und für mich bleibt mehr die Rubrik Landfrau, ebenso für Lotte. „Kann ich kurz in deine Kabine? Ich möchte noch den Rock anprobieren", geht Karin an Lotte vorbei, ehe sie geantwortet hat. Bei uns herrscht eine Selbstverständlichkeit im Umgang, die ich auf der kurzen Reise schon vermisst habe. „Lotte!" Der Ruf aus Lottes Kabine lässt mich zusammenzucken. Karin kommt noch in der Unterwäsche zu uns geeilt. „Dein Handy, Lotte!" Petra und ich treten an Karins Seite und schauen über ihre Schulter auf das Display. „Eine Nachricht von Franz", hören wir Lotte verträumt sagen. „Wie schön, er vermisst mich", Lotte drückt das Handy an ihre Brust und für mich bietet sich gerade eine Szene wie aus einem Liebesfilm. „Du glaubst ihm aber nicht wieder, Lotte?" Karins Worte finden wenig Anklang bei Lotte, was sie deutlich mit ihrem Gesicht zum Ausdruck bringt. „Der Mann tut mir gut, mehr Worte sind gerade nicht nötig. Der Sex mit Franz fühlt sich richtig an und ich bin gierig nach seinen Berührungen. Diese Lebendigkeit, die ich in seinen Ar-

183

men spüre, sie hat mir gefehlt." Für mich sind die Worte von Lotte nicht verständlich. Kenne ich doch zu gut die Stunden der Tränen, die regelmäßig wiederkommen, sobald Franz genug von unserer Freundin hat. Petra ist es zu verdanken, dass ich meine Gedanken nicht ausspreche und schweige. „Lotte ist inzwischen alt genug und muss selbst entscheiden, wem sie ihr Herz schenkt." Kurz habe ich den Gedanken auf meinen Lippen: Du wirst nicht jünger, Lotte. In wenigen Jahren sucht sich Franz eine junge Frau und dann kommt das große Jammern und Weinen. Ich spreche ihn allerdings nicht aus.

Der jungen Verkäuferin ist es ebenfalls zu verdanken, dass die Situation nicht eskaliert. Die Frau schafft es, jeder von uns das Gefühl zu schenken, hübsch und begehrenswert zu sein. Ohne Mühe bringt sie uns die richtigen Größen und kann innerhalb weniger Minuten auch einschätzen, was zu wem von uns passt. Abgelenkt und voller Euphorie über die hübschen Kleidungsstücke ist Franz rasch vergessen.

„Wir haben ordentlich zugeschlagen", Petra hält zwei Tüten in die Höhe. „Schau mich nur an", belustigt dreht sich Karin mit ihrem Einkauf mitten auf der befüllten Straße um die eigene Achse. „Die Frauen hier sehen sehr hübsch aus." Von Lotte kommt sogleich die Frage an mich, ob ich mir auch so ein buntes Kleid kaufen möchte, als Erinnerung. Meinen Kopf schüttele ich automatisch. „Das passt nicht zu mir. Trotzdem sehe ich die Frauen gerne in ihren weiten Kleidern und dem bunten Schmuck. Es passt zu ihnen und sie wirken sehr hübsch damit."

Zurück im Hotel zieht sich jede von uns zunächst in ihr Zimmer zurück. Mir ist nach Wolfi und umso enttäuschter bin ich, als ich nur auf Johann treffe. „Wolfi ist mit Marc zusammen." Meine erste Enttäuschung, meinen Sohn nicht zu sehen, ist schnell verflogen. Johann nimmt mir lieb meine Einkäufe ab und lässt sich geduldig alle Errungenschaften zeigen und vorführen. „Ich helfe dir bei dem Reißverschluss", springt Johann mir entgegen, als ich ihm auch das dritte neue Kleid vorgeführt habe. Schon die Art, wie er das Kleid öffnet, seine Hand über meinen nackten Rücken gleiten lässt, sie lässt mich wissen, was ihn bewegt. Auch mir gefällt, was ich spüre und die Gewissheit, allein mit Johann zu sein, wirkt beflügelnd auf mich. Das neue Kleid gleitet wie von Zauberhand auf den Boden und ich stehe nur noch mit einem schwarzen Slip und BH bekleidet vor Johann, der mich angeregt anstrahlt und in seine Arme zieht. Der anschließende Kuss lässt mich nicht unberührt und ich fange an, ihn ebenfalls auszuziehen. „Hattest du schon jemals Sex in Afrika?" Belustigt nehme ich seine Frage auf, ohne sie zu beantworten. Der Gürtel von Johanns Hose ist geöffnet, sein Hemd ausgezogen und ich habe keine Lust auf Konversation, vielmehr liegt mir die Nähe zu Johanns Körper im Sinn. Mein Freund spürt sehr schnell, wie erregt auch ich bin. Mein BH fällt auf den Teppich der Suite, seine Hand gleitet in mein Höschen.

„Ina? Diese Reise ist ein kleines Wunder für unsere Beziehung", Johann lächelt mich erschöpft an. „Das Wunder Afrikas."

Lotte

Meine Einkäufe sind ein Traum. Freudig hänge ich die neuen Kleidungsstücke in meinem Zimmer auf. Kurz reflektiere ich mein Handeln und grinse in mich hinein. Nicht immer war ich so ordentlich und habe gleich alles auf den Bügel gehangen. Mein Blick wandert zu meinem Handy und ich bin versucht, Franz zu antworten. Dann aber entscheide ich mich dafür, meinen Laptop zu öffnen. Gleich fünf Rückmeldungen zu meinem letzten Beitrag sind eingegangen. Mit Herzklopfen öffne ich die erste Nachricht.

Liebe Lotte,

in meinen Augen sind Sie ein bunter, schräger Vogel. Sie passen in keinen Käfig und sind ständig in Unruhe. Kaum, dass Ihr Leben geregelt verläuft, werfen Sie alles wieder über Bord. Bildlich gesehen sind Sie für mich wie ein abstraktes Gemälde, auf dem ich immer wieder etwas Neues entdecken kann. Mein Leben ist so ruhig und geordnet, für Sie dürfte es unter die Kategorie Langweilig fallen.
Nur in einem Punkt kann ich Sie verstehen, bei der Frage nach gutem Sex. Franz scheint für Sie, liebe Lotte, das richtige Händchen zu haben. Sie beide passen zueinander, wenn auch nicht 24 Stunden am Stück, nicht jeden Tag.
Mein Mann ist Fernfahrer und ich bin jede Woche von Montag bis Freitag allein. Mein Leben ist geordnet, das brauche ich, um glücklich zu sein. Es hat einige Zeit und etliche Gespräche mit meinen Freundinnen gedauert, bis ich begreifen konnte, für Sie, Lotte, ist das Leben mit Franz und seinen damit verbundenen Höhen und Tiefen richtig.
Einmal in der Woche treffe ich meine Freundinnen und seit wir die Kolumne von Lotte lesen, gibt es wöchentlich Kartoffelsalat

und Würstchen. Prosecco fehlt ebenfalls nicht. Wir sind, liebe Lotte, die Schwestern im Geiste, von denen Sie immer wieder berichten.

Schon heute freue ich mich auf die nächste Kolumne und ich brenne darauf zu erfahren, wie es mit Franz weitergeht.

Alles Liebe
Olga

Für einen Moment lehne ich mich zurück. Olga und ihre Freundinnen lesen regelmäßig meine Zeilen und bei den Treffen reden die Frauen über mich, über mein Leben. Irgendwie finde ich diese Tatsache komisch, jedoch auch rührend. Mein Handy angele ich mir von der Konsole und lese begierig nochmal die Zeilen von Franz. Mir gefällt, wie er um mich buhlt, obgleich er es doch einmal mehr war, der sich nach der letzten Nacht charmant aus meiner Nähe gezogen hat. Mir fallen die Worte von Olga ein. Kann es wirklich sein, Franz und ich gehören zusammen, jedoch nicht im klassischen Sinne? Hat Olga auf den Punkt gebracht, was ich schon oft angefangen habe zu denken, jedoch mir selbst verboten habe zu Ende zu denken? Franz und ich sind wie geschaffen für eine offene Beziehung.

Kurz entschlossen öffne ich mein Schreibprogramm und bin in der Stimmung, meine Leserinnen ein Stück mit auf die Reise nach Johannesburg zu nehmen und in meine Seele.

Liebe Leserinnen,

heute grüße ich Sie aus Johannesburg. Wie schön es hier nur ist, versuche ich für Sie in Worte zu fassen, was ich hier erleben und sehen darf. Mir zeigt sich die Stadt facettenreich und lebendig. Überall sind die Straßen voll von Menschen. Auf der einen Seite bin ich ganz angetan von dem Gewusel und andererseits ist das noch ein wenig ungewohnt für mich. In meinem 300-Seelen-Dorf bin ich froh, auf der Straße zwei Leute auf einmal zu sehen. Gestern hatten wir Mädels einen herrlichen Abend und konnten richtig schön klönen, bis in die Nacht. Die kleine Reise bekommt mir sehr gut! Überhaupt kann ich sagen, mir tut es immer gut, mit meinen Freundinnen über meine Gefühle zu sprechen. Die Liebe ist für jede Frau eine Achterbahn, wie ich inzwischen denke. Gut, mein Liebesleben zeichnet die rasante Variante wieder, doch auch bei meinen Freundinnen sind unterschiedliche Geschwindigkeiten zu erkennen. Immer mehr komme ich zu der Gewissheit, eine Liebe ohne Schmerzen, ohne Höhen und Tiefen gibt es nicht. Huch, so mein spontaner Gedanke. Jetzt werde ich sicherlich wieder viele Rückmeldungen von meinen treuen Leserinnen erhalten. Mein väterlicher Freund Vincenz ist ebenfalls an meiner Seite in Johannesburg. Ohne Vincenz würde mein Leben noch ungeordneter verlaufen. Er organisiert im Hintergrund, zieht gerne noch die Strippen und ich kann sagen, ich genieße seine Fürsorge sehr. Für den Abend hat uns Vincenz in ein traditionelles Restaurant eingeladen, diese Aussicht lässt mich schon neugierig werden. Meine lieben Schwestern im Geiste, ich habe noch immer Kontakt mit Franz und wir schreiben uns wieder kleine Nachrichten. Nach unserer letzten gemeinsamen Nacht in meinem Haus dachte ich schon, jetzt kommt wieder eine längere Auszeit, in der wir getrennte Wege gehen. Inzwischen kann ich mit Franz und seinem Verhalten gut umgehen. Meine Freundinnen bezweifeln dies noch, sie haben immer die Angst im Nacken, ich falle wieder in ein tiefes Loch von trüben Gedanken, sobald der Mann sich davonschleicht. Die Wahrheit aber ist, ich komme mit dem Leben, das ich jetzt führe, zurecht. Für mich scheint in der nahen Zukunft kein

Weg bestimmt zu sein, der nur geradeaus führt oder ohne Holpersteine ist.

Die Nachrichten von Franz haben mir immer gut gefallen. Worte, wie „In deinen Augen leuchten Sterne" oder „Dank dir habe ich Sonne im Herzen" und ebenso „Du hast mir heute Nacht das Leben erleuchtet", gehören auch dazu. Nicht jede meiner Leserinnen wird mir zustimmen, dessen bin ich mir bewusst. Leben und leben lassen – immer wieder passt der Spruch meiner Tante in mein Leben. Lydia Lowere hat mich nachhaltig verändert, durch die kurze Zeit in ihrer alten Villa in Frankfurt und die Eindrücke, die ich sonst niemals gewonnen hätte. Wie ein Puzzle haben sich für mich die Veränderungen in meinem Leben zusammengefügt. Wenn jetzt auch Franz wieder öfter daran teilnehmen möchte, ich werde es auf einen Versuch ankommen lassen. Solange ich dabei glücklich bin, die Sonnenstunden im Herzen überwiegen, ist es mein Weg, den ich auch beschreiten möchte.

Bei meinem Mädelsabend durfte ich hören, auch in scheinbar noch so perfekten Beziehungen zeigen sich Momente der Unstimmigkeit. Für mich ist dies der Punkt, an einer Beziehung zu arbeiten oder diese zu überdenken. Ja, ja, ich höre schon die Stimmen einiger Leserinnen, die rufen: Das Wort überdenken bedeutet bei Lotte Wolke, das Weite suchen und die Freundschaft zu beenden. Mag sein, ich bin in meinen Handlungen oft zu schnell oder voreilig vielleicht auch unüberlegt. Trotzdem liebe ich mit ganzem Herzen, nur leider nicht immer die richtigen Männer.

Ich verspreche Ihnen, auch in den nächsten Tagen Einblicke in meine kleine Reise nach Johannesburg zu schenken.

Bis dahin, alles Liebe
Lotte

Franz

Mein Handy habe ich automatisch gezückt. Rascher als von mir erwartet, hat Vincenz das Telefonat angenommen. Der erste Anruf bei ihm war holprig, dann jedoch haben wir uns zusammengenommen und ein gutes Gespräch geführt. Jetzt, nur einen Tag später, melde ich mich erneut bei ihm. „Franz? Deine neuerliche Suche nach meiner Nähe wirkt noch befremdlich auf mich. Oder geht es wieder um Lotte?" Kurz schlucke ich. Vincenz ist entfesselnd direkt. „Ja, es geht um Lotte." Ein Räuspern als Antwort ist zu hören. „Das ist jetzt nicht neu für mich. Wo steckst du, Franz?" Kurz gebe ich Auskunft, noch zu Hause zu weilen. „Der Flug kostet mich ein kleines Vermögen", starte ich eine Erklärung und werde sogleich von Vincenz unterbrochen. „Lotte wird die Tage hier in Johannesburg mit ihren Freundinnen genießen und sicherlich kaum eine freie Minute finden. Gönne dem Mädchen diese Zeit! Johannesburg ist zu schön, um nur im Hotelzimmer zu liegen, du verstehst was ich meine?" Natürlich nehme ich die Worte so auf, wie sie auch gemeint sind. Trotzdem hatte ich die Hoffnung, Vincenz würde mich einladen und das Geld für das Ticket übernehmen. So kenne ich den Mann nun einmal. „Dieses Mal ist es für alle besser, Franz, du bleibst zu Hause und holst Lotte am Ende ihrer Reise am Flughafen ab. Das wird ihr gefallen, glaube es mir."

Nach dem kurzen Telefonat gehe ich unruhig durch meine Wohnung. So unrecht hat Vincenz nicht und ich fange an, Gefallen an der Idee zu finden, Lotte vom Flughafen abzuholen. Wir könnten im Anschluss zum Italiener fahren und danach die ganze Nacht zusammen verbringen. Eventuell das komplette Wochenende? Ja, dieser Gedanke gefällt mir ebenfalls. Vor einer ganzen Woche hätte ich Angst. Ein Zuviel an

Nähe und Enge vertrage ich nicht, zum Glück hat Lotte das verstanden.

Die nächsten Tage

Auf meiner Arbeit kann ich mich kaum konzentrieren. Immer wieder male ich mir aus, Lotte lernt in dem Hotel einen Mann kennen, der ihr Herz vollständig erobert und bei ihrer Rückkehr bin ich uninteressant für sie. Diese Gedanken quälen und belasten mich. Mein Kumpel hat gestern Abend mit mir ein Bier getrunken, ihm habe ich mich anvertraut. Er meinte, ich sei in Lotte verknallt und solle lernen, mich zu ändern und mit der Frau eine richtige Beziehung anfangen. In der letzten Nacht konnte ich kaum Schlaf finden. Lotte habe ich schon zwei neue Nachrichten gesendet und zu meiner Freude durfte ich am Morgen eine Rückmeldung von ihr lesen.

Lieber Franz,

hier ist es so wunderschön und aufregend. Mein Leben dreht sich gerade in einer Geschwindigkeit, die mir neu ist. Immer wieder darf ich neue Eindrücke aufnehmen. Fast fürchte ich mich vor der Ruhe in meinem Haus, wenn ich wieder in Bremberg weile. Deine Idee, Franz, mich am Flughafen abzuholen, sie gefällt mir. Um ehrlich zu sein, du hast Ähnlichkeiten mit einer Sonnenblume.
Kuss
Lotte

Mein erster Gedanke, nachdem ich die Nachricht gelesen habe: grandios! Ich darf Lotte am Flughafen abholen und dem perfekten Wochenende wird nichts im Wege stehen. Sex und Nähe in Hülle und Fülle. Mein zweiter Gedanke dreht sich um den Vergleich mit der Sonnenblume, den ich nicht nachvollziehen kann. Soweit ich weiß, drehen sich die Sonnenblumen, zumindest während der Wachstumsphase immer der Sonne entgegen, ob Lotte diesen Zusammenhang sieht mit meinem Verhalten?

Ina

Die Tage mit meinen Freundinnen sind nur so verflogen. Gestern Abend haben wir uns noch einmal einen Mädelsabend gegönnt. Johann hat mich zunächst komisch angesehen, bei meinem Wunsch, das Zimmer noch einmal für meine Freundinnen zu räumen, doch er kam dem Wunsch nach. Mit uns läuft es gerade grandios. Meine neue Art, mich zu öffnen und Johann freier zu begegnen, tut der Beziehung sehr gut. Früher habe ich mich gerne verkrochen, nicht über mich und meine Wünsche oder Bedürfnisse gesprochen. Mir war es vielmehr peinlich, wenn Lotte einmal wieder auf ihren Sex zu sprechen kam. Dann habe ich mir provokativ die Ohren zugehalten. Wenn ich nur an meine abschreckende hautfarbene Unterwäsche zurückdenke, bekomme ich ein Schaudern. Heute kann ich über mich lachen und denke oft, die alte Ina war prüder als ihre Großmutter. Gerne möchte ich eines Tages mit Marc über unsere Ehe sprechen und die Zeit bis zu unserer Trennung. Nein, mir geht es nicht darum, mit Marc wieder eine alte Liebe aufflammen zu lassen, diese Zeit ist vorbei. In meinem Kopf sitzt die Angst, Marc hat unter mir und meinem Verhalten gelitten. Darüber möchte ich eines Tages, wenn wir alle wieder in Deutschland sind, sprechen. In den letzten Tagen hat sich Marc gemeinsam mit Rosalinde um Wolfi gekümmert. Der Kleine hat sich richtig gefreut, seinen Papa zu sehen. Johann liebt er inzwischen auch wie einen richtigen Vater, was natürlich ist, beide leben mit mir zusammen. Marc wird immer eine zweite Rolle einnehmen, jedoch als leiblicher Vater dazugehören. Petra hatte mir in den ersten Monaten des Kennenlernens einen Spiegel vor die Seele gehalten. Sie war so, wie ich es nie war. Deshalb habe ich mich so schwergetan, sie zu mögen. Auch die Gewissheit, Petra hat sich in meinen ehemaligen Partner verliebt, war nicht hilfreich. Heute bin ich mit der Verbindung sehr glücklich und kann mir für Marc keine bessere Frau wünschen. Seinen Wunsch, noch einmal Vater zu werden, hat er auch mir und Johann anvertraut. „Du hast doch einen Sohn", war mein Argument, ihm diesen Wunsch zu mildern. Verträumt hat mich Marc angesehen. „Kinder sind ein Geschenk des Himmels", war seine Antwort. Gegenüber so schönen Worten hatte ich kein Argument mehr!

Petra hat sich gestern am Abend ebenfalls zu dem Thema geäußert. „Ich möchte mein Leben nicht verändern. Mit deinem Sohn, Ina, mit Wolfi habe ich doch auch eine Verantwortung für ein Kind. Für Wolfi wird es später bestimmt schön sein, wenn wir alle als Ansprechpartner Zeit haben für ihn." Mir fiel es schwer, dazu Stellung zu nehmen. Lotte hat diesen Part übernommen. „Ein Kind ist für mich keine Option mehr. Vielmehr möchte ich noch mehr reisen und verrückte Momente erleben", kurz hatte sie nach Luft geschnappt und ich war der Meinung, Lotte ginge mit den nächsten Worten auch auf Petra ein, doch weit gefehlt. „Franz kommt mich vom Flughafen abholen und vor mir liegt ein traumhaft schönes und verrücktes Wochenende. So sehe ich für mich das Leben."

Ankunft in Deutschland

Lotte

Der Abschied von Ina fiel mir sehr schwer, ebenso der Abschied von Vincenz. Diese beiden Menschen haben ihren festen Platz in meinem Herzen. In vier Monaten kommt Ina zurück und wir haben sogleich ein Wochenende für uns Mädels im Kalender reserviert. Auf dem Rückflug habe ich Petra und Marc beobachtet. Die beiden saßen erneut in den Reihen vor Karin und mir. Augenscheinlich wirken die zwei wieder verliebt und entspannt, so wie ich es gewohnt bin von den Freunden. „Hoffentlich ist die Reise im Nachgang so zu bewerten, wie es sich Petra gewünscht hat." Karin hat nur genickt. In ihren Augen habe ich eine Skepsis gelesen. „Nein, Karin, mal jetzt bitte nicht den Teufel an die Wand! Ich glaube an die Liebe von Petra und Marc."

„Möchtest du mit uns fahren?" Meine Frage am Flughafen Frankfurt an Karin, ob Franz und ich sie mitnehmen sollen, hat sie weggelächelt. „Ich fahre mit Petra und Marc." „Das ist doch ein Umweg für die beiden", erhebe ich meinen Einwand, doch Karin dreht sich schon lächelnd um. Franz scheint über Karins Entscheidung froh zu sein. „Dann kann ich dich unterwegs noch zum Italiener einladen", küsst mich Franz auf den Mund. Wie gut er riecht, muss ich unvermittelt denken.

Der nächste Morgen

Erneut bin ich vor Franz aufgewacht und leise in meine Küche geschlichen. Mit einem Kaffee ziehe ich mich an meinen Schreibtisch zurück und öffne sogleich meinen Laptop.

Die neuen Rückmeldungen zu meinem letzten Beitrag sind eingegangen, ebenso eine Nachricht von Frau Krautwinkel, die ich als Erstes öffne.

Liebe Lotte Wolke,

erneut haben Ihre Worte einen kalten Schauer, gleich einem Eisregen, über mich gebracht. Nein, verstehen muss ich Sie nicht und Ihre Art zu leben ebenso wenig. Überrascht habe ich den Eingang von gleich 11 Rückmeldungen registriert. Die Leser, besonders die weiblichen unter ihnen, fiebern tatsächlich noch immer auf Ihre nächsten Beiträge und Kolumnen. Ihren Vertrag, der in zwei Monaten ausläuft, werde ich daher um ein Jahr verlängern.
Auf weiterhin gute Zusammenarbeit!
Achten Sie jedoch darauf, sich etwas mehr zu zügeln in den Ausführungen zu Ihren Liebschaften!

Krautwinkel
Chefredakteurin

Meiner Chefredakteurin, so denke ich, ist es sicherlich nicht leichtgefallen, mir den neuen Vertrag anzukündigen. Vom Grunde her sollte ich eine Festanstellung haben, schon seit geraumer Zeit. Meine Chefredakteurin hat den Zeitpunkt verpasst, mir damals die Unterlagen zukommen zu lassen. Monate später, das darf ich meiner eigenen Nachlässigkeit zollen, habe ich endlich einmal nachgefragt und dann einen Zeitvertrag auf meinen Tisch bekommen. Wirklich etwas dabei gedacht, habe ich mir nicht und unterschrieben. Jetzt hat Frau Krautwinkel mich wieder in ihren Händen und ich muss aufs Neue jährlich um meinen Vertrag zittern. Aber gut, irgendwie gefällt mir diese Herausforderung auch. Alles, was zu einfach ist, finde ich langweilig. Ein Leben ohne die nötigen Hürden bringt auch keine Höhen. Mein Blick fällt auf meinen Laptop und ich entschließe mich, eine weitere Rückmeldung einer Leserin zu öffnen.

Liebe Lotte,

ich habe mich Ihnen in Johannesburg ganz nah gefühlt. Mit meinen Freundinnen war ich schon zwei Mal in Johannesburg und daher habe ich Ihrer Reise entgegengefiebert. Mein Herz brennt für Reisen und ich liebe die damit verbundenen Eindrücke und oft auch kleinen Abenteuer. Einmal im Monat haben meine Freundinnen und ich unseren „Lotte-Abend". So nennen wir unsere Treffen. Ist das nicht lustig? Ihre Kolumne und natürlich Ihr Name, liebe Lotte, haben uns dazu motiviert. Genau wie in Ihrer Runde finden sich regelmäßig vier Frauen zu einem netten Abend, die zwischen 32 und 44 Jahre alt sind. Wir sind verheiratet und selbstverständlich kommt zu jedem Treffen das Thema Männer auf. Nicht immer kommen unsere Herren der Schöpfung mit Lob davon. Trotzdem bin ich im Anschluss froh, wieder nach Hause gehen zu können, in mein Bett und in dem Bewusstsein, nicht allein zu sein. Die Macken, so wie ich sie beispielsweise bei meinem Mann sehe, sie nerven mich und doch würde ich genau diese Verhaltensmuster vermissen, an dem Tag, wo er ausziehen würde. Lotte? Sie denken gerade, sicherlich: Oh, nein! Wie kann die Frau nur so abhängig von dem eigenen Ehemann sein? Ich zumindest glaube, Sie inzwischen durch Ihre Kolumnen zu kennen und behaupte, ich kann einschätzen, wie Sie auf bestimmte Worte reagieren. Mit einem Lachen darf ich Sie aber auf Franz aufmerksam machen. Mehr als einmal durfte ich von diesem Kerl lesen und zumindest im Bett scheint er zu halten, was Ihnen guttut. Ich bin überzeugt, liebe Lotte, Sie haben meinen kleinen Seitenhieb verstanden und bitte denken Sie auch daran, ich habe auch von meinen Schwächen berichtet. Meine Freundinnen und ich lieben Ihre Worte und wir zelebrieren bei jedem Treffen das Vorlesen Ihrer Kolumne. Im Herzen sagen wir schon „Lotte" und vielleicht darf ich jetzt auch auf ein vertrautes Du übergehen? Deine Treffen, die legendären Mädelsabende, sind auch für uns Kult. Nicht missen möchte ich meine kleine Auszeit, die Gespräche und auch das Schlemmen. Mit meinen Freundinnen kann ich auch zwei Teller befüllen und aufessen, ohne einen skeptischen Blick zu ernten. Zugeben darf ich, in den letzten zwei Jahren etwas an Gewicht gewonnen zu haben, ausnehmend an den Hüften. Meinen Freundinnen geht es ebenso. Wir haben uns vorgenommen, in der nahen Zukunft zu walken. Liebe Lotte, wenn du möchtest, du bist herzlich in unserer Runde eingeladen und das Lachen kommt bei uns auch nicht zu kurz.

Am Samstag kommen wir Freundinnen wieder zusammen. Meine Nachricht ist auch mit einer Bitte verbunden. Wie schon anfangs bemerkt sind wir alle Lotte-Fans und wir möchten gerne das Rezept von Ina für den Kartoffelsalat. Vielleicht ist es möglich, nicht nur für uns, sondern für alle treuen Leserinnen das Rezept einmal einer Kolumne anzufügen.

Herzliche Grüße
Isabella

Wie lieb, denke ich und lehne mich gemütlich im Stuhl zurück. Ina werde ich von Isabellas Wunsch schreiben, obgleich ich inzwischen ihr Rezept auswendig kenne. Dass uns so viele Frauen nacheifern und ebenfalls auf der Suche nach der kleinen Auszeit unter Gleichgesinnten sind, ich bin verwundert. Viel mehr Frauen als ich dachte, suchen sich im Kreise der Freundinnen die kleine Insel des Glücks, die es in der Ehe oder Partnerschaft nicht zu geben scheint. Mit einem Male muss ich an Franz denken und dass er noch immer in meinem Bett liegt. Meinen Laptop schließe ich zufrieden und mit einem Grinsen im Gesicht. „Ich will jetzt leben", sage ich mir selbst und gehe hinauf in mein Schlafzimmer.

Petra

Gestern bin ich völlig erschöpft in meiner Wohnung angekommen. Einen Moment war ich traurig über die Tatsache,
selbst zu müde für körperliche Nähe zu sein. Ob ich alt werde? Oder gibt es ernsthafte Probleme zwischen Marc und mir?
Viel Zeit zum Nachdenken hatte ich nicht. Völlig erschöpft
war ich gleich eingeschlafen.

„Möchte meine Süße eine Tasse Kaffee?" Noch bevor ich
meine Augen öffne, habe ich den leckeren Duft von frischem
Kaffee in der Nase. „Hmmm, das riecht lecker", öffne ich meine Augen und sehe Marc. So, wie er mich jetzt ansieht, diesen
Ausdruck in seinen Augen, das habe ich schon vermisst.

„Bist du schon lange wach?" Marc kommt zu mir ins Bett
und reicht mir den Kaffee. „Nur wenige Minuten. Ich wollte
dir eine Freude machen, Petra. Diese Reise nach Johannesburg
war für dich nicht einfach." Kurz nippe ich an meinem Kaffee,
ohne ihm zu antworten. Wo geht die Reise dieses Gespräches
nur hin, frage ich mich selbst. Auf Stress oder Streit habe ich
keine Lust. Vom Grunde her fühle ich mich seit Tagen müde
und schwach. Was ist nur aus mir geworden? Wo ist die aktive
und immer positive Petra geblieben, die ich immer war?

„Du grübelst, meine Süße." Marc küsst mich auf meine
Stirn. Es tut so gut, ihn in meiner Nähe zu haben. In Johannesburg haben wir uns auch viel gesehen und im Flieger saßen
wir zusammen und doch war diese Nähe mit viel Distanz verbunden. Zwischen uns lag etwas, das nicht ausgesprochen war,
so jedenfalls habe ich es empfunden. Was soll ich nun tun?
Offen ansprechen, was mir aufgefallen ist? Viel zu müde bin
ich für eine Auseinandersetzung, denke ich erneut.

„Ich habe dir sehr viel zugemutet, Petra. Die letzten Wochen habe ich dich bedrängt und eingeengt. Mir hat es miss-
fallen, wenn du zu deinen Freundinnen bist. Mein Wunsch

nach einem Kind mit dir war egoistisch. Zu Beginn unserer Beziehung hast du mir einmal gesagt, du bist glücklich in deinem Leben auch ohne eigenes Kind. Für Wolfi bist du immer eine liebe Person, Ersatzmami möchte ich jetzt nicht sagen", Marc lacht. Wie lange, so frage ich mich, ist es her, dass er in meiner Nähe so offen gelacht und geredet hat? Ich setze mich auf und trinke meinen Kaffee weiter, schweigsam. Mich überrollen die Worte von Marc, auch wenn mir gefällt, was er gesagt hat. „Als Ina auf Reisen ging, habe ich Panik bekommen. In einem Moment dachte ich, mein Sohn kann sich so an Johann gewöhnen, dass er mich später nicht mehr sehen möchte. Ein anderes Mal habe ich mich in die Idee verrannt, du könntest dich in einen anderen Mann verlieben und ich bleibe allein und einsam zurück. Meine Selbstzweifel haben fast unsere Liebe zerstört. Die Tatsache, dass du mich mit nach Johannesburg genommen hast, hat mir geholfen. Zum einen habe ich die Angst verloren, dich zu verlieren, und dank Ina weiß ich auch, Wolfi bleibt mein Sohn und ich kann ihn jederzeit sehen, selbst wenn ich bis nach Johannesburg reise." Kurz hole ich tief Luft. Bisher bin ich schweigsam geblieben. Tränen laufen über meine Wangen, ich fühle mich glücklich und aufgewühlt zugleich. „Mir fehlt die Leichtigkeit, die wir zu Beginn unserer Beziehung hatten. Einmal wieder verrückt zu sein, das fehlt mir ebenfalls." Ich schluchze und Marc legt seinen Arm um meine Schultern. Die Kaffeetasse nimmt er mir aus meinen Händen, als er mein Gesicht küsst. Wie eine ausgehungerte Person werfe ich mich Marc um den Hals. „Ich habe dich und deine Nähe vermisst!" Er zieht mich noch ein Stückchen näher an seinen Körper. „Jetzt haben wir unsere erste kleine Krise bewältigt", flüstert er in mein Ohr. Kurz schließe ich meine Augen, dann aber fange ich an, meinen Kopf abzuschalten und den Mann festzuhalten und zu küssen, dem meine Liebe gehört.

„Du bist so wunderschön, Petra!" Marc und ich liegen noch am Mittag in unserem Bett. „Ich werde jetzt duschen, mein Schatz!", eile ich aus dem Bett. „Schade", wirft Marc mir nach. Seine gespielte Traurigkeit ist schon wieder süß und für den Moment überlege ich zu bleiben. „Wir haben schon zwei Mal heute Morgen miteinander geschlafen", werfe ich zurück. „Gönne deiner Freundin wenigstens einen Obstteller, um wieder zu Kräften zu kommen."

„Wie wäre es, wir beide fahren nach Frankfurt? Ich habe von der neuen Ausstellung im Kunstmuseum gelesen. Im Anschluss gehen wir zwei essen." Im Türrahmen zum Badezimmer bleibe ich stehen. Langsam drehe ich mich um. Erneut kommen Tränen auf. „Wunderschön", mehr kann ich für den Moment nicht sagen. Unter der Dusche halte ich mein Gesicht lange unter kühles Wasser. Endlich, so mein Gedanke, wird alles wieder gut. Marc scheint seine kleine Sinneskrise überwunden zu haben und ich kann in Ruhe mit ihm mein Leben führen.

„Du siehst wunderschöne aus, Petra!" Beim Betreten des Kunstmuseums treffen wir auf Freunde. Ja, mir geht es gut und ich strahle mit meinen Augen, wie lange nicht mehr. Wie einfach doch alles sein kann, denke ich und betrachte ein Gemälde, das eine Erinnerung in mir wachruft. „Dieses Blau ist schon außergewöhnlich", höre ich den Mitarbeiter des Museums sagen. „Das blaue Wunder", raune ich. Der Mann klatscht und nickt. „Sie sind eine wahre Kennerin. Das Gemälde, wo haben Sie es schon einmal gesehen? Es wurde in den letzten Jahren drei Mal verkauft. Eigentlich schade, wenn Sie mich fragen."

Marc ziehe ich ohne Worte von dem Mann weg. Kichernd nehme ich ihn mit zu weiteren Gemälden. Geduldig lässt sich Marc auf meine Bemerkungen ein, dann aber scheint seine Geduld zu Ende zu sein. „Da ich nicht mit Karin an der Seite, sondern mit meiner Petra hier bin, darf ich darum bitten, die Ausstellung zu verlassen?" Gekünstelt blicke ich ihn an. „Was? Ich soll vorzeitig die Vernissage verlassen? Wenn ich das Karin berichte, sie wird dich nicht mehr ansehen." Im Anschluss verfalle ich in albernes Lachen und es ist gut, dass Marc mich sanft aus den Räumlichkeiten zieht.

„Woher hast du das „Blaue Wunder" gekannt?" Beim Italiener kommt die Frage, mit der ich schon länger gerechnet habe. „Du hörst aber gut zu", wieder bin ich albern und gelöst. Marc küsst meine Hand. „Wie schön, Petra, dich so zu sehen. Ich bin dankbar, von dir nicht sitzengelassen worden zu sein." Ich nicke eifrig. „Also diese Art der Bestrafung hebe ich für die nächste Krise auf." Marc straft mich kurz mit einem Blick, der sich jedoch Sekunden später in ein Lächeln verwandelt. „Das Gemälde, die ganzen Umstände und die horrenden Kosten dafür sind aus der Zeit, als Hermann Josef in unser Leben kam." Ich stoße mit einem Wein mit Marc an. „Vielleicht kann dir Lotte oder Karin einmal mehr dazu sagen", erneut muss ich lachen. „Alles, was ich in Erinnerung habe, ist, Hermann Josef hat das Gemälde damals mit einem ungedeckten Scheck erworben. Auch in der Presse war davon zu lesen", füge ich an.

Marc ordert noch ein Glas Wein. „Du musst noch Auto fahren", belehre ich ihn und fühle mich sogleich komisch dabei. Marc legt seine Hand auf meine. „Ja, du hast völlig recht, Petra. Autofahren und Alkohol sind eine schlechte Kombination. Was hältst du von der Idee, wir nehmen uns diese Nacht ein Hotelzimmer?"

„So spontan waren wir lange nicht mehr", umarme ich Marc, nachdem wir unseren Plan umgesetzt und ein Zimmer für diese Nacht gebucht haben. Zwei Zahnbürsten bekommen wir an der Anmeldung. Allem Anschein nach gibt es hier öfter spontane Übernachtungsgäste. „Ich liebe dich, Petra", Marc kommt ganz nahe und ich kann schon bei der Umarmung seine Erregung spüren. Für den Moment denke ich an die Zeit, als ich Marc noch heimlich treffen musste. Unsere Versuche, immer wieder einen neuen Ort für die Liebe ausfindig zu machen, haben uns an die verrücktesten Stellen geführt und oft in brenzlige Situationen gebracht. „Selbst an eine Flasche Champagner hast du gedacht", blicke ich Marc schwärmerisch an. „Wir trinken auf die Liebe", stoßen wir die Gläser aneinander. Einen kleinen Schluck von der Brause für Erwachsene gönne ich mir, dann aber liege ich in den Armen von Marc. Wie es scheint, ist unsere kleine Welt wieder im Lot und die kleinen Schwankungen, die uns aus dem Takt geworfen haben, sind überstanden.

Mein letzter Gedanke, bevor ich mich fallenlasse, gehört ausgerechnet Ina. Sie hat mir in Johannesburg den Rücken gestärkt und mit viel Einfühlungsvermögen auch positiv auf Marc eingewirkt. Ausgerechnet die Exfrau von Marc hat mir wieder den Mann geschenkt, den ich so sehr begehre.

Lotte

Von Ina habe ich heute eine Mail erhalten. Traumhaft zu lesen, was meine Freundin gerade alles erlebt. Meine Welt ist gerade auch spannend. In meinem Café bereite ich eine neue Vernissage mit unserem Künstler Anton Wall vor. In den nächsten Tagen werde ich mich den Vorbereitungen widmen und die Einladungen versenden. Karin wird mich unterstützen. Ganz spontan bin ich am Nachmittag noch zu Inas Haus, um Karin zu sehen.

„Die Ordnung, die ich eigentlich nur von Ina gewohnt bin, entdecke ich inzwischen bei dir, Karin. Liegt es an diesen Wänden, dem Haus, in dem du vorrübergehend lebst?" Meine Frage sollte lustig klingen und doch ist ein Körnchen Wahrheit dabei. „Du wirkst verändert, Karin. Dich beschäftigt doch etwas. In Johannesburg warst du noch so lebendig und jetzt sehe ich eine nachdenkliche Karin vor mir. Muss ich mich sorgen um dich?"

„Möchtest du einen Prosecco?" Ich strahle Karin an und nicke zufrieden. „Wenn du mir auch noch etwas zum Essen anbieten kannst? In den letzten Tagen habe ich mich mehr von der Liebe ernährt", setze ich grinsend nach. „Ja, ich habe den Wagen von Franz das ganze Wochenende vor deinem Haus gesehen. Auch noch am gestrigen Abend, das war neu für mich. Ich darf doch so ehrlich sein, Lotte?" Kurz blicke ich auf den Boden. In meinem Kopf läuft ein Kino. „Es stimmt, was du gesagt hast, Karin. Für mich war es ein Traum und jede einzelne Minute mit Franz habe ich genossen. Wir haben uns ausgiebig geliebt, wir haben gelacht und gemeinsam gekocht. Inzwischen kocht Franz besser als ich."

Karin macht die Tür zum Garten auf. „Es ist noch so schön heute, lass uns in den Garten gehen." Sie dreht sich kurz zu mir um. „Außer Prosecco kann ich dir Pizza anbieten, tiefgefroren und selbst im Supermarkt gekauft", gibt sie lachend Auskunft.

„Trinken wir auf die Liebe und die Abenteuer in unserem Leben", hebe ich mein Glas. Kurz hält Karin inne, dann aber stößt sie ihr Glas kräftig an meines. „Hoppla, so intensiv wünsche ich mir keine neuen Abenteuer, meine Liebe." Nach einem Schluck stelle ich mein Glas auf den Tisch. „Dein Angebot mit der Pizza klingt verlockend." Karin sieht mich fragend an. „Du willst mir noch etwas sagen, in Bezug zum Essen? Oder täusche ich mich?" Meine Karin, lachend lehne ich mich im Stuhl zurück. „In einer Rückmeldung meiner Leserinnen bin ich nach unserem Rezept für den Kartoffelsalat gefragt worden." Karin nickt. „Inas Rezept, um es genau zu sagen. Ich wurde von Ina schon in die Geheimnisse eingeweiht und ich weiß, du hast den Salat auch schon nach ihren Anweisungen zubereitet." Nachdenklich nicke ich. „Hast du Lust zu kochen? Sollen wir zwei jetzt Schritt für Schritt alles für den Kartoffelsalat vorbereiten, fotografieren und aufschreiben? Für deine Leserinnen?" Karin ist anzusehen, sie hat richtig Freude an ihrer Idee und mir gefällt zu sehen, meine Freundin lacht wieder. „Gut, wieso nicht? Den Prosecco nehmen wir wieder mit in die Küche und dann können wir anfangen, die Zutaten zu suchen."

„Karin? Was hat dich vorhin so bedrückt? Ich habe dir doch angemerkt, du hast Sorgen auf dem Herzen?" Meine Frage stelle ich beim Schälen einer Zwiebel. „Ja, es stimmt. Es geht um Männer. Immer geht es um diese Spezies, wenn ich Kummer im Herzen habe." So poetisch wie Karin sich ausdrückt, kann der Schuh nicht wirklich drücken, was ich auch sage. „Stimmt, Lotte, der ganz große Kummer ist es nicht und doch bin ich durcheinander mit meinen Gefühlen." „Jetzt erzähle schon!" Mit Schwung greife ich nach den Kartoffeln, die Karin gewaschen hat. „Das Wasser kocht, du kannst die Kartoffeln hineinlegen", sagt sie mir. „Der Direktor vom Kunstmuseum in Dresden hat mich angerufen." Ein lautes „Oh!" kann ich nicht unterdrücken. „Es geht um meine Arbeit. Ich solle wiederkommen und meine Arbeit weitermachen. Eine so gute Kraft wie mich kann er nicht ersetzen, so seine Worte." Ja, denke ich mir, da steckt bestimmt noch mehr dahinter. „Geht es auch um Liebe?" Karin lehnt sich an den Herd. „Keine Ahnung. Vielleicht ja? Vielleicht auch nein?", seufzt Karin.

„Welche Pläne hast du, Karin?"

„Nächste Woche werde ich nach Dresden fahren und dann sehe ich weiter." Noch am Herd stehend, frage ich nach: „Wo willst du übernachten?" Karin kaut auf ihrer Lippe und ich ahne, die Antwort schon zu kennen. „Bei Hermann Josef."

Während ich die Kartoffeln abschütte, höre ich das, was ich schon geahnt habe. „Ja, was soll ich dazu sagen?" Karin sieht mich wie auf Angriff an. „Franz?" Ich fange an zu lachen. „Wir streiten jetzt aber nicht wegen der Männer? Nein, bitte! Natürlich bin ich nicht dazu befähigt, dir eine Ansage zu machen und ja, du hast, was meine Liebe zu Franz betrifft, recht." Karin kommt zu mir und wir umarmen uns. „Fahr du nach Dresden und finde in Ruhe heraus, was oder wer der Richtige für dich ist", blicke ich Karin an.

„Ja, das wird jetzt das Richtige für mich sein."

„Und jetzt wird weiter gearbeitet!" Meine Worte lasse ich belustigt klingen. Im Anschluss, so darf ich sehen, ist Karin viel gelöster.

„Willst du das Rezept am Ende der nächsten Kolumne für deine Leserinnen anfügen?" Die Frage von Karin kommt beim gemeinsamen Essen.

„Ja, ich werde dem Wunsch der Leserin entsprechen. Es ist, wie ich finde, auch ein schöner Gedanke, dass unsere Vorgaben zum Mädelsabend so angenommen werden." Nach dem Essen lehne ich mich kurz im Stuhl zurück.

„Lust auf einen Cappuccino?" Mit einem Strahlen beantworte ich Karins Frage.

„Du machst uns zwei Cappuccino und ich hole uns Schokoeis", fängt Karin an die Teller abzuräumen. Kurz hält sie in ihrem Handeln inne. „Morgen kümmere ich mich den ganzen Tag um die Vernissage, versprochen!"

„Wieso lädst du nicht einmal den Direktor zu der Vernissage ein?" Meine Frage bringt Karin kurz durcheinander. „Himmel! Ich habe doch erwähnt, wieder bei Hermann Josef einzuziehen. In dem Kunstmuseum werde ich wieder arbeiten, mehr nicht."

Unser Eis genießen wir im Anschluss, ohne noch einmal über Hermann Josef oder den Direktor vom Kunstmuseum zu sprechen.

Mein Handy zeigt den Eingang einer SMS, als ich gerade auf dem Weg in mein Haus bin. Die Nachricht ist von Franz. So, so, denke ich mir, der Mann brennt ja geradezu nach mir. Diese Gedanken entlocken mir ein Lachen. „Hallo Fräulein Lotte! Was bringt Sie denn so zum Lachen?" Bevor ich mich zum Lattenzaun am Nachbargrundstück umdrehe, weiß ich schon, zu wem diese Stimme gehört. Mein alter Postbote wittert wieder einmal eine Sensation in meinem Leben. „Ich freue mich, Sie zu sehen. Einen schönen Abend wünsche ich noch!" Meine Hoffnung, rasch weiterzukommen, wird getrübt. „Wir haben den Besuch vor Ihrem Haus gesehen, am Wochenende." Daher also weht der Wind. Wütend trete ich mit dem Fuß auf. Bemüht ruhig setze ich aber nach. „Nur gut, dass wir auf dem Land leben. Nicht auszudenken, wie es den Menschen in der Stadt gehen muss. Diese Anonymität, das wäre mir ein Gräuel."

Nach diesen Worten eile ich in meinen Garten und verschwinde rasch im Haus.

Mit einem Glas Wein setze ich mich vor meinen Laptop, doch zuvor sehe ich mir die Nachricht von Franz an.

Liebste Lotte,

das vergangene Wochenende hat mich berührt und ich habe verwundert an mir selbst festgestellt, ich durchlebe eine Veränderung. Meine Sehnsucht nach dir lässt mich frieren, Lotte. Mir fehlt deine Wärme in der Nacht. Wie soll ich die Zeit bis zum Morgen nur überwinden, ohne deine Haut zu berühren, dich zu lieben? Du kannst mich anrufen und ich komme noch in der Nacht zu dir geeilt.
Dein Franz

Komisch, so mein Gedanke, genau solche Worte wollte ich immer von einem Mann erhalten. Jetzt aber machen sie mich nicht glücklich, lediglich zufrieden. Franz, dessen bin ich mir bewusst, wird hoffentlich noch oft in meinem Bett liegen und Zeit mit mir verbringen. An eines aber glaube ich nicht mehr, an ein gemeinsames Leben mit diesem Mann. Wir können uns lieben, gemeinsam lachen und uns gerne auch die Zukunft in den rosigsten Farben ausmalen, wann immer wir verträumt im Bett liegen oder wo sonst auch immer. Nur, so ist die Realität, diese Träume werden niemals wahr werden.

Lieber Franz,

du bist am kommenden Wochenende herzlich eingeladen. Heute habe ich mit Karin einen schönen Abend verbracht und wie du von mir erfahren hast, bereite ich die neue Vernissage von Anton Wall vor.
Ich küsse dich zärtlich,
Deine Lotte

Die nächsten Tage

Karin hat mir bei den Einladungskarten zur Vernissage geholfen. Doch schon zwei Tage später habe ich ihre Unruhe bemerkt und sie hat mir berichtet, Sehnsucht nach Dresden zu haben. „Nach Hermann Josef?" „Ja, auch nach ihm. Ich muss mein Leben ändern, das ist gewiss und doch will ich erst einmal wieder zurück und die Scherben aufkehren, die ich hinterlassen habe. Was danach kommen wird? Lotte, ich weiß es noch nicht." Noch am selben Abend habe ich Karin an den ICE-Bahnhof gefahren. „Wir sehen uns spätestens, wenn Ina wieder zurück ist." Kurz muss ich schniefen. „Das ist eine lange Zeit", im Anschluss drücke ich Karin fest an mich. „Alles Gute, meine Liebe." Wir küssen uns auf die Wange. „Du meldest dich aber immer, wenn du zurückkommen möchtest!" Meine Worte hallen der Freundin nach. Ich kann kaum hinsehen, als der Zug den Bahnsteig verlässt und mit ihm Karin.

„Sie ist gerade abgereist", traurig melde ich mich bei Petra. „Wie schade! Jetzt habe ich Karin in den letzten Tagen nicht mehr gesehen." Während ich mein Auto aufschließe, berichte ich Petra von den letzten Tagen. „Sie wird schon wissen, was richtig für sie ist." Petra hört sich gut an. „Dir geht es wieder gut?" Ein lautes Ja kommt prompt als Antwort an meine Ohren. „Marc und ich sind wieder so eng verbunden wie zu Anfang unserer Beziehung. Mir tut die Liebe zu Marc so gut und ich bin Ina noch immer dankbar für ihre Worte und ihr Handeln. Diesen Großmut, uns wieder zu vereinen, das werde ich nie vergessen."

Das Telefonat beende ich erst, als Petra mir ihr Kommen zur Vernissage zugesagt hat. „Dieses Event lasse ich mir doch nicht entgehen", lässt sie mich zufrieden zurück. Wieder in meinem kleinen Haus setze ich mich an meinen Schreibtisch.

Liebe Leserinnen,

in den letzten Tagen habe ich Sie vernachlässigt. Tatsächlich habe ich in meinem Leben wieder einmal so viel erlebt, dass ich nicht die Zeit gefunden habe, zu schreiben.
Die wenigen Urlaubstage sind nur so verflogen. Mit meinen Freundinnen habe ich eine wunderbare und intensive Zeit verbracht. Wie lange nicht mehr, hatten wir Zeit für uns und konnten reden über alles, was uns bewegt. Natürlich auch über Männer!
Franz kommt mich wieder regelmäßig besuchen und bleibt an den Wochenenden in meinem Haus. Fast ist es so, als würde sich die Geschichte vom letzten Jahr wiederholen. Auf die Abschiedsszene bin ich ja vorbereitet. Was sich gerade so locker und leicht anhört, es wird mir wieder im Magen liegen, dessen bin ich mir schon heute bewusst.
Nachdem mich Franz nach meiner Reise vom Flughafen abgeholt hatte, wurde ich noch zum Italiener ausgeführt. Es gab Zeiten, da hat Franz mich abgeholt für die schnelle Nummer im Bett. Vielleicht gibt es ja doch noch eine Änderung bei meinem Freund. Man sollte die Hoffnung niemals aufgeben. In den letzten Tagen habe ich mich um mein Café und eine neue Vernissage mit Anton Wall gekümmert. Meine Freundin Karin musste ich wieder nach Dresden fahren lassen. Somit werde ich meinen Termin bei dem ,,schönen Doktor" nun ohne die Freundin wahrnehmen. Trotzdem denke ich, mein Psychiater wird seine Freude an mir haben. Natürlich bekommen Sie zeitnah einen Einblick in meine Seele und ich hoffe von Herzen im Anschluss gelöst und voller Zuversicht auf meine Zukunft zu blicken. Schon einmal habe ich den Rat des Doktors gesucht, damals war ich aktuell auch mit Franz liiert. Und ja, diese Beziehung war einer der Beweggründe mich in die professionellen Hände des Arztes zu begeben. Ich bin glücklich an der Seite

von Franz und trotzdem gibt es die Stunden die mir das Herz schwer machen.

Den gestrigen Freitagabend haben Franz und ich zusammen verbracht, es war wunderschön. Heute Abend möchten wir in Limburg in ein Restaurant gehen, nicht zu dem Italiener, leider! Meine Leserinnen, die mich schon über Jahre kennen, wissen, was ich andeuten möchte.

„Die Liebe ist ein Abenteuer, und zwar eines der Schönsten auf der Welt. Wie ein süßes Zuckerstück sollte man die Liebe sehen und naschen, wann immer es eine passende Gelegenheit gibt", so meine Tante Lydia Lowere. Eine kluge Frau war meine Tante und in ihren Sprüchen liegt so viel Wahrheit. Wie meine Liebe weitergehen wird, möchten Sie wissen? Warten wir es einfach ab, warten wir, was die Zukunft mir bringen wird.

Sicherlich bekomme ich wieder zahlreiche Rückmeldungen auf meinen Beitrag und hoffentlich auch Tipps von meinen Leserinnen.

Nicht vergessen habe ich den Wunsch von einer treuen Leserin, das Rezept von unserem Kartoffelsalat zu erfahren.
Inas Rezept, wohlgemerkt. Für alle Mädels, die unseren Kartoffelsalat so genießen möchten, wie wir es tun, kommt im Anschluss an die Kolumne das Rezept.

Bis zum nächsten Treffen, ich freue mich auf euch, meine treuen Leserinnen!

Mein Weg führt mich jetzt geradewegs zu Franz. Mehr muss ich nicht erklären, dessen bin ich mir bewusst.
Mit der nächsten Kolumne nehme ich Sie wieder mit in meine kleine, aber bunte Welt. Bis dahin, alles Liebe!

Ich freue mich schon heute auf den nächsten Kontakt mit euch, meine treuen Leserinnen!

Eure
Lotte

Diese Zutaten werden benötigt für 4 Portionen:
1 kg festkochende Kartoffeln
2 Zwiebeln
100 ml Gemüsebrühe
½ TL Preiselbeersenf
2 EL Essig (mild)
Salz und Pfeffer
400 g–500 g Mayonnaise
(Wir lieben Mayonnaise und nehmen
gerne etwas mehr davon.)
½ Fleischwurst
1 kleines Glas mit Gewürzgurken
1 kleine Dose mit Erbsen und Mais gemischt

Zum Garnieren
3 hartgekochte Eier
Petersilie

Zubereitung:
Kochen Sie die Pellkartoffeln in einem großen Topf mit Wasser. Dafür waschen Sie zuvor die Kartoffeln und geben diese mit Schale in das Wasser. Im abgekühlten Zustand können die Kartoffeln geschält und in Scheiben geschnitten werden. (Ich koche die Kartoffeln auch gerne schon am Tag vor dem Mädelstreffen.)

Jetzt hacken Sie die Zwiebeln und fügen diese den Kartoffeln an. Vorsichtig umrühren.

213

Nun schneiden Sie die Gewürzgurken in kleine Stückchen und geben diese über die Kartoffelscheiben. Die Dose mit Erbsen und Mais lassen Sie abtropfen. In der Zwischenzeit schneiden Sie die Fleischwurst zunächst in Scheiben und im Anschluss in kleine Stückchen. Auch diese legen Sie auf die Kartoffelscheiben und fügen noch die abgetropften Erbsen und den Mais hinzu. Alles vorsichtig umrühren.

Jetzt kommen wir zu der Gemüsebrühe. Essig und Senf hinzufügen und vermischen. Anschließend Salz und Pfeffer beifügen und kurz aufkochen lassen. Im Anschluss gießen Sie die Brühe über die Kartoffeln. Jetzt lassen Sie alles durchziehen. Diese Zeit nutzen Sie, um die Eier zu kochen. Wenn die Eier festgekocht sind, ist auch der Zeitpunkt gekommen, um die Mayonnaise unter die Kartoffeln zu heben. Im Anschluss werden die Eier gepellt, nach dem Abkühlen vorsichtig in Viertel geschnitten und auf dem Salat dekoriert. Vor dem Servieren bitte noch mit frischer Petersilie bestreuen.

Die Mayonnaise ist sehr wichtig! Also am besten selbst machen oder die Beste kaufen.

Guten Appetit!

Jetzt können alle Mädels unseren Kartoffelsalat nachkochen und mit einem Prosecco und Würstchen den eigenen Mädelsabend erleben.

Mehr von Lotte, Ina, Petra und Karin finden Sie
in den weiteren Frauenromanen von Manuela Lewentz:

Manuela Lewentz

Suche Mann zum Renovieren

Roman

Mittelrhein-Verlag

217

Suche Mann zum Renovieren
(1. Roman aus der Serie um Lotte)

Ausgerechnet Lotte, die gerne in den Tag hineinlebt und viel Zeit für ihre kreativen Augenblicke braucht, soll eine Villa in Frankfurt geerbt haben? Dabei kennt sie die edle Spenderin nicht einmal. Lydia Lowere, eine Dame der High Society, hat Lotte für ihr Erbe ausgesucht. Doch, was um alles auf der Welt hat diese Lady dazu bewegt? Lotte weiß sich keinen Rat. Von einer Verwandtschaft mit dieser Frau ist ihr nichts bekannt. Bei einer Recherche im Internet stößt Lotte auf das Foto von Lydia Lowere, das Konterfei hat sie nun wenigstens schon einmal gesehen. Ob sie von Lottes Geldproblemen wusste? Dann ist auch noch die Sache mit der Kolumne. Für ein Magazin soll sie die perfekte Kontaktanzeige entwerfen und Tipps geben, wie man sich einen Traummann angelt. Bei den Recherchearbeiten bezieht Lotte ihre besten Freundinnen mit ein-romantische Turbulenzen sind vorprogrammiert.

Einblick:
Lotte

Es ist einer dieser herrlich warmen Tage, die viel zu kostbar sind, um sie nicht im Freien zu verbringen. Ich gehöre zu den Menschen, die in der Sonne aufblühen, kreativ werden und Ideen entwickeln, die jedoch im Winter, wie unter einem Schleier verborgen scheinen.

Am Mittag habe ich meine Freundin Ina auf ihrer Arbeit angerufen. Ich weiß, dass ihr Marc heute Abend zum Tennisspielen mit seiner Mannschaft verabredet ist. Diese Abende gehören seit Langem uns Mädels, meistens sitzen wir, wie auch heute, zusammen in meinem alten, verwilderten Garten, vor uns ein Glas Wein auf dem Tisch und eine Platte mit belegten Broten. Bereits seit Mittag freue ich mich darauf! Es soll ein schöner und entspannter Abend werden, so habe ich es mir gewünscht. Bei meinem Treffen mit Ina, die immer unkompliziert verlaufen, kann ich auf ein Styling meiner Haare und besondere Kleidung getrost verzichten, was meiner Natur sehr nahe kommt.

Als Ina meinen Garten betritt und ich sie sehe, kommt sie mir gleich verändert vor. Der Gesichtsausdruck ist alles, nur nicht gelöst und positiv. Ich denke mir, hoffentlich wird es trotzdem ein entspannter Abend, so wie ich es mir vorgestellt habe. Die Begrüßung ist freundlich, jedoch, wie ich es empfinde, gespielt.

„Alles in Ordnung mit dir?" Ich sehe meine Freundin fragend an und beobachte, wie sie sich auf den Gartenstuhl setzt.

„Es geht nicht um mich", eröffnet Ina einen Redeschwall, der sich in den nächsten Minuten über mich ergießt.

Zunächst versuche ich noch, lächelnd alles an mir abprallen zu lassen, doch das, was ich mir anhören muss, weckt meinen Unmut.

Probleme mag ich nicht, doch wer kann das schon von sich behaupten? Meine Freundin Ina findet meine Art, mit Problemen umzugehen unmöglich.

„Lotte, du musst endlich lernen, den Tatsachen ins Auge zu sehen, dein Verhalten gleicht einem pubertierenden Teenager", ist nur einer ihrer guten Ratschläge.

„Danke, liebe Freundin, für das Kompliment, noch so viel Jungendlichkeit auszustrahlen", kommt prompt meine Antwort.

Manuela Lewentz

Prinz gesucht –
Frosch geküsst

Mittelrhein-Verlag

Prinz gesucht – Frosch geküsst

Die neue Recherche für Lottes vierteljährliche Kolumne soll nur ein Job sein, doch dann gerät Lottes Leben mal wieder so richtig durcheinander. Das Thema Rund um die ideale Beziehung wirbelt in ihrem eignen Leben so einiges durcheinander.

Immerhin die letzten Monate war Lotte im siebten Himmel. Der Aufenthalt auf Wolke 7 war jedoch zeitlich begrenzt.

Der Alltag mit seinen Tücken und nervenden Wahrheiten kam zu rasch. Nur, so fragt sich Lotte inzwischen, wieso verwandeln sich einige Prinzen nach dem Küssen zu einem Frosch, den man lieber nicht mehr küsst und mit in sein Bettchen nimmt?

Nur gut, dass Karin und Ina in der Nähe weilen und gemeinsam mit Petra stets für die nötige Abwechslung in Lottes Leben sorgen. Die lange vermissten Mädelsabende mit Sekt und Chips als Ausgleich zu fehlendem Sex zu sehen, fällt Lotte trotzdem schwer.

Dann steht plötzlich dieser Wagen vor Lottes Gartentür und mit dessen Fahrer kommt Unruhe ins Haus.
Liebesabenteuer sind nicht ausgeschlossen.
Ein lustiger Roman, der der Wahrheit sehr nahekommt.

Manuela Lewentz

Männer sind wie Sahnetorte

Verführerisch bis zum letzten Biss

Mittelrhein-Verlag

Männer sind wie Sahnetorte
Verführerisch bis zum letzten Biss

„Männer sind wie Sahnetorte – verführerisch, anziehend bis zum letzten Biss. Wie die unnötigen Kalorien der süßen Leidenschaft kleben sie oft viel zu lange an uns, nicht nur an den Hüften."

Lydia Lowere hat diesen Spruch geliebt. Lottes Tante lebte so unkonventionell, liebte das Leben, die Männer, natürlich auch das Geld.

Ob Lotte die Gene ihrer Tante in sich trägt? In den letzten Wochen und Monaten war ihr Leben einer Tristesse gewichen. Doch damit ist nun Schluss! Lotte geht auf Kreuzfahrt. Als Nebeneffekt der Reise hofft Lotte, endlich ihren Traumprinzen zu treffen. Unerwartet trifft Lotte an Bord den Mann, mit dem sie schon seit Monaten eine heimliche E-Mail-Bekanntschaft pflegt. Sein Erscheinen sorgt für Turbulenzen. Wie zum Angriff auf das neue Leben packt Lotte ihren Koffer, obenauf den roten Bikini.

„Herrlich witzig, fröhlich und verfeinert mit dem Gewürz des wahren Lebens, der Liebe und der Freundschaft mit all ihren Höhen und Tiefen."

Einblick:
Lotte

„Die Farbe Rot soll eine Signalfarbe für gewünschte Aufmerksamkeit sein." Wenn an diesen Worten von Ina ein Fünkchen Wahrheit ist, umso schöner! Verrückt, dass ich gerade jetzt an diesen Spruch von ihr denken muss. Lachend ruht mein Blick auf dem roten Bikini, der obenauf in meinem bereits gepackten Koffer liegt. Eine Woche Urlaub auf einem Schiff und damit eine Woche Dolce Vita liegen vor mir. Mein Körper und meine Seele brauchen diese kleine Auszeit vom Alltag. Wie ich mich auf diesen Urlaub freue! Meine Leidenschaft, sämtliche Rätsel in Zeitschriften und Zeitungen auszufüllen, scheint mein Glück angekurbelt zu haben.

Kreuzworträtsel entkommen mir nie. Selbst beim Friseur oder beim Arzt fingere ich gezielt diese Seiten hervor und fange unvermittelt an, sie auszufüllen. Kochtöpfe, Fußmatten, kleine Geldbeträge bis 50 Euro, Stiefel, einen Rucksack und die Lampe im Flur sind auf diesem Weg in mein Leben gekommen.

Gut, die Stiefel waren nicht meine Größe, vier Fußmatten mussten es auch nicht sein und dass meine Kochtöpfe alle unterschiedlichen Dekors sind, geschenkt.

Manuela Lewentz

Herzensbrecher günstig abzugeben

Mittelrhein-Verlag

Herzensbrecher günstig abzugeben

„Männer sind wie Kaugummi, erst knackig und erfrischend, später nur noch zäh und fade", so Lydia Lowere.

Seit Lotte, die alten Briefe ihrer verstorbenen Tante gelesen hat, ist sie davon überzeugt, ihr Leben ändern zu wollen. Mit Franz läuft es zwar gut, jedoch fehlen Lotte die Highlights, die kleinen Wunder des Alltags, das prickelnde Extra.

Ein Mann, der nicht auf rote Dessous reagiert, ist doch nicht normal!

Immerhin, die Abende mit ihren Freundinnen lassen hoffen und sorgen nach wie vor für gute Laune.

Der Anruf von Karin kommt, als Lotte mit Petra und Ina im Garten sitzt. Ihr anschließender Entschluss, gleich nach Dresden zu fahren, ist rasch gefasst. Was Lotte nicht ahnt, es warten wieder einmal viele Abenteuer auf die Freundinnen.

Manuela Lewentz

Heißer Flirt im Gepäck

Mittelrhein-Verlag

Heißer Flirt im Gepäck

„Das Leben, so meine Überzeugung, kann grandios sein, von herrlich leicht bis in der Liebe verrucht", so Lydia Lowere, Lottes Tante.

Statt eines gemütlichen Mädelsabend mit Prosecco und Chips in Lottes Garten, starten die Freundinnen zu einer Kreuzfahrt.

Abenteuer sind das Feuer im Leben, so Lottes Credo. Nebenbei erhofft sich Lotte an Bord einen netten Mann zu treffen. Nicht gerechnet hat sie mit dem Tumult, der sich anbahnt, und ebenso wenig mit dem netten Kellner, der ihr Rotwein serviert. Für eine gehörige Portion Aufregung sorgen die Worte von Vincenz. Doch nicht nur er bringt die Stimmung zum Knistern. Dafür sorgen auch die Überraschungsgäste, die Herzen höherschlagen lassen.

Humorvoll und spannend zugleich, der neue Roman von Manuela Lewentz.

Einblick:
Lotte

Abenteuer sind das Feuer im Leben! Beflügelt von dieser Idee beschreite ich gerne neue Wege. Mit meiner Kontaktanzeige, die ich unter die Überschrift -Suche Mann zum Renovieren- gestellt hatte, fing alles an. Die Antworten auf meine Kontaktanzeige flogen regelrecht in meine Hände. Der Briefträger kam täglich und mit ihm kamen die Wünsche der Herren in mein Haus. Bei Prosecco und Chips wurden die Schreiben feierlich geöffnet. Immer an meiner Seite weilten meine Freundinnen Karin, Petra und Ina. Was nur hätte ich ohne sie gemacht? Wie würde ich heute dastehen ohne meine Mädels? Jede Freu braucht ihre Freundinnen, die gemeinsamen Abende, ohne dass ein Mann hineinredet oder bestimmt, wann der Abend sein Ende findet. Für mich sind meine Freundinnen wie eine Familie, eben ein Teil von mir. Mit niemandem kann ich so ungeniert meine Gedanken und Wünsche teilen, meinen Frust über eine gescheiterte Liebe ebenfalls.

Ich hole Luft, sinniere kurz über meinen Versuch, Franz mit roten Dessous zu verführen. Wie befreiend, dass ich inzwischen über den weiteren Verlauf dieses Abends lachen kann. Ein Mann, der nicht auf die Verführungskünste seiner Freundin anspringt, dafür lieber in seinen Bratkartoffeln stochert, ist nicht gerade ein Hauptgewinn. Seit diesem Erlebnis gehe ich Franz aus dem Weg, zumindest versuche ich dies, Fazit aber ist, ich habe ihn mehr als nur einmal unter dem Einfluss von Prosecco angerufen und geweint. Peinlich, so mein Resümee, doch ich bin nun einmal eine spontane Person und gefühlsbetont dazu.

Küssen statt reden

„Zuckerwatte gehört zur Kirmes- wie guter Sex zu mir", so Lydia Lowere.

Lottes Tante liebte das Leben. Für Lotte wäre gerade schon die Zuckerwatte ein kleines Highlight in ihrem Leben. Nicht, dass Lotte sich über ihr Liebesleben beklagen müsste und doch fehlt ihr das prickelnde Extra in ihrem Leben. Wieso nur werden Männer im Laufe einer Beziehung so faul und vergessen es, die Freundin einmal wieder zu verwöhnen, nicht nur beim Sex?

Die gemütlichen Abende mit den Freundinnen bei Prosecco, Kartoffelsalat und Chips sind Lottes Highlight der letzten Wochen geworden. Anders verhält es sich mit Franz. Er entpuppt sich einmal mehr als Fehlgriff und bringt Lottes Gefühle erneut ins Wanken. Kein Wunder, dass Lotte ihrem alten Strickmuster verfällt und wieder eine Kontaktanzeige verfasst. Mit den Antworten der willigen Kandidaten kommt Unruhe ins Haus.

Liebe, so denkt Lotte, sie ist wie Pudding. „Ich liebe Pudding, kann ihm nicht aus dem Weg gehen, trotzdem tut er mir nur kurzfristig gut und hängt im Anschluss zäh auf meinen Hüften fest", so Lottes Credo.